文芸系
001

偽婚世代

— 楊嘉玲、陳怡璇　合著 —

銀河舍

目錄

敏慧

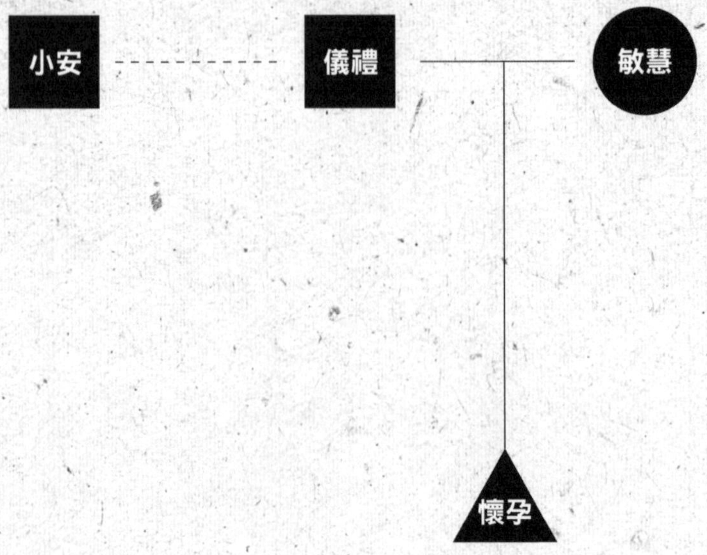

曉琪

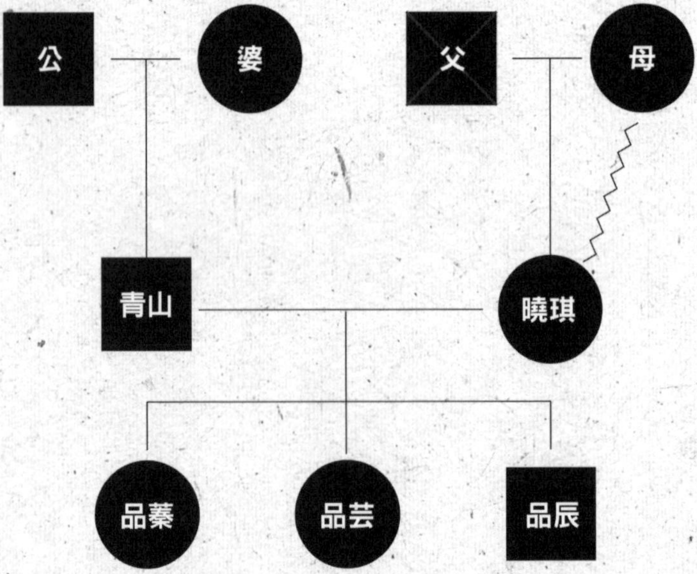

人物感情關係圖

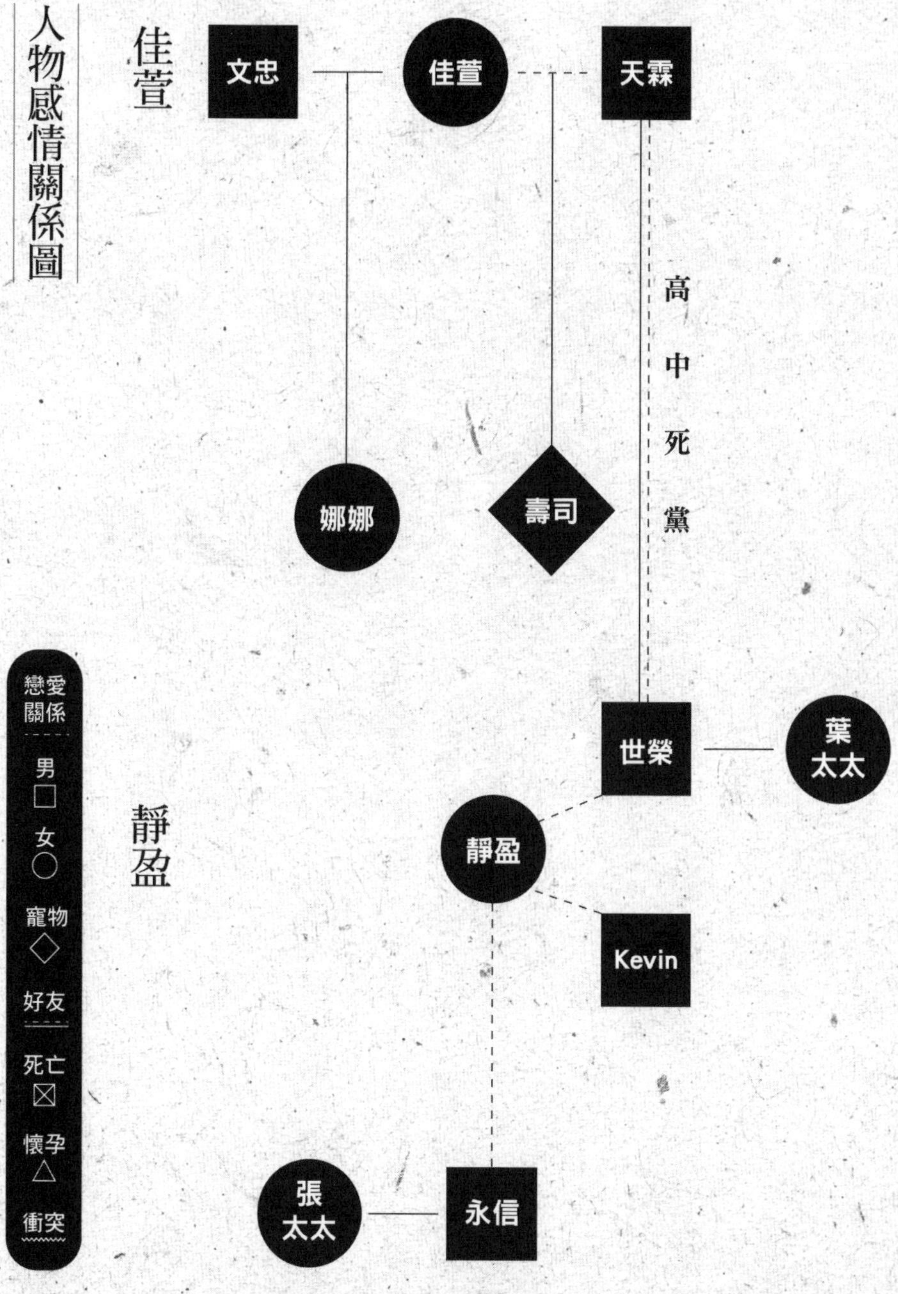
佳萱
文忠
佳萱
天霖
高中死黨
娜娜
壽司
世榮
葉太太
靜盈
靜盈
Kevin
張太太
永信
戀愛關係
男□
女○
寵物◇
好友
死亡☒
懷孕△
衝突

序、起點

一九九八年六月──

豔陽下，微風像個頑皮的孩子，用看不見的手輕拂著椰子樹，惹得樹葉沙沙作響，淡水半山腰的紅磚校舍，此刻出奇地安靜，所有人聚集在屋瓦被太陽曬得發燙的大禮拜堂裡，等待重要的一刻。

畢業生代表致完詞後，樂團指揮舉起雙手，悠揚的旋律便流洩整個校園，所有人一同合唱著聖歌，歌聲嘹亮卻夾雜著幾分離情。當指揮老師將手放下，轉過身鞠躬，司儀大聲宣布「禮成」的那一刻，禮堂內爆出熱烈的歡呼聲，接著前後門大開，所有學生全都蜂擁而出，陽光灑在一張張青澀稚嫩的臉龐上，更顯金黃璀璨。

一個嬌小的身軀在人群中穿梭，神情格外匆忙，彎彎纖眉搭配捲翹睫毛，細長的眼眸給人一種清新脫俗的文藝感，佳萱將頭髮輕輕攏到耳後，露出一張光滑白淨的臉龐，一手拿著畢業證書，另一手拿著小提袋，匆匆跑回教室，拉開椅才想坐下喝口水，後頭便傳來宏大嘹亮的呼喚聲：「莊佳萱，妳跑哪去了？說好一起合照，都找不到妳。」

佳萱一轉頭，就見身材高挑，留著俐落中性短髮，濃眉深眼，透著小麥膚色，全身充滿活力的曉琪，不由分說將她拉走。離開前，佳萱眼角撇見一熟悉身影，朝教室走來，她還來不及反應，曉琪已加快腳步。

兩人一踏進學校最著名的地標——八角塔草皮，跑在前頭的曉琪，便朝著一個紮著馬尾、小巧鼻子，白皙皮膚上散落了幾顆俏皮雀斑的女孩，喊道：「李敏慧，我找到佳萱了。」

「曉琪，快來這！」敏慧用力揮舞著雙手，身旁站著一位體態輕盈，改過的制服短裙下露出筆直勻稱的長腿女孩，烏黑髮絲如瀑布般落在肩上，手裡正拿著單眼相機捕捉校園景緻，見好友們全到齊，對著大家說：「妳們再不來，我的記憶卡就快用完了。」放下相機，露出手掌大小的臉蛋，微微透著淡紅，襯著明媚大眼，直像少女雜誌裡走出的模特兒。

「吳靜盈，我剛剛跟妳說，我不要用葉世榮送的相機拍照，管他是什麼最新科技，再貴我都不要跟他扯上關係。」敏慧回得直接。

靜盈才想反駁，佳萱便從手提袋中拿出傻瓜相機遞給敏慧：「別為這點小事跟靜盈嘔氣，用我的拍！還有很多底片。」最後一句話卻說得有些遲疑，其實她想留些底片跟一個重要的朋友合照，但不曉得他回家了嗎？

敏慧開心接過，一旁的曉琪早已搶得最好的角度，對著四周大喊：「誰想幫校花吳靜盈拍照呀？」話還沒落下，三、四名男同學連忙跑出，爭相搶著要幫忙，相互推擠，靜盈尷尬，白了曉琪一眼。佳萱忙打圓場：「不好意思，謝謝你們，我們只需要一位幫忙。」敏慧隨手指了一個手長腳長的男生：「同學，你最高，就你吧！記得幫我們把腿拍長一點。」將相機交給臉已漲紅的男同學。

喀嚓一聲，四個芳華正茂的同窗少女，摟著彼此的腰，親暱地笑著，在歷史悠久的八角塔前，留下永恆的瞬間。

＊＊＊

操場旁看台階梯，靜盈手上捧著一堆花束，許多學弟搶著跟她合照，曉琪不耐煩，扯開嗓子：「你們是聽不懂人話嗎？怎麼趕都趕不走，再不走我……」

佳萱摀住曉琪嘴巴，對著學弟們：「你們靜盈學姊笑累了，再拍就不好看，讓她休息一下，才體貼喔！」學弟點頭如搗蒜，趕緊離開。等學弟一走遠，佳萱拉著靜盈坐在階梯上：「妳本來就很漂亮，為何要特地化妝呢？」

靜盈還沒回答，敏慧就從身後拿著四罐冰水，觸了一下靜盈的臉：「妳最好不要跟我說是為了那個葉家大少，不然我們就切八段。」

「化不化妝都麻煩死了，老是我在幫妳趕蒼蠅，搞得我比較像妳媽。」曉琪豪氣扭開瓶蓋，喝了一大口。

靜盈將手上的花一一分送給閨蜜們：「世榮就喜歡看我漂漂亮亮的，女為悅己者容啊！」最後刻意看向曉琪，喊了一聲：「媽～」惹著曉琪追著她，作勢要打人。

直到兩人跑累了，一同坐在台階上喘息。佳萱將水遞給靜盈：「世榮家裡有錢，一定會送他出國唸書，妳會跟著去嗎？」

靜盈眼睛一彎，露出淺淺的笑：「去哪裡都好，只要可以跟他一直在一起，做什麼我都願意。」靜盈望著遠方，想像著未來，彷彿只要有世榮在的地方，空氣都是甜的。

敏慧聽完，翻了白眼：「自從妳當了葉世榮的女朋友後，就越來越不像我認識的吳靜盈。」

「這是愛情的力量，以後你們就會知道。」靜盈笑回。

看著姊妹幸福的模樣，佳萱對未來卻有些心慌：「你們有想過長大後會是什麼模樣？過什麼生活啊？」

曉琪輕捏靜盈臉蛋：「我沒她這麼漂亮的五官，談戀愛太麻煩，要是考不上大學，我要去工作，賺很多很多錢，買很多很多房子，我媽說房子是最值錢的東西。」

「我喜歡小孩，我要找個好老公，生一打寶寶。」敏慧接著說。

「妳是母豬喔！生十二個，奶都下垂了。」曉琪故意將手托在胸前，誇大敏慧的話。

敏慧笑打曉琪：「好啦！生三個就好，我想當老師，工作兩年後結婚，二十五歲生第一個寶寶，跟老公一起經營一個幸福家庭。」然後看向佳萱：「那妳呢？妳想做什麼？」

佳萱臉上浮現一絲徬徨，搖搖頭：「我不知道自己要做什麼……我爸覺得女孩子學商很好，我可能會去讀國貿或會計……」

「妳跟忠班那個古同學，到底從好朋友升級沒？再這樣下去你們都要變成古人了。」靜盈將佳萱的思緒岔走。

「一直友達以上，戀人未滿，煩不煩啊？你們在演東京愛情故事嗎？」曉琪應和。

「你們畢業後還會聯絡嗎？」連敏慧也加入戰局。

佳萱被大家問到臉紅：「你們別亂說啦！他又沒有要告白，我們只是談得來的同學。」

「我要是妳，有人跟我曖昧，我就會問清楚，省得猜來猜去的。」曉琪坦率地說。

「看不出來妳觀念這麼開放，不介意女生追男生。」靜盈搭腔。

「那是因為她有自知之明，臉蛋不夠漂亮，就要主動點，不然過了三十歲還沒人要，很可怕的。」敏慧補上一刀。

「李同學，妳話別說得太早，說不定倒追的人是妳。」曉琪不甘示弱。

佳萱不想大家一直圍繞在她的感情：「妳們覺不覺得三十歲好遠喔！以後會變成什麼樣子？我們還會像現在這麼好嗎？」

靜盈拿出奇異筆，開始在姊妹制服上簽名：「寫下名字，就不會消失啦！我們會是永遠的姊妹。」

四個人忙著在彼此身上烙下生命的足跡。

一、四缺三同學會

二十年後，二〇一八年六月——

雲隨風破，太陽從雲隙間透出光束，照耀地上緩緩移動的國際班機。空橋、地勤、行李拖曳車，傳送著旅人的期待，也搭載著歸人的回憶。

機場VIP室內，兩隻斜躺在地的紅底高跟鞋，上方靜置著一雙姆指泛紅，後腳跟磨出一對小水泡的白皙雙足。腳的主人——吳靜盈，半臥在高級單人牛皮沙發上，椅子旁有個三十吋亮殼行李箱，雙腿包覆在緊身牛仔褲下，緊實修長，臉上化著細緻而時髦的妝，水亮明眸，眨呀眨，看著自己的水晶指甲在手機螢幕上輕快飛舞。

靜盈的公務手機不斷傳入訊息。

「0710德瑞滿團！」靜盈按讚回應。

「0624韓國濟洲島再加二，目前七人。」靜盈嘴一噘，輸入：「打電話跟客人聊天，再拉一個就成團。」

「0621 長灘島，四個要退！」靜盈眼珠子一轉，快速鍵入：「東興國小教務主任退休了，問問。」

還有一則未讀圖片，靜盈點開，見一雙流線型粉紅球鞋，陳列在運動商場鞋架上。下一秒，訊息又來：「七號，沒記錯吧？」靜盈滿意微笑，按下親吻貼圖回應。

放下公務手機，靜盈整個人滑進沙發，閉上眼，想小憩一會兒，背後香奈兒斜肩包卻傳來震動，趕緊從包包裡拿出私人手機，上頭顯示「莊佳萱」，愉快接起：「準備出門啦？」

「真是的，曉琪孩子學校有活動，敏慧要去看中醫，連妳也臨時不來，就剩我一個。」

靜盈笑著吐舌：「好啦、好啦，別生氣，我到義大利給妳買禮物，當做賠罪。」

「不用，妳也是為了工作。怎麼臨時要妳接團？」

「是公司的公關團，老闆招待幾位企業夫人去玩，指定我接，抽成可觀啊！送上門的收入，不賺白不賺，所以我才見利忘義丟下妳囉！」

「知道自己見利忘義就好，好啦，妳去忙，我也該出門了。」

「嗯，等我回國再約。」

靜盈收了線。發現私人手機裡，代號「Forever」傳來一則未讀訊息，點開：「還在生我的氣嗎？」

靜盈看完，鼻頭一皺，跳回聊天列表，手指停在最上方，向左滑，直接把整個聊天室刪除。

一名銅色肌膚，背著文青款後背包，長相俊俏的小帥哥——Kevin 走進 VIP 室，手裡提著運動鞋盒，逕自走到靜盈腳邊，坐下，留心到靜盈有兩隻手機。

「夫人們都已經入關，去逛免稅店。」Kevin 邊跟靜盈報告團員現況，邊將她的紅底高跟鞋收入自己的背包內，並為她換上粉紅色新球鞋。

靜盈這才伸伸懶腰，俯身將鞋穿好，站起離開舒服的沙發：「時間差不多，我們也進去吧！」她抓起斜肩包，另一手拉住行李箱，才想轉身，Kevin 很快覆握住她拉著行李箱的手，另一掌攬上她的腰，送上溫熱的唇，在靜盈臉頰上啄了一下。

「偷襲我？」靜盈睨著 Kevin。

Kevin 露出一口白齒，笑應：「謝謝姊姊讓我跟這一團。」

靜盈一笑，摸了摸 Kevin 的臉頰，當是回應他的感謝。

靜盈心裡清楚，才進公司一年的小業務，若非有她的舉薦，說服老闆用小鮮肉收買師奶的心，Kevin 怎可能被挑中，服務如此高檔的貴婦團，多少人覬覦著這團可觀的小費，他連候補都排不上！究竟 Kevin 是真心追求，還是想透過裙帶關係，替自己多鋪點路、賺點錢？這一點，靜盈不想深究。對保養得宜又事業有成的她來說，用一段春光小戀情，激發些賀爾蒙，只不過是另一種駐顏術罷了。反正時間空著也是空著。

飛機準時起飛。這一趟離家，又是十天半個月，靜盈早就不以為意，這樣的工作最適合沒有家累的她。無論到何處，都不需要停留太久。因為一旦駐足太久，就容易產生期待，然後再經歷失望的惡性循環，她情願人生過得漂泊些，也不要為了一丁點安穩，做出太多的妥協與犧牲。

＊＊＊

午后台北街頭，佳萱拎著 BURBERRY 手腕包，踏著輕鬆的步伐走出捷運。身上的小碎花裙在風中飄動，褶間細膩的秩序美感，更顯她溫婉的氣質。

以年近四十的女性而言，佳萱清麗的外型與纖細的身形，算是得天獨厚。她若刻意換上白襯衫、牛仔褲，走進大學裡，活脫脫是個莘莘學子，沒人會懷疑。佳萱準時出現在餐廳門口，走向櫃檯，正想報上主辦人名字時，便望見一個熟悉的背影，她想找的人就在眼前，對著櫃檯人員嚷嚷著。

「你們開門做生意的，也該考量一下客人的舒適度吧！我帶多少朋友來過，哪次少點過龍蝦、鮑魚啊？」

「小周！」佳萱朝著同學大喊。

小周一回頭，原本不滿的面容立馬有了微笑：「莊佳萱，六樓喜字號包廂，妳先上去，今年來的同學太多了，我得盯著他們換大桌。」

當年，在那個男女分班的高中校園，佳萱其實並不認識男生班的小周，多虧了網路的興起，熱心的小周在臉書上發起尋人活動，號召過幾次同學會，佳萱和閨蜜們參加過一次，才認識這位隱藏版投資大神。

來到喜字包廂外，一推開門，佳萱意外看到一張既陌生又熟悉的臉孔──古天霖。

天霖一身休閒裝扮，頂著俐落髮型，搭配高壯身材和親切笑容，鶴立人群，正被眾多同學包圍，人人拿著各自的國產 LTC 手機向他請教。

「是他！」佳萱從「見到天霖」到「認出天霖」，短短幾秒鐘的時間，腦中已經閃過無數個青澀回憶。

當年的天霖模樣不似今日好看，臉上掛著厚重的近視眼鏡，整個人有點矬，一看就是好學生的樣子。佳萱原本沒注意到這位在公車上只看書，不愛講話的同學。

直到有次來不及準備晨間小考，佳萱對著數學課本嘆氣，把頭埋進書頁中，引起一旁天霖的好奇，詢問她是否需要幫忙，並順道解開一個數學難題，他們之間就有了一起搭車上學的默契。

思緒拉回當下，佳萱無意識地放開門，往後退了兩步，呼吸急促的站在包廂外，她發現心裡竟懷抱著「希望天霖記得自己」的渴望。

不一會兒，小周帶著換桌的服務生來到，奇怪佳萱站在門外。

「怎麼還不進去？」小周一邊幫佳萱開門，一邊指揮服務生工作。

「沒事，我剛從廁所回來。」佳萱假裝鎮定，希望小周沒看出異狀，卻忍不住繼續問：「古天霖這麼忙，他怎麼會來？」

「葉世榮幫我約的！他跟我保證LTC總監一定會到，我本來覺得他在放屁，只想讓我相信他會出現，沒想到古天霖真來了，但葉世榮這小子又爽約！真是本性難移。」

「葉世榮？幾年前娶了飯店公主的那個同學。」

「對呀！就是他，我們以前出去烤肉吃的干貝、松板豬，都是他家拿的！」小周忽然想到一事：「欸～我記得妳公司是做手機電池，LTC是你們的上游大客戶，妳這幾年有沒有跟古天霖碰過？」

佳萱尷尬一笑，果然是股市投資達人，對產業資訊瞭若指掌。

其實，她早就知道古天霖在LTC研發部，而且去年升職當了部門總監，還登上《經理人》雜誌封面，但由於兩人無業務上的直接往來，她就沒有積極跟古天霖連絡。「應該是這樣沒錯吧？」佳萱在心裡嘀咕著，像是在說服自己為何沒想要找天霖。

＊＊＊

約莫十坪大的餐廳包廂裡，滿滿兩大桌二十多人，加上隨侍在側的服務生，一整個人氣爆棚。

席間，多年不見的老同學再相會，總好奇彼此的工作現況及生活情況，於是小周提議，請同學們邊吃飯，邊輪流報告各自近況，還要大家誠實表明：「未婚」、「已婚」、「離婚」或「二婚」，瞬間炒熱場子。

天霖和佳萱坐不同桌，自從見到佳萱後，天霖就很想跟佳萱打聲招呼，可惜兩人眼神始終對不上。直到佳萱介紹自己已婚，有個女兒，是職業婦女，任職於冠宏科技業務經理。

這時，佳萱終於主動看向天霖，發現天霖正看著自己，一怔，有種確認天霖記得自己的喜悅，對天霖微微一點頭。

天霖對佳萱淡淡勾起嘴角。佳萱給他的感覺和高中一樣，溫柔而親切，只是他此刻望著佳萱，腦中浮現的卻是一段被拒絕的記憶。

當年，天霖非常崇拜味全龍的天才打者——張泰山，於是，他存了幾個月的零用錢，特地買了兩張價值不菲的職棒門票，想約佳萱一同前往。當他流著手汗、好不容易鼓起勇氣，在公車上拿出門票邀約佳萱時，佳萱卻拒絕了。他不記得自己後來是怎麼下車，那一整天上了什麼課，幾時回家，他感覺自己像掉進深淵般，不停下墜。

輪到天霖自我介紹時，由於他是當日在場男同學中唯一未婚的人，加上顏質高，事業好，重點還單身，獲得許多額外的關注和詢問。佳萱逕自低頭吃東西，裝作不以為意，實際上卻一直默默傾聽，她很難要自己不在乎。

小周見眾人問得客套，一副生疏的模樣，大呼受不了，便直接調侃天霖：「還是你喜歡男人？大家也可以幫你介紹哦！」

原本喧鬧的包廂，忽然，一陣靜默，佳萱也停下筷子，抬起頭緊盯著天霖，全場屏住呼吸都在等著天霖的反應。

只見天霖若無其事的伸出蓮花指，嬌羞嗲喊：「討厭！人家就是喜歡你這種這麼直接的。」惹得眾人哄堂而笑，一陣鬧騰。

散會前，天霖本想主動找佳萱寒喧幾句，但他一直被熱情的同學包圍，說要介紹好對象給他，完全靠近不了佳萱。眼看佳萱拿起手機接了通電話，便和小周道別，下一秒就從天霖視線中消失。天霖心神不寧，再也無心跟同學聊天，開始答非所問，不到半分鐘，便藉故廁所，匆匆結束對話。一出包廂，快步奔向電梯，發現唯一的電梯已下樓，便急忙攔住服務生，問樓梯在哪？服務生手一比，話還沒落地，天霖就不見人影。

他三步併兩步的下樓，恨不得自己有蜘蛛人的超能力，可以直接垂降到大廳。在安靜又昏暗的樓梯間，天霖忽然意識到自己好害怕就此失去佳萱的消息，他渴望有個機會，坐下來，聽聽這些年彼此錯過的故事。

一想到此，他的腳步又更急了。終於下到最後一層，天霖用力推開逃生梯的門，看見佳萱就站在餐廳門口等車，他鬆了口氣，抵著門框，順了順呼吸，拉了下衣襬，朝佳萱方向走去。

佳萱迎著風，站在門口，終於覺得整個人輕鬆多了，剛剛在包廂，不曉得是人太多太擁擠，還是回憶太滿太傷感，讓她有些喘不過氣。用力的深呼吸一口氣，卻聞到一股淡淡的柑橘香，紓解了她心中的煩悶。

就在天霖舉起手，想拍佳萱肩膀時，突然，一部車子駛近，車內傳來稚嫩的呼喚：「麻麻！」

一台日系房車緩緩停在餐廳門口，開車的人是佳萱的丈夫──文忠，後座是他們的女兒──娜娜。娜娜拉下車窗，半個人鑽出車外，揮舞著雙手，吸引媽媽的注意力。佳萱發現，笑了笑，立即用眼神要女兒回車子裡坐好，隨即打開副駕駛座車門，俐落關上門，準備離開之際，朝了餐廳又多看了一眼，才發現天霖就站在她剛剛的位置，對著她揮手微笑。

「難道那個味道是他的？」佳萱腦中閃過一絲念頭，急忙按下車窗，想跟天霖說些話，但所有的字卻哽在喉嚨裡，發不出來，最後只說了聲：「再見。」天霖點點頭，還來不及反應，車子就駛離了視線。

天霖收起眼底的落寞。這麼多年沒聯繫，一直惦記著佳萱過得好不好，如今親眼看見答案，也算了卻一樁心事，還有什麼不滿足呢？甩甩頭，苦笑，伸手攔了一台計程車，離開。

二、一廂情願

幾日後，傍晚，忙了一天的佳萱只想趕快回家，脫下高跟鞋好好休息，沒料到臨走前接到一份通知，指定她參加藍天精密工業——趙董的生日派對。

站在派對人群中，佳萱已經累到完全沒胃口，什麼食物也沒拿，手裡只捧著一只酒杯，左右張望尋找趙董，想打個招呼就走，卻沒想到天霖竟朝著自己走過來，她一度以為自己喝醉眼花。

這時聞到天霖身上的柑橘味，才確認自己沒看錯人：「你怎麼也來了？」希望這句話聽在天霖耳裡，不會太過慌張。

「我們家手機，幾乎都是趙董代工的。」天霖走近後，發現佳萱氣色有些蒼白，猜想她身體有些不舒服，卻仍要打起精神陪笑，想說些話讓她放鬆：「不打好這層關係，盯緊良率，我可有吃不完的排頭，所以一定要吃飽，才有力氣陪醉（賠罪），妳說是吧！」隨即將手中的牛小排遞到佳萱面前，一語雙關的要她吃點東西，再喝酒。

天霖的細心，讓佳萱有些詫異，不知該如何反應才顯得成熟，又不會透露自己太多心思，一時結舌。佳萱懊悔自己為何每回碰到天霖，就會自動失去語言功能。

正當天霖也思考著如何讓談話熱絡些，主人家趙董已經一路寒暄到兩人身邊，直衝著天霖舉杯。佳萱見狀，一個箭步，搶在天霖開口前說話：「趙董，我家江董突然重感冒，怕影響您的健康，請我今天來一定要向您致歉，並表達祝賀之意。請容我代替老闆，祝您福如東海，壽如藍天。」將手中的威士忌一飲而盡。

天霖看著站在趙董身邊的佳萱，為了生存搏得客戶歡心，多了幾分刻意與逢迎，掩蓋她嫻靜的本質，由不得一陣揪心。

面對佳萱的盛情，趙董卻顯得老大不快：「你們江董年年來我的生日宴，八成是今年訂單少了，對我藍天看不上眼，才讓區區一個業務經理過來！」

「趙董，快別這麼說，江董要不是現在人在醫院打點滴，不然第一個衝來向您敬酒的人，一定是他。」佳萱明白趙董是在給她下馬威，看看她底氣夠不夠，會不會一下子就被嚇跑了，她必須撐住，不讓趙董看輕。

「我知道冠宏的研發室投資不少新設備，電池良率越來越好，訂單怎麼會少呢？」

趙董聽天霖這麼一說，顯得有些意外：「天霖對冠宏的情況很清楚？」

趙董親切喊天霖的名字，不若和佳萱之間的生疏。天霖知道趙董對自己有所求，故意將兩人關係說破：「當然，佳萱是我高中同學，我們經常針對產品開發交流意見。」說完，就對佳萱使眼色，要佳萱幫忙搭腔。

天霖此話一出，趙董特地看了佳萱一眼，似有重新衡量的意味。

「對啊！古總監是個很謹慎的人，開發新產品都會先詢問第一線廠商，目前最新技術有哪些，才寫出規格書，不會刻意為難我們研發團隊。」佳萱說得有些訕訕然，還好剛才有喝酒，如果臉紅，可以推說是酒精的關係。

趙董露出淺淺微笑：「原來有這層關係。」

天霖見幫襯奏效，想藉機做球給佳萱，刻意看著佳萱：「LTC 接下來要研發的 5G 手機，電池會是主要關鍵，市面上各家的品質都在水準之上，研發期間，我看重的是合作默契，配合高又能吃下訂單的公司，才是首選。」

佳萱聽出天霖的言下之意，馬上接話：「江董在設備上花大錢，就是為了供應足夠的生產線，同時兼顧品質，一定能完全配合古總監。」

天霖見趙董還不作聲，刻意拿起酒幫趙董斟上：「困難的項目裡，如果有願意配合的熟人，大家就能省下建立信任感的時間，讓新產品越快上市。」

趙董明白天霖的意思，他雖是場子的主人，但天霖掌握的是整條生產線的源頭，他若想繼續和 LTC 做生意，就不得不賣天霖幾分面子，便對著佳萱說：「下星期，我會到你們公司參觀，順便跟江董談談。」

趙董的承諾讓佳萱有些受寵若驚，忙再向趙董敬酒：「趙董，我們隨時等您大駕光臨，一定會讓您滿意的。」

趙董和佳萱碰了碰酒杯，點頭示意，就和其他客人閒聊去了。佳萱見趙董離開，這才鬆了口氣，對天霖露出感激的表情，天霖輕輕搖頭，要她別放在心上。兩人終於跨越分隔多年的長河，回復往日的自然相處。

＊＊＊

散席後，佳萱不願帶著酒氣進家門，想散散步，再回家。天霖不放心佳萱一個人，跟上前，陪著。兩人走在人車漸稀的敦化南路上，映著皎潔的滿月，佳萱很自然的聊著老公、小孩。

「快十點了，我老公不知道哄娜娜睡了沒？」

「還是我們叫車，我先送妳回去。」

「不行、不行，娜娜要是還沒睡，她肯定會笑我是酒鬼，然後趁機處罰我，要我幫她做一堆事。」

「哦！現在的小孩確實很聰明。」

「你知道現在的小學生，家長要跟著忙多少事嗎？」

天霖略顯驚慌：「不知道，我很久沒上小學了！」

佳萱想笑，但忍住：「我告訴你，那是一種下班回家繼續加班的感覺！」

「聽你這麼說，如果保險業要開發新產品，可以推出家庭職災險，家暴也可以理賠，一定大賣！」

「你的研發專長還跨足保險業啊！該不會想兼差？」

天霖看著佳萱的笑顏，滿足一笑，雙手往背後交握，不再說話。和天霖四目交會的同時，佳萱心頭倏地感到一陣悸動，讓她心慌莫名。但她無心細想，很快告訴自己，一定是因為天霖還單身，對家庭話題沒興趣，才沒接話。

為了避免天霖覺得乏味，她轉移話題，關心起天霖的感情生活：「同學會那天，你是開玩笑，還是你真的是 Gay？」

天霖大笑：「我喜歡女人！」

「那怎麼這麼多年都沒結婚？受過情傷啊？」

天霖搖搖頭：「談過幾次戀愛，可是提到結婚就沒勁，也不知道為什麼。」

正當佳萱張口想再發問，天霖反應如光速一般，瞬間把話堵上：「不是我眼光高！不是我生活習慣不好！更不是我有特殊癖好！如果妳真想問，我只能說都不夠喜歡！」

不知道是月色太過朦朧，還是酒喝多了，佳萱脫口而出：「那你喜歡過我嗎？」

剎時，天霖腦海翻過數十個佳萱高中時期的笑臉，心狂跳得快衝出喉嚨，他明明腦袋裡有答案，但雙手卻捧起佳萱的臉，吻了她。

佳萱起初有些不知所措，但幾秒後就閉上眼，感受天霖溫潤柔軟的雙唇。

直到天霖意識到失態，猛然鬆手、退開身：「抱歉，我想說的是……」

這一回，反而是佳萱義無反顧地吻上天霖。此時，任何話都是多餘，他們全心全意只想繼續方才的吻。

＊＊＊

不知過了多久，直到他們能再好好看著彼此時，兩人已經在飯店房間裡，一絲不掛、袒裎相見。佳萱慵懶地撥弄頭髮，天霖的手還在佳萱腰臀間遊走。

「接下來，怎麼辦？」

「什麼怎麼辦？」佳萱醉意未消，有些含糊的回。

佳萱腰臀上的手停住。天霖此刻的心就像被鐵線圈圈捆綁，每跳一下，鐵線便越發頑強緊縮，彷彿要擠乾所有心臟的血液。

「你想跟我有未來嗎？」天霖面色凝重的問。

佳萱眉頭一動，這才意識天霖對自己的認真：「我以為只是一時……對不起……」

天霖聽著佳萱的回應，有意外也有受傷，他深深吸了一口氣，故作鎮定：「妳該回家了。」起身拾起佳萱散落在地上的衣物，放在床邊，安靜地走進浴室。

佳萱望著天霖的背影，想說些什麼，卻發現無論說什麼都顯得諷刺。唯有沉默，才能避免再度造成傷害。

天霖打開蓮蓬頭，熱氣一下氤氳整個澡間，他愣坐在浴缸旁邊，想讓佳萱以為自己在淋浴，避免道別的場面，所以當佳萱輕敲門，跟他說要離開時，他刻意沒回應。直到聽見關門聲，看似平靜的天霖，終於卸下武裝：「靠！人家只想一夜情，你想什麼天長地久，糗了吧？靠……」

條件極佳的天霖，過去曾交往過幾位女友，也經常有人倒追他，卻沒有一個人能真正讓他動心，他本以為自己是愛情絕緣體。直到這一夜，天霖才知道內心真正渴望的人是誰，可也在這一夜，那段很接近初戀的美好，無聲無息的終結。

三、熄燈才浮現

當天霖走進浴室後，佳萱伸手撈回放在床尾的貼身衣物，一件件往赤裸身軀上套。佳萱穿衣服的動作很快，像層層綁牢習慣似的，慢半秒都可能讓她脫離既定的軌道，永永遠遠回不了家。

等到她著好裝，下了床，拿著皮包，準備走出房間時，她回頭看了一眼剛剛溫存過的大床，重逢的悸動、久違的關懷，不禁讓人懷疑這一切是真的嗎？天霖撫摸自己的方式是那麼的輕柔、小心，彷彿自己是個陶瓷娃娃，一不小心就會碎裂一地。這樣的細心與呵護，是她從未感受過的。但她也知道自己已婚的身分，無法給天霖任何的承諾，現在不再傷人的做法，就是直接走人。

或許是水瀑聲太過規律，反而讓佳萱有些擔心。她走到浴室門口敲敲，輕聲說句：「我走了。」刻意等了一下，想知道天霖的狀況，卻只等到長長的靜默。

＊＊＊

晚間十二點多的捷運車廂，乘客稀疏而淡漠，這讓癱坐在角落的佳萱很容易隱藏自己。她坐在和行駛方向相反的位置上，頭倚著窗，表情看似放空，可眼睛卻直望著剛離開的方向，耳裡除了穩定的軌道行駛聲，還有一股嗡嗡聲，像耳鳴。

這讓她聽不見有個聲音正從心裡傳出來。

耳鳴的狀態一路跟著她回家，她用鑰匙開門時，像是把手伸進玻璃瓶中，感覺侷促且束縛。打開家門，佳萱見娜娜躺在文忠大腿上，文忠邊看新聞邊將女兒拍睡，看著這一幕，她心裡有些愧疚，下意識的迴避，輕輕和文忠打完招呼、摸了摸娜娜的臉龐後，逕自動手收拾父女倆的晚餐殘盒。

文忠聞到佳萱進門帶來酒氣：「又喝酒了？」

「大客戶生日必須喝兩杯。」

「妳最近應酬越來越多，小心娜娜都看著，學妳。」佳萱覺得文忠話裡有話。

這些年，隨著佳萱升職的速度越來越快，文忠承擔的家務與教養工作就越來越多。佳萱感謝文忠的付出，可文忠有意無意的刺傷，仍讓她感覺有些孤單，好像身為妻子的人，不應如此能幹，該甘於平凡些。

每回遇到這種情況，佳萱都選擇退讓，撒撒嬌，說些感謝的話，讓文忠覺得自己被肯定，氣氛就會好轉。可今晚她實在沒力氣再好好安撫文忠，減輕他心中的不滿，只想趕快結束話題。「好，我會多注意，你先抱娜娜去房間睡。」

文忠見佳萱一反常態，不接話，也沒反擊，這讓他剛剛說出口的話，像一拳打在棉花裡，有些進退不得，乾脆站起身，將娜娜抱進房。在文忠和娜娜自客廳消失的同時，佳萱也感覺到某個部份的自己正在消失。她看著自己的雙手，機械化的做垃圾分類，突然腦中一片混沌，覺得眼前的一切都不是自己控制的，靈魂不知飄向何處。直到文忠突然出現身後，佳萱才倏地回神，記起自己是誰。

「妳今天上班被罵了吧！整個人陰陽怪氣的。」文忠將手裡的水電帳單拿給佳萱。「快到期了，妳明天出門順道繳掉。」

佳萱無法直視文忠的眼睛，看了一眼帳單，趕緊接過來。

「好，沒問題。」佳萱試著提高音調，讓自己顯得開心些：「你別擔心，工作很順利，只是客戶生日，心情好，難免多灌了點酒。」佳萱低頭拿起菜瓜布刷碗，可腦子裡卻轟隆隆的，說話含糊不清楚，需要不斷對自己心戰喊話：「莊佳萱，妳這樣不行！專心一點，記住妳在跟誰說話！」

「如果順利，妳怎麼看起來怪怪的，心情不好的樣子？」

佳萱急忙擠出笑容：「大概是累了，今晚順利幫公司和大客戶接上頭，我蠻高興的！」她刻意輕快回話的同時，卻感覺自己離「蕭太太」的身分越來越遠。就在文忠寬心走開後，她感覺自己鬆弛的笑容裡，藏著深深的無力感。

一個人的澡間。佳萱站在蓮蓬頭下，原本想洗去一身放肆，尋回理智和冷靜，沒想到熱水卻蒸騰出天霖獨有的柑橘氣息，讓她又驚又喜。每一滴水珠落在身上都像是天霖的吻，再次占據佳萱全部心神。這樣的美好讓她耳鳴漸消，恢復聽力，嘴角不自主揚起笑意，但門外忽然傳來突兀的敲門聲，砰、砰、砰。

「要洗的衣服先給我。」

佳萱臉色一斂：「不用，今天的衣服我手洗。」聽見文忠遠去的腳步聲，她才從鏡中看見自己早已刷白的臉，像是冥冥中有股力量，提醒自己背叛婚姻的事實。進了臥室，佳萱見文忠還打著哈欠等自己，非要獲得她的感激才肯入睡。儘管佳萱對文忠的理所當然，有些抗拒，但她不願節外生枝，要自己打起精神，專心安撫文忠，不讓他多想。

「謝謝你照顧娜娜，讓我可以安心應酬。」

「你不知道一邊買吃的，一邊還要趕倒垃圾的時間，有多忙。」

「我知道你一定有辦法兼顧的。」

文忠驕傲的點點頭，接著又回顧今天娜娜在學校的活動和趣事，佳萱很認真的回應並讚美他的條理。這時，佳萱突然很渴望文忠也能多瞭解自己的工作，從他身上多得到一點接納，或許能幫助她的心更快回歸。

就在佳萱說完今晚聚會緣由時，累了一天的文忠，已閉上眼，傳出微酣聲。佳萱看著文忠搖搖頭，原本常造訪的失落，卻在這一夜悄悄轉成慶幸。

「也好，不知情的你，或許是幸福的……」她在心裡默默的對文忠說。

佳萱轉身熄了燈，在漆黑的房間裡仍亮著眼。此刻的她什麼都看不見，才終於看見自己，放下生活的角色，聽見心裡的想念——古天霖，你還在那個房間嗎？

四、難兄難弟飯店情

落地窗外，天透著光，天霖獨自醒在飯店床上。他一睜眼，看著身旁的空枕頭，彷彿還能看見佳萱笑臉似的，但虛影轉眼即逝，不由地輕嘆一口氣，坐起身，望向窗外，盼天光趕走心底的黑，也能讓他昨晚的記憶如曝光的底片，不留痕跡。

再踏進浴室，天霖回想起佳萱臨走前，說了句：「我走了。」那個語調有點遲疑，聽起來和在宴會上不太一樣，但到底哪裡不一樣？他也說不上來。

簡單梳洗後，他穿上洗衣房剛送回的襯衫，衣冠挺拔的看著凌亂的床單被套，將領帶拉上。他告訴自己，無論被一夜甩情有多難堪，但起碼佳萱很坦白，沒有欺騙的意思，自己是有能力的男人，沒道理為難老同學，更何況心裡對佳萱仍有情意。

那麼，一切的巧合和誤解，也都留在這個房間裡吧！

天霖搭電梯下樓，怎料電梯抵達一樓大廳時，開門竟見德興食品小開，數年前娶了飯店千金、開始活躍於時尚社交圈的同班同學——葉世榮。

在湯姆克魯斯因電影《捍衛戰士》走紅的年代，葉世榮根本沒駕照，卻硬要家裡幫他買台 FZR

一五〇第二代。剛拿到車那天，葉世榮整天沒到學校，天霖對他經常缺席的情況早就習以為常，沒想到放學時，天霖才剛踏出校門，葉世榮便騎著拉風的新車出現，要天霖快上車。

天霖都還來不及欣賞當時足以讓所有男孩流口水的重機，就被教官的喝斥聲逼著跳上車，跟著葉世榮揚長而去。最終，兩人一起被記了支大過，這是天霖求學生涯唯一的汙點。

「搞什麼？同學會為什麼沒來！」天霖毫不客氣直指世榮鼻子罵道。

可世榮一見天霖卻如遇救星一般，一揚手，臂膀就往天霖肩上勾去，對天霖耳語。

「你別走，幫幫兄弟！接下來能不能好好過日子，全靠你了！」

天霖丈二金剛，不懂世榮為何把自己留住，就在電梯關門瞬間，天霖發現電梯外似有人跟拍。

天霖太瞭解世榮，這小子從高中時期就經常惹事生非，心想世榮一定又做了什麼虧心事，需要他幫忙滅火，才想詢問，就見世榮急撥電話，要對方乖乖待在房裡別動，有什麼需要就叫客房服務，他今天另外有事，不跟對方見面了。

天霖依稀聽見話筒裡，傳來嬌嗔的女子聲，世榮一邊安撫，一邊尷尬看著天霖。天霖這才意會世榮八成到飯店偷情，對著世榮直搖頭。

世榮掛了電話，卻伸手拉開天霖領帶，讓天霖嚇了一大跳，忙和世榮拉扯。

「你又想搞什麼！」天霖撥開世榮的手。

「剛才跟拍的人，是我老婆找的徵信社，先幫我搞定我老婆。」世榮焦急解天霖的襯衫扣子。

「搞定你老婆為什麼要脫我衣服？」天霖直覺拉開世榮的手。

「總之這事只有把你扒光了才能解決！」世榮繼續蠻橫地扯下天霖西裝外套。

電梯緩緩上升，狹長深邃的電梯軌道中，迴盪著天霖的怒罵聲：「葉世榮你這個大變態～～～」

＊＊＊

飯店頂樓的露天游泳池，襯著藍天、白雲及遠山，頓時讓人身心舒暢。天霖、世榮已換上泳衣、泳帽來到，只是天霖仍臭著臉。

「要我排開工作，就為了陪你游泳？你還真好意思！」

「到時候照片交到我老婆手上，我有正當理由好說。已婚男人很辛苦的，體恤一下兄弟嘛！來吧！比一下。」

一躍入水的哥倆好，就跟十七歲那年在八仙樂園一樣，為了獲得女孩們的青睞，恣意展現健美身材與敏捷泳技。只是天霖沒想到世榮都結了婚，孩子也生了兩個，竟還像青少年一樣卑鄙，只要天霖游泳速度超越世榮，世榮就伸手拉天霖的泳褲。

天霖一手急拉泳褲，一手把世榮推開，氣得竄出水面：「你都當爸爸了，還玩高中生的把戲，幼稚！」

「幼稚讓人充滿活力，常保年輕呀！大叔～」世榮刻意展現手臂上的結實肌肉。

天霖懶得理世榮，這時，飯店服務員送來餐點。世榮一招手，讓服務員把餐點放在池畔，兩人就泡在水裡吃早餐。

天霖見世榮嘻皮笑臉的模樣，不由得嚴肅勸世榮：「明知道偷吃被抓日子不好過，你怎麼就不安分點，還自討苦吃呢？」

世榮一聽，不知打哪來的氣，一股腦兒全發洩在天霖身上：「你有自己的事業，而且還單身，你哪懂那種家裡、工作都要看老婆臉色有多憋屈，我心裡苦，所以以毒攻毒啊！」

「覺得苦可以說啊！她是你老婆，沒道理看著你難過，置之不理吧？」

世榮瞄了一眼天霖，撇嘴一笑：「你還真是個婚姻門外漢，把婚姻想得太容易了！我告訴你，生了小孩後，她就完全變了個人似的，存心讓我不好過，我越難受，她就越愛聽音樂、開香檳，你信不信？」

「怎麼會這樣，她怎麼回事？」

「我管她怎麼回事！你想想，這種日子過久了，誰受得了？我如果再不給自己找點樂子，就快悶死了！」世榮激動地將柳橙汁一飲而盡。

或許是昨夜和佳萱共渡的關係，天霖很快想起一人：「還記得你的初戀女友──吳靜盈嗎？」

世榮眉一挑，點點頭：「怎樣？上星期同學會，吳靜盈有去？」

「吳靜盈沒來，倒是我見到佳萱了……」

「佳萱？叫這麼順口？同學會之後，你們還有連絡？」
天霖猶豫著是否該說謊，他遲疑一會兒，還是點了點頭：「就在昨晚……」
世榮看天霖若有所失的表情，再加上自己在五星級飯店遇到老同學，電光火石間，他突然懂了：
「你們在這過夜啦？」
天霖苦笑：「她沒有留下來，過夜的只有我。」
世榮直覺朝天霖潑水：「靠！少跟我說冷笑話，總之你們有開房間就是了！」
天霖沉默了半晌，才緩緩開口：「她結婚了，她說我們沒有未來，就回家了。是我太一廂情願……」
正當天霖還陷在小小的傷感中，世榮卻興奮地抓住天霖的肩：「媽的，你也太幸運了吧！」
「靠！你在說什麼？我又不是免洗筷，用完就丟。糗爆了，哪裡幸運？」
「有個你喜歡，不要你負責，還願意跟你上床的女人，這是很多男人夢寐以求的啊！」世榮理所當的說，好似藉由天霖的境遇，坦蕩說出自己的心聲。
天霖忍不住皺眉制止世榮再說下去：「我不想聽你那套歪理，不是所有男人都跟你有一樣的想法！」
「這不是歪理，是真理！否則你以為男人為什麼要花錢找應召妹？」
「別越說越過分了！不然我翻臉。」

世榮忙勾住天霖的肩，和他分析：「我不是說你跟佳萱是恩客和應召妹的關係，而是男人花錢買女人，從來就不只有『性』，還有『請女人離開』，這才是真正的價值，所以你被一夜甩情不是什麼丟臉的事，我是在安慰你，懂不懂？」

天霖推了世榮一把：「什麼爛安慰，我才不要！」

「你少人在福中不知福了，哪天你要是結了婚，就知道你現在有多假掰。」世榮自信的結論，彷彿未來真有把握印證自己對天霖的預言。

天霖表面上嫌棄世榮的論點，但心裡不禁自我懷疑，真的是這樣嗎？難道自己在佳萱身上感覺到的受傷和失落，都是多餘？

五、錯過的棒球賽

一週後，開放空間的業務部門，眾人皆忙碌，佳萱的位子在離門口最遠端。她在座位上狀似認真辦公，望著電腦螢幕，腦中卻一片空白，耳邊迴盪著一陣陣流水聲，那是她和天霖在飯店房間裡，最後的記憶。

「經理……莊經理……」職員的呼喚聲由遠而近，漸漸滲進她耳中的流水聲。等到佳萱回神時，員工已經一臉疑惑來到面前，通知藍天的趙董到了，江董請她過去。她霍然起身，匆匆步出辦公室。

冠宏科技的董事長——江逢生，正陪同趙董參觀研發室。江董為趙董解說新設備時，趙董只是聽著，不回應。待佳萱一到，趙董一反冷淡，拉著佳萱頻頻發問，還有說有笑的談到天霖。江董聽聞佳萱和 LTC 的古天霖是老同學，顯得意外，對佳萱另眼相看。

江逢生領著公司一級主管送走趙董之後，開懷地在眾人面前表揚佳萱，給予她莫大的肯定和榮光：「這幾年的景氣，誰能讓趙董一次簽半年的訂單？就只有妳啊，莊經理！」

「不全是我的功勞，還有江董領導有方，讓公司研發能力到位，這才是趙董信任的原因。」

江董被捧，聽得舒心：「妳就這謙虛、低調的個性不好，要換做其他業務員，認識業界王牌古天霖這種人脈，早就設法拉關係了，哪還能等這麼多年，直到自己幹上主管，才和這樣的大人物同學相認？該不會因為當上主管的獎金多，所以才把老同學的價值全用在刀口上吧？」

江董心情好，和佳萱說笑，眾人也附和著鬧哄，全拱著佳萱拿可觀的獎金請客。佳萱客套：「江董說的缺點，我一定改。」

江董滿意點點頭：「記著，有這種人脈就盡量用！要是業務部每年業績都這麼漂亮，年終保證讓妳心滿意足。」

佳萱撐起笑容點點頭，當是對江董的回應，只是她心裡清楚江董打的如意算盤，無非要她攀著天霖的關係，穩固公司的長期盈收。回辦公室後，佳萱幾次拿起電話想聯絡天霖，卻又匆匆放下。她心裡很矛盾，工作上的順利，理應向天霖說聲謝謝，但一想到江董剛剛的指示，抗拒感就更大了，她不想為了業績跟天霖保持聯絡，她只想關心與道歉。

可不知怎麼的，每當點開通訊錄上天霖的名字，佳萱心頭就不由得一陣抽痛，那感覺像皮鞭往赤裸的身上招呼卻無處可躲，疼得佳萱只想趕快放下手機，遠離痛楚。

她曾想過這種痛，會不會是上天給自己出軌的懲罰？如果是，她欣然接受。倏地，手機傳來訊息聲，佳萱急忙低頭點開，是靜盈。佳萱失笑，意識到自己有多期待天霖來訊。

靜盈從義大利傳回許多漂亮皮包的照片，並問道：「喜歡哪一個？別客氣。」

佳萱回：「我不缺包，幫我帶一點 AMEDEI 巧克力。」正準備放下手機，突然又想起，輸入一串文字：「什麼時候回國？」

＊＊＊

也許是對家人的虧欠，也許是短時間內無業績壓力，一連幾日，佳萱都以磨練屬下為由，要部屬自己親上戰場，累積經驗，推了下班後的飯局，早早回家陪伴娜娜和文忠。

佳萱和文忠的相識是透過長輩介紹。大學時期，談過二次戀愛的佳萱，每回愛上好看的男人，卻只換得傷痕累累，和多到數不清的謊言，讓她分不清什麼是真，什麼是假。佳萱本不想再談戀愛，但家人催得緊，父親後來又意外罹癌，最大的心願就是看到女兒找到好歸宿。佳萱不願辜負家人的期待，最後選擇外表樸實、考上公務員，且為人真誠可靠的文忠結婚。

新婚燕爾時期，佳萱和文忠對彼此的瞭解不多，所以每天都有新發現，生活還稱得上輕鬆有趣。直到懷了娜娜，尚在職場上打拚的佳萱，因為壓力和績效，引發幾次不正常出血，文忠才堅持佳萱必須辭職養胎。這是他們婚後頭一次爭執，卻也釋放了文忠好勝的心。

生下娜娜之後，佳萱有感照料孩子掏空了自己大量的心力，再加上生理上的落髮、肥胖、肌膚鬆垮，讓佳萱頓感茫然及衰老，於是和文忠談避孕，想重返職場。

起先文忠擔憂好保母不容易覓得，孩子託給外人照顧風險太大，總說再看看。直到佳萱等不及，高薪聘請合格的保母，保證自己一定能兼顧家庭與工作，這才讓文忠無話可說，同意她回職場工作。

這十年來，夫妻兩人的生活全圍著娜娜轉，佳萱也依約假日時，盡可能待在家裡陪孩子，彌補平日的忙碌。他們最常見的家庭互動，就跟今晚一樣。三人一起吃著外賣晚餐，一同看娜娜喜歡的動漫台。晚餐後，佳萱陪娜娜做功課，文忠負責家務事，直到娜娜整理好書包、洗澡、就寢了，才是他們夫妻倆的相處時間。

通常，文忠會搶著看體育台，廣告時間就叨念白天遇到的狀況，把滿腹的抱怨倒給枕邊人。佳萱大多靜靜聽著，她知道文忠沒有要聽任何的建議，只是想強調自己對這個家的貢獻有多大。無論談話內容如何改變，兩人的眼神始終沒有任何交集，一同望向前方的螢幕。夫妻間的相處，平淡的就像失去脈搏的心律圖。稀薄的互動，常讓佳萱覺得寂寞到快要窒息，得在心底大口喘氣，才能撐過漫漫長夜。直到佳萱打盹了，文忠才熄燈休息。

只是今晚有個例外。

佳萱陪看體育台時，發現職棒球星張泰山自澳職回國，投入業餘職棒，同時宣布這是他職棒生涯最後一年。當文忠正奇怪佳萱今晚怎麼特有興致、沒打瞌睡時，在佳萱腦子裡轉的是一段搖搖晃晃的記憶。

佳萱記得約莫二十年多前，張泰山在體壇上正如日中天，單季全壘打數正屢創新高時，她曾在上學途中收過一張球賽門票，有位同學約自己到球場看比賽，如今回想才發現，那日拿票邀約自己的人正是古天霖！

六、炸裂的緋聞

剛出爐的狗仔雜誌封面，刊了天霖在飯店電梯裡被世榮親暱勾肩，以及兩男在私密空間扯領帶、脫衣的監視器畫面。

斗大標題寫著：「手機大廠總監介入飯店千金婚姻」、「飯店公主傻傻分不清小三還小王」。

天霖無奈地放下雜誌，他已經收到公司高層及公關部門的關切信函。儘管天霖向公司解釋和世榮是兄弟，並無不道德的親密關係，是八卦雜誌看圖說故事。但公關部考量暑假將推出學生強打款，礙於家長觀感和公司形象，在風波平息之前，請天霖先休息一陣子。

領了停職通知的天霖走出會議室，一路上不斷獲得溫情和支持。

「總監，等你回來！」、「公司太保守了，這種事很正常。」、「總監加油，我支持你追求真愛！」

天霖多半苦笑沒多說什麼，只簡單交待幾件進行中的項目，要屬下按計畫推動。

天霖才步出公司，就見世榮開著蓮花敞蓬跑車對他打招呼：「不用進去找，你就自動出現，我們可真有默契。」

新車價五百多萬台幣，雖然是蓮花車系中最平易近人的價格，但銀灰色的單體鋁合金座艙，配合極簡輕量的外型設計，還是給人招搖過市的奢華感。天霖見世榮如此高調殺到他公司來，差點沒昏過去，很想直接衝上前把葉世榮給掐死！

「你來幹嘛？」天霖面露不耐。但尚不知天霖被停職的世榮，對天霖顧忌四望的神色感到有趣，繼續調戲天霖。

「我老婆一點都不介意你是我的外遇，因為她說我愛的是男人，那就不是她沒魅力的問題，還說以後會更尊重我，要我別勉強，你真是我的救命大福星呀！葛～格～」世榮故意伸手摸天霖的領帶。但天霖見世榮惺惺作態，看了不舒服，直接把世榮的手揮開。

「還玩？我快被你害死了，快走！」天霖有氣瞪著世榮。世榮這才意識到天霖認真的模樣，八成出事了，忙恢復正經。

「出了什麼事？」

「我被公司停職了，還是兄弟的話，拜託你行行好，快走吧！」

世榮聽完一凜，忙打手排檔，踩下油門，不稍幾秒鐘，已在百公尺之外。正當天霖鬆一口氣，卻聽見遠方傳來輪胎急轉彎磨地聲，伴隨著囂張的引擎音。天霖傻眼，心知這傢伙分明是想利用急轉彎，炫耀跑車性能。

世榮駕著跑車又回到天霖面前，歉疚笑著：「忘了跟你對不起，葛～格，改天再找機會補償你。」

天霖見公司警衛們紛紛出來察看，忍無可忍、出手怒指道：「滾～～～」

世榮的跑車如鋼彈噴出，消失得無影無蹤。

＊＊＊

紅霞滿天的黃昏，天霖開著歐洲房車駛進社區。這社區全由獨棟兩層樓日式平房構成，棟距之間隔著草坪和矮圍籬，每戶門口皆有一停車格。社區居民多在科學園區工作，天霖住處亦為其中之一。

當初媽媽鼓勵他買這麼大的空間，是為了他日後成家考量，只是房子貸款早繳完，老婆、孩子仍沒著落。加上個性吃軟不吃硬，媽媽勸不動，只能由著兒子。然而，天霖沒說的是父母離異，讓他對婚姻沒好感，且長年被工作占據所有時間，自認對感情的需求不高，身邊有個女人，最大的好處就是日常起居有人打理，但若沒有，日子也還過得去。

天霖提了些日用品進門，客廳除了簡約牛皮沙發擺設之外，最明顯的傢俱是一整面的訂製書櫃，上頭擺滿了各類書籍，以及茶几上的德系黑啤空瓶和古巴雪茄。簡單的室內陳設雖稱不上溫馨，但就一個單身男子來說，這樣的住處算得上整潔且舒適。

在天霖擺放日用品時，放在桌上的手機不停震動，顯示「莊佳萱」來電。天霖拿起，看了幾秒，又將手機放回桌上，任憑鈴聲響到停。望著桌上的週刊，忍不住回想那一晚。他是想念佳萱的，只是他知道自己被停職的事，早晚會在業界傳開，他問自己：「接了要幹嘛？」客套的問候大可不必，像朋友般的寒暄又顯刻意，不如別接。

七、閨蜜解密

隱身台北街頭小巷，一家道地日式燒烤居酒屋內，佳萱正盯著 Line 的搜尋畫面，望著畫面置頂的「古天霖」三個字，想著該跟天霖說點什麼才好。

忽然，一本八卦雜誌從旁飛來，差點打掉了佳萱的手機。佳萱雖略有驚嚇，但並不意外，因為她知道靜盈看到本日最火的消息會有多驚訝。

「這怎麼回事？我剛帶團回來，在機場就看到這個八卦頭條，真是讓我嚇到掉下巴，是我們學校的古天霖和葉世榮耶？古天霖我不敢說，但葉世榮那麼色又花心，我敢拿下個月的獎金跟妳賭——」靜盈帶著十足的把握，以手指戳著雜誌上葉世榮的臉，像是要將他戳破相似的：「——他絕不可能喜歡男人！」

佳萱看著義憤填膺的靜盈笑著，她清楚靜盈之所以對世榮仍有情緒，是因為當年世榮甩掉靜盈的方式十分傷人，但此刻沒必要揭開靜盈過往的傷痛。她今天約靜盈出來，是因為自己心裡憋得慌，她需要一個信得過的人聽她傾訴。

「好，我也拿下個月的獎金跟妳賭，古天霖不是同志，他喜歡的是女人！」

聽佳萱說得肯定，靜盈反覺詫異：「你們當年只有公車上淡淡的曖昧，連交往都沒有，而且這個古天霖消失很久了……」看著佳萱抿著唇倒清酒：「難道你們最近？啊！我知道了，是同學會，妳跟古天霖碰上了對吧？」

「我問妳哦～妳相信這世界上有『錯過』嗎？」佳萱輕探，視線卻停在烤盤，忙著給牛舌刷醬。

「錯過？！有呀！錯過班機是很麻煩的事！」

「我是說人跟人之間的錯過……」佳萱不安的強調。

靜盈抓到佳萱忐忑的神色，狐疑看著閨蜜：「讓妳覺得錯過的人，該不會是古天霖？」佳萱老實點點頭，靜盈感到不妙，忙追問：「妳跟他，同學會之後有續攤嗎？」

佳萱搖搖頭：「不過他的工作跟我的領域相關，最近幫我搞定一筆大訂單，而且……」她瞄了雜誌封面一眼，自責的垂下眼簾：「就在他們兩個被偷拍的前一天……」

靜盈豪氣地乾掉一杯清酒，不自覺皺起眉頭：「他們被偷拍跟『錯過』有什麼關係？妳怎麼好像很自責？」

要親口說「出軌」這個事實，還是讓佳萱感到壓力，於是她深吸了口氣，把烤好的牛舌夾到靜盈盤中，再將手邊的清酒一飲而盡，這才終於開口道：「我當然要自責，古天霖之所以會在這家飯店出現是因為我，我沒想到這會讓他被停職，而且……」

靜盈原本水亮的大眼，隨著佳萱一字一句的吐露，撐得更是斗大，好似拿起湯匙接著，眼球就會應聲掉出眼眶外：「莊小姐，妳該不會是想跟我說妳跟古天霖到飯店開房間，然後滾床了吧？」

佳萱雖有心理準備跟閨蜜坦白婚外情的事，也是今天約飯的主要目的，可這件事從靜盈口中說出來，她還是聽得心慌意亂、六神無主，忙拿起整瓶清酒，連喝兩杯：「是不是只要兩個人同在一間房，就很難不滾床？」

靜盈忍不住翻白眼：「難道妳真的相信為了上廁所、聊天，特地開房間的鬼話？」

「所以妳知道我今天為什麼沒約敏慧和曉琪了吧！」

「他們要是知道妳做出對不起文忠的事，肯定不會放過妳，恐怕還會合起來訓妳到天亮！」靜盈說到這，心頭由不得一陣酸楚，回想起自己當年愛上有婦之夫，沉浸在愛情的喜悅中，是多麼不被姊妹們接受。雖然當時佳萱是指責和批評最少的人，可她很清楚「外遇」在台灣社會絕不見容，而「小三&小王」更是摧毀婚姻的萬惡之首。

見佳萱低著頭翻肉，一臉自責又失落，靜盈不捨，把肉全撿到佳萱碗中：「妳說這烤肉這麼肥美，這麼香，但如果讓妳天天吃，妳願不願意？」

「天天吃，會膩吧……」

「那就對囉！每天吃同一道菜，都會膩，那為何面對同一個人十年、二十年，不能膩？」

佳萱張口思索著，一時間竟覺得靜盈說得極有道理，有些心慌。

「相信我，對妳這種已婚婦女來說，這是值得開心的好事，快跟我說古天霖的身材如何？」

靜盈露出狼性的賊眼，讓佳萱漲紅了臉：「我知道妳觀念開放，比較能接受這種事，不過，我有婚姻，我還是覺得自己錯了……」

靜盈不以為然，搖搖頭：「錯的不是妳，而是婚姻這個制度，是這個制度太挑戰人性，否則歐美為什麼都把婚外情除罪化了！」

「真的啊！為什麼？」

「因為人是很複雜又精緻的動物，妳所有的欲望和需要，根本沒辦法只在『另一個人』身上得到滿足，所以即使有婚姻制度，但外遇、出軌的事還是不斷上演，原因就在這，法律禁了，只會讓人更想犯罪。」

從沒深思過這個議題的佳萱，聽到發愣，直到靜盈舉起手，在她面前揮了揮手，才又接話：「真的越禁止，越有吸引力？」

靜盈不以為然的，挑了挑眉：「我不婚，就是因為看透這些！」

佳萱若有所思的點點頭，她看著自由的靜盈，心裡有些感慨：「也許婚姻的好，真的被誇大了。不過，你這麼多年堅持單身，也是需要很大的勇氣……」

靜盈清楚要佳萱接受自己的觀念，需要時間，眼下她只關心好姊妹會如何自處：「還會跟古天霖見面嗎？」

「應該會。」

靜盈不可思議看著佳萱：「妳的意思是，打算繼續這段婚外情？」

佳萱急忙搖頭：「不是妳想的這樣，文忠是個好爸爸，我不忍心傷害他……只是對天霖，我總覺得對他有些虧欠，至少在他復職之前，於公於私，我都該關心一下他的狀況，不過我保證，我不會再跟他有逾越的舉動！」

靜盈見佳萱對著自己攤開右手掌心，哭笑不得：「妳跟我保證幹嘛？我又不是妳老公。」

佳萱尷尬地放下手，同時感到一陣心虛，只是她搞不清楚自己的心虛是「不離開文忠」，還是「不再跟天霖上床」？

靜盈看著信誓旦旦的佳萱，嘆了口氣：「佳萱，聽一句過來人的勸，雖然我不反對婚外情，但妳有文忠和娜娜，妳的情況跟我不同，如果妳還要妳的家庭，最好別再接近古天霖，否則，妳只會愛上偷情的滋味。」

面對靜盈的鐵口直斷，佳萱心頭猛地一震，用力點著頭：「我會有分寸！」

佳萱嘴上說得自信，事實上，她也真的認為自己做得到，然而這一切，都只建立在她還沒走進古天霖的生活之前。

八、敬自由

九點不到，擁擠的市區幹道已擠滿上班車潮。靜盈背著剛從義大利帶回來的手工包，踩著細跟高跟鞋下計程車，走進氣派的辦公大樓，路上的男人無一不被靜盈清脆的腳步聲與婀娜的身形給吸引。

時差尚未恢復的靜盈，無視旁人的關注，拿著星巴克的咖啡，眼神有些惺忪，低調走進會議室。會議室內已有幾位助理在做準備，Kevin 也在，靜盈跟大家簡單招呼後，挑了一個離主席最遠的位置坐下。點開私人手機的 Line，搜尋 Forever，確定十多天沒有新訊息，一臉漠然，收起手機。利用等待的縫隙，閉目養神。Kevin 時不時偷覷著她。

Lisa 捧著甜點進來，大聲吆喝在場同事：「大家快來嚐這個京都頂級和菓子『嘯月』——」靜盈感覺被打擾，皺了下眉頭，Lisa 仍繼續高分貝的說：「——想吃這一味，要一個星期前預約才拿得到，小小一口就要五百多塊日幣，你們嚐嚐看，值不值得這個價！」

「Lisa 姐怎麼這麼好，請大家吃這麼高級的伴手禮？」業務部新人 Emily 很懂得看人臉色，適時接話捧 Lisa 的場，讓她有踏腳石，在眾人面前登台唱戲。

「還不就是日本團提早額滿，我已經連續三個月業績達標，請大家吃點小東西，把這個福氣再繼續傳下去，讓每個人運勢都變好，公司賺錢，我也跟著領厚厚的年終獎金啊！」

「Lisa 姐人真好，會替我們這些新人著想。」Lisa 笑得合不攏嘴，她喜歡這種被簇擁、稱讚的感覺。可偏偏就有一人不買單，坐在位子上紋風不動。

Lisa 拿著一個甜點，走近靜盈，堆笑：「呦！很累吧！妳出發前，我就提醒過妳貴婦們不好伺候，陪笑了半個月，辛苦妳了。」

靜盈只想趁空檔，讓混沌的大腦慢慢清晰，沒力氣和無聊的人周旋，隨口回應：「還好，貴夫人們出手闊綽，禮數周到，我也多賺了兩個包。」

「哎！這些貴夫人沒見過世面，送禮不懂得送到心坎上。包能幹嘛，又不能吃飯，賣掉，還抵不過一團日本業績。這一趟出去這麼久，一定沒時間招攬業務，需不需要我 Pass 幾個客人給妳？」

Lisa 的話有多長，刺進靜盈腦門的針就有多深，使靜盈腦袋瞬間清醒，眉一挑，冷冷回應：「謝謝 Lisa 姐的好意，下次再讓妳關照，這個月我也已經達標了。不過，我只需要服務十個人，不像妳得照顧一百多個人，實在辛勞，真正累的人是妳，怎好意思再讓妳介紹客人。」Kevin 在一旁偷笑。

「怎麼可能？」Lisa 聽得一頭霧水，想追問，Emily 故意發出咳嗽聲，吸引 Lisa 注意，Lisa 一轉身，就發現老闆——張永信，已神采煥發走進會議室，坐上主席位。她趕緊拉了張椅子坐下。

張董一坐定，對著靜盈微笑：「吳經理，怎麼不多休息幾天再進來。」

「謝謝老闆關心，飛機上有休息。」靜盈刻意看了一眼 Lisa，意有所指：「大家都這麼努力，我也不好意思偷懶。」

「對啊！大家都很認真，我也剛從日本回來，老闆怎麼只關心吳經理，這年頭還是顏值高，吃香。」Lisa 不爽風頭被搶走，假裝吃醋抗議。

「認真、都認真。如果大家都可以像吳經理一樣，一邊帶團，一邊搞定百大企業的員工旅遊訂單，年底我就送業務部所有人到冰島看極光。」員工們開心拍手，感謝老闆為人慷慨。

只有 Lisa 瞠目結舌，像是中了石化咒，呆若木雞。好不容易回神，正想要如何扳倒靜盈時，突然，門外一陣騷動，有個陌生女子大聲嚷嚷，高聲喊著吳靜盈的名字。門外行政小妹擋不住，身材略顯發福的女子直接衝進會議室，Kevin 忙起身阻擋。

吳靜盈揉了兩下太陽穴，拿起公務手機，一臉嚴肅，走近女子：「您好，我是吳靜盈，請問您有什麼事嗎？」

「終於找到妳這個狐狸精，妳說妳做了什麼法，我老公參加完公司舉辦的旅行後，回來就魂不守舍，一直盯著妳的照片不放，嚷嚷著妳說有空再聯絡，不能言而無信。」

Lisa 一臉看笑話的竊喜，覺得老天爺派人來幫她修理吳靜盈。張董則將身子往椅背後一靠，淡定喝茶，他相信靜盈有辦法處理。

「妳是葉炳忠的老婆嗎？」

女子抬起下巴，側眼盯著靜盈：「好啊！妳果然跟我老公很熟！」

靜盈懶得跟對方口水戰，一手往 Kevin 頸後摸去，勾著 Kevin 當眾熱吻。會議室內眾人屏息，女子看得目瞪口呆，張董倒是一臉玩味的看著靜盈。

靜盈放開 Kevin，直視女子：「關於妳老公一天到晚來訊，無論明示暗示拒絕都聽不懂，我很困擾，對我的情人也挺抱歉的。正好您來了，幫我個忙。」

女子望著帥氣又年輕的 Kevin，一時不知該說什麼，只見靜盈滑開手機，點開某個帳號，按下通話及擴音鍵，沒多久，話筒另一頭便傳來低沉、沙啞、略帶猥瑣的男子嗓音：「美人，妳終於願意打電話給我了。」

同事們訝異靜盈處理的方法，可又覺得大膽有趣，紛紛低頭憋笑，讓女子覺得有些丟臉，氣得搶過手機：「美你個頭，我是你老婆。你再敢傳訊息給吳導遊，我就讓你賠贍養費賠到脫褲子，聽到沒？」女子說完，把手機扔在會議桌上，轉身離去。

同事們隨即揶揄 Kevin 擄獲靜盈芳心，並向靜盈豎起大姆指，唯張董微笑聽員工們烘鬧。Lisa 一臉鄙夷，不甘心靜盈大出風頭：「這女人真蠢，不會挑老公。哪像我老公，他知道我最近順風順水，還說，如果我升上東南亞區的運營協理，他就辭職，專心在家帶小孩，讓我無後顧之憂衝刺事業。」Lisa 故意放閃，同時放消息，想讓靜盈打退堂鼓。

靜盈拿回手機，微笑看著 Lisa，才想開口反擊，張董就宣布：「好了，今天也沒什麼特別的事要討論，都去忙吧！」眾人準備出會議室時，張董意味深長的看了靜盈和 Lisa 一眼。

「Lisa 你留下來。」Lisa 得意瞄了靜盈一眼，喜孜孜到張董身邊坐下。

Emily 低聲詢問 Kevin：「東南亞營運協理的事，靜盈姐該不會出局了吧？」

Kevin 把食指抵著嘴唇上，暗示 Emily 別多話。靜盈瞧見，不在乎，對著 Kevin 燦笑：「親愛的，今晚下班去哪玩？」

＊＊＊

散場的電影院出口，Kevin 摟著靜盈步出。Kevin 興高采烈回味電影內容，靜盈卻打了一個大哈欠，但 Kevin 還沉浸在鋼鐵人和美國隊長出奇不意的誘敵之術，錯過靜盈的反應，牽著靜盈自顧自的往商品販賣部走去，直到靜盈放開手，停下腳步，勉強撐出笑容，說倦了，想回家，Kevin 這才顧慮到靜盈的感受。

一進家門，靜盈就倒頭栽進沙發裡，咕噥：「累死我了，果然年紀大，時差調不回來。」

Kevin 逕自坐到靜盈身旁，捧起她纖細的小腿，揉捏按壓，想幫靜盈消除連日的辛勞。靜盈覺得放鬆，有感而發的說：「歐洲線恐怕撐不久了，這幾年恐攻多，客人也會怕。還是東南亞市場潛力大。」

「東南亞有什麼好的，一天到晚『三碗豬咖』，跟妳這麼優雅的氣質不配，還是讓 Lisa 姐去比較合適。我們就繼續飛遠遠、賺小費、談戀愛。」Kevin 說得心滿意足，卻沒瞧見靜盈失落的眼神。

「果然是太年輕！」靜盈阻止不了自己這麼想。雖說年紀和一個人心智的成熟度不見得成正比，但有些嫩葉、沒經歷歲月的煎焙，就是熬不出茶葉的層次。

Kevin 按摩的力度越放越輕，撫摸著靜盈細緻的肌膚，緩緩往雙腿間靠近，手指也越發的不安分。靜盈明白 Kevin 的意圖，卻沒同樣的心思，輕輕拉起 Kevin 的手：「寶貝，你要是不累，可以去找你朋友玩，放過我吧！」

Kevin 以為靜盈只是裝一下矜持，想增加情趣，便將雙手放到靜盈耳邊，用力撐起自己，將靜盈壓在自己結實的身軀下，單刀直入的問：「妳的私人手機號碼，打算什麼時候讓我知道？」

靜盈望著 Kevin 熱切的眼神，突然覺得有些煩悶，深吸一口氣：「你有沒有想過，你喜歡我什麼？」

「成熟、大方、聰明、獨立、讓人無法一手掌握。」他刻意放慢最後一句話，厚實的大手不偏不倚地落在靜盈飽滿圓挺的雙峰上，雙唇極欲貼上靜盈軟嫩的紅唇。

靜盈撇過頭，將 Kevin 的手從自己身上移開，坐起身：「你喜歡的是在職場上的我，等你哪天真看懂我私底下的樣子，再給也不遲。」

「我說錯話了嗎？」Kevin 感覺靜盈有些情緒，像是犯錯的小狗，等待主人宣判處罰。

靜盈看出 Kevin 有些不安，不想為難，耐著性子用手指當作梳子，順了順 Kevin 的短髮：「別想太多，我真的累了，你先回家吧！」

送走Kevin，靜盈關上大門，吐了口氣：「終於剩自己一個人了。」

靜盈明白無論再怎麼盡興、熱鬧，熄燈後，總是要歸於平淡的。況且，她的工作有太多逢迎和討好，實在沒必要再留個人，把自己最後的喘息空間都榨光。對她來說，孤單不是沒人陪，而是找不到人懂。

她走進廚房，幫自己切了些起士，再倒了杯紅酒，拿到陽台享用。她望著街景，一口起士一口紅酒，品嚐著油脂風味與酒中單寧的平衡。

她太喜歡這樣的平衡，所以即使遇到條件再好的男人，也不曾想走進婚姻。因為一旦進去了，何時能獨處？何時得陪人？就由不得自己了。

此時，靜盈私人手機螢幕忽然一亮，Forever終於再度來訊，問：「回家沒？」

靜盈看著桌上的起士，這些品味是Forever教會她的，Forever也是少數能懂她的男人，只要她現在回訊息，半小時內，Forever就會出現在她眼前。可她右手食指敲點著螢幕，遲遲沒有回訊。看著手中搖晃的酒杯，紅色液體延著杯身擴散、滑斂，再擴散，她問自己想見Forever的思念有多濃？她該為Forever放棄今晚的平衡嗎？

深吸一口氣，靜盈將食指移到手機頂端，按下關機鍵。她可以為Forever開門，但也能選擇不開，她很清楚，凡事能有選擇，才有自由，而獨處更是一種難能可貴的選項。此時此刻的她，只想敬自由一杯。

九、送不出去的禮物

懷著忐忑的心情，佳萱步入天霖居住的社區。她抓著手機，對照著小周傳給她的地址，一戶戶探尋這片日式平房社區。突地，有隻皮毛烏亮、黃眼圓睜的黑貓躍上牆頭，也躍入佳萱的眼簾，這讓原本專心看門牌的佳萱，著實被嚇了一跳，但見黑貓正延著牆緣朝她走來，她不由自主的漾出微笑，手心上頓時覺得暖暖地，想起兒時一段養貓歲月。

佳萱記得讀小學時，家裡曾養過一隻小花貓，小花貓怎麼來的，她也忘了，只記得小花貓跟自己很要好，因為佳萱的兩個哥哥愛追小花貓，拔牠的鬍鬚玩，擾得小花貓常躲在佳萱身邊尋求保護。久而久之，佳萱也習慣小花貓總膩在自己身邊。特別是寫功課或讀書的時候，小花貓會自動跳到佳萱大腿上窩著，彷彿佳萱的大腿就是小花貓的天堂。而佳萱也習慣在思考或想休息時，下意識摸摸腿上的貓，感受溫暖的陪伴，只是當時的佳萱還不懂什麼叫「依賴」。

直到有天放學回家，佳萱發現兩個哥哥竟出乎意料的守著小花貓，而小花貓看起來像睡著似的躺著，一動也不動，佳萱覺得奇怪，以為哥哥們又對小花貓惡作劇，故意拿酒給貓咪喝，不停的搖小花貓，想把牠搖醒。沒想到哥哥們一反以往的粗魯，很小心的跟她說：「咪咪，死了！」

佳萱不信，但定睛一看，小花貓腹部完全沒有起伏，再仔細撫摸，感覺貓咪身體僵硬，不若平時柔軟。那是佳萱第一次知道什麼叫「分離」。

跟著爸爸、哥哥一起到公園埋葬小花貓，佳萱心裡一直覺得涼涼的，她不知道自己怎麼回事，直到那天晚上回家寫功課，當佳萱的手又不自覺的往腿上放，卻摸不到熟悉的溫暖時，她才懂得心頭的涼，是手上的空，原本依賴的東西消失，是會讓人流淚的。

從那之後，佳萱不願意再養寵物，因為她不想再承受所愛的事物突然消失，那痛徹心扉的失落。可眼前這隻闖進視線裡的黑貓，望著她的眼神有種莫名的熟悉感，深邃瞳孔外裹著一圈淡淡的黃，像極了小花貓調皮又令人憐愛的氣質，讓佳萱下意識的朝牆頭伸出手，想再觸碰那久違的溫暖。黑貓見佳萱伸手，也不閃躲，就靜靜的伏著，等著被觸摸。

就在佳萱快碰到黑貓背脊時，倏地，一台機車從佳萱身邊急駛而過，驚得黑貓一溜煙跳下牆，消失無蹤，徒留佳萱伸長的手停在牆緣邊，懸著。

「也好，世上的相聚總有分離，不該留戀早些告別，或許對彼此都好。」佳萱有感而發的體悟，像是提醒自己不能忘記此次前來找天霖的理由。並摸了摸皮包裡張泰山的簽名球員卡，希望這能代替她給天霖一點鼓勵，度過被停職的低潮。

終於，佳萱來到天霖家門外，按了門鈴，有些緊張的等著，她沒聽見屋內有任何聲響。許久不見回應，正當她想著天霖是不是不在家，猶豫著是否該按第二下門鈴時，突然大門開啟。

天霖一身居家運動服，鬍渣滿腮、亂髮倒豎，搭配一付粗框眼鏡，讓佳萱有些詫異。不過，天霖這副有別於職場上清爽颯朗的模樣，對佳萱而言卻多了份高中時期的宅男感，讓佳萱原本有些惆悵的心境，添了幾絲親近。

「嗨！都中午了，還在睡，我吵到你啦？」佳萱拉高聲調，語速明快，想讓氣氛輕鬆些。

天霖拖著腳步，揉著眼開門，一見佳萱後，頓時像是觸電般張大雙眼，一時間腦子有點轉不過來，一片空白，不知所措的瞪著佳萱的笑臉，有些尷尬。不過，天霖的手始終扣著門把，沒將門完全打開，顯然是沒打算請佳萱進門的。

「有什麼事？」天霖躊躇了半晌，才開口問。

「你沒上班，又不接電話，我只能來碰運氣……你還好嗎？」佳萱能感覺到天霖的冷淡，一反剛剛的熱情，小心翼翼的關心。

「很好……」天霖看出佳萱擔心，但他現在對佳萱無話可說，「我沒什麼事，妳走吧！」天霖欲關門，讓佳萱知難而退。但他的心裡是難過的。面對自己喜歡的女人，大費周章打探自己的住處，又大老遠跑來探望自己，誰能不心動？可偏偏這個女人並不想跟他有未來，他還能怎樣？

在門快闔上之際，佳萱伸手擋住：「我會走的，只是在走之前，我們先吃個飯，我趁午休出來找你，還沒吃午餐，有點餓，怕走不回停車的地方。」聽到佳萱這麼說，天霖有些心疼，覺得自己直接下逐客令太過無情，但他清楚若是讓佳萱進門，他就沒辦法裝作不在乎了，這條防線必須守著。

「我們家冰箱很空，沒東西可以招待妳。」

「出去吃吧！你才剛睡醒，一定也餓了，吃完我就走。」

佳萱的提議讓天霖沒理由拒絕，既然佳萱大方表示只是吃個飯就走，他也不想讓自己顯得太小心眼，一副為情所困、玩不起的模樣。

「就近解決吧！」

＊＊＊

社區大門旁，一家寬敞的 7-11，門口擺了幾張陽傘和桌椅，供客人用餐使用，佳萱買了御飯糰、綜合壽司組與日式涼麵，和天霖坐在最靠近山壁的角落。

佳萱拆開綜合壽司組：「多虧有便利商店，這陣子加班都是靠這些食物，才能撐得下去。」

「最近的新聞燒到你們家了？」

「真被你說中了，最近 SG 手機一直傳出爆炸事件，許多人把矛頭都指向電池設計不良，搞得我手裡的客戶，跟著緊張起來。」

「你們公司開始生產鋰氧電池嗎？」

「有這個計畫，江董為了怕搶輸大陸公司，老愛在客戶面前吹噓自家電池，已經可以讓手機用五天，不用充電。」

「哼！吹牛都不打草稿。」天霖待在業界許久，天花亂墜的事情聽多了，很快就能分辨是真是假。

「是啊！我也覺得太扯，就偷偷問研發主管，他告訴我，現在都還是嘗試的階段，要我千萬不能跟客戶過度保證，到時候做不出來，就糗大了。」佳萱嘆了一口氣，垮下肩，往後倒在椅背上。

「其實，讓妳頭痛的不是客戶，是妳老闆太愛到處惹事，處理不了，才推妳去擦屁股，讓妳不勝其擾。」

佳萱訝異，以為自己對老闆的厭煩隱藏的很好，但天霖卻一下子就猜中她的心思，讓她覺得被理解。這是在文忠身上，從沒有過的感受。

「江董的個性，業界皆知，聽他說話要打六折。只要妳經手的文件，踩好底線，別讓老闆畫的大餅變成白紙黑字，問題就不會太嚴重。」

佳萱聽得出神：「原來大家是這樣看待江董的。」嘆了口氣，不停點頭，想多得到一點建議，卻又擔心天霖整日沒吃，餓著，把壽司推向天霖。

天霖見佳萱認同，拿起壽司，快送進口時，突然想起那日生日宴佳萱迎合趙董的模樣：「記得公司不是妳的，妳再努力，也只不過是大頭們的棋子，他們在乎的不是妳，而是妳為公司賺來的業績。別為了一點錢拚命，變成自己討厭的模樣，要相信妳的好，真的懂妳的人都知道。」一說完，天霖突然覺得臉頰有點熱，他後悔自己嘴太快，不該表現得太過在意。

佳萱感動天霖對自己的事如此上心，她也想表達對天霖的關心，只是怕一開口卻讓天霖覺得虛假，一個給不起承諾的人，憑什麼表達關懷。

一瞬間，空氣像凝結般，兩人拿著食物，不知該如何反應。突然，黑貓又出現，來到佳萱身邊，喵嗚了幾聲，蹭了蹭佳萱的小腿，想討食的模樣，惹人憐愛。

貓咪的出現，化解了方才的尷尬，佳萱將注意力轉到貓咪身上：「你也餓了嗎？」伸手撫過黑貓背脊，「好多天沒吃飯吧！都餓出一把骨頭了，你等等，我馬上買罐頭給你吃。」

佳萱站起身，拿著錢包準備往店內走，想起自己只顧黑貓，好像忽略天霖：「這些夠吃嗎？還有沒有想吃什麼，我再買。」

「不了，妳趕緊買罐頭，我在這裡看著牠。」佳萱用力點頭，開心天霖也是愛動物的人。

佳萱跟店員要了一個免洗碗，將罐頭倒入，混了一點水，沒養過寵物的天霖看了好奇，佳萱才說是因為怕貓咪吃得太急，噎著。天霖看著佳萱細心、心疼黑貓的善良模樣，忍不住微笑，但下一秒，卻很快意識到這樣的喜歡並無存在的必要，於是又將笑容收起。

佳萱看黑貓吃得香，不自覺說起童年往事：「小時候，我有養過一隻貓，跟牠一樣有雙漂亮的眼睛，可後來意外過世，大家都很自責，之後家裡就不再養寵物了。」看貓咪三兩下就吃完，佳萱趕緊再開一罐：「別急，慢慢吃，會讓你吃飽的。可惜娜娜會過敏，不能養寵物，不然你個性這麼好，跟娜娜作伴，一定很合適。」

「還好有妳女兒，否則我看妳八成會把牠帶回家，再痛一次。」

「但寂寞時，有人陪，你不覺得是一件很幸福的事嗎？」佳萱這句話問得平凡，卻不知自己觸動天霖的敏感神經。

還在上班的時候，他本來很有信心能忘了佳萱，可最近生活一下子空下來，才發現心裡確實希望有人陪，可偏偏他希望陪伴自己的人，只有眼前這個不可得的已婚人妻……

這陣子，天霖為了阻止自己一切想接近佳萱的念頭，不斷告訴自己這只是被停職的後遺症，才會讓他對佳萱有如此強烈的渴望。直到這一刻，他發現只要對佳萱放鬆戒備，佳萱就能輕易的觸碰到他要命的柔軟之地，不由得心中警鈴大響。

佳萱見天霖不說話，定定看著黑貓，流露出關心，少了初見時的防備，忍不住試探的問：

「這裡，有家人陪你住嗎？」

「沒，我一個人。」

佳萱手裡摸著黑貓，想起童年的孤單，忽然感嘆：「一個人……很寂寞的，無論想不想結婚，還是找個伴吧……」

「我的事不需要妳關心！」

佳萱見天霖突然冷下臉，有些不知所措：「你怎麼了？」

「午休時間快結束了，妳走吧！」天霖話說完，抓了桌上沒吃完的御飯糰和咖啡就走人，讓佳萱措手不及，急忙追上。

「如果我說錯了什麼，我先跟你道歉。」

「我們只是一夜情，妳不需要關心、更不需要抱歉！妳越界了！」

佳萱聽天霖說得冷拒，但其實眼神是激動，她才意識自己方才的話對天霖是種傷害：「對不起，越界的事我會注意，但除了那天晚上之外……我們還是朋友啊！我只是想確認你有好好照顧自己，我就能放心，不再掛念你。」

「妳夠了！讓妳放心？不再掛念？那我呢？難道妳以為我跟手機一樣，高興拿著就拿著、高興放下就放下，什麼感覺也不會有？妳太自以為是了！」

聽著天霖的控訴，佳萱才驚覺自己單方面的善意，對天霖來說是殘忍而無情的。

她不是故意的，她的關心是真的，只是她也從天霖的話裡，明白自己的好意反而造成了傷害，於是強撐起微笑：「好，我懂了，很抱歉，我不會再來打擾你……」

佳萱輕輕從天霖身邊擦肩而過，天霖同時也邁開腳步，頭也不回的離開。或許天霖真正不滿的，是他好不容易平靜的心，又因為佳萱的到來再起波瀾。

可天霖不知道的是，當佳萱和他擦肩的那一刻，眼淚像壞掉的水龍頭關不上。她非常、非常努力的壓抑，不讓自己哭出聲，就是設想著萬一天霖回頭看她，那麼至少別讓天霖從她的背影看出她在發抖或抽啜。

佳萱失魂地走回停車場，打開包包，看到汽車鑰匙旁的球員卡，眼淚又奪眶而出。「送不出去也好，當作報應吧！」佳萱在心裡狠狠鞭斥自己，要自己徹底斷念。

十、坦承

安靜的咖啡廳，佳萱一個人獨坐角落，默默翻看餐點目錄，可她什麼也沒看進去。這是她和天霖不歡而散後的第二個午休。

這兩天，她完全沒有胃口，吃不下任何東西，頂多喝些流質的飲品，讓她原本就清瘦的臉龐，更顯凹陷。

突然，一隻手出現在佳萱眼前揮舞，接著傳來靜盈的聲音：「怎麼這麼早到？」

佳萱一抬頭，靜盈看清楚佳萱面容後，驚呼：「天啊！莊小姐，妳幾天沒睡啦？」

佳萱勉強一笑：「這麼明顯啊？看來蜜粉上得還不夠，大概要跟藝妓借化妝品，才蓋得住。」

靜盈皺眉：「妳只有心情不好的時候才講冷笑話，說吧！發生什麼事？」

佳萱一嘆，原來要裝作若無其事並不容易：「我見過古天霖了。」佳萱沒看靜盈，繼續低頭翻目錄，這時，她看見菜單上「鮭魚酪梨壽司」的照片，停下手。

「妳跟妳的『錯過』……又擦槍走火了？」

佳萱雙眼直盯著三角飯糰，淡笑：「是，我們擦槍走火了，不過，不是你想的那種，我們沒滾床，而是我說錯話害他傷心，他說我自私，把我趕走……」佳萱再度抬起頭，眼眶已紅了一片。

正當靜盈想追問時，門口傳來「碰」的一聲，吸引店內所有人的目光。靜盈、佳萱也往門口望去，只見劉曉琪正甩門來到。

曉琪身材依然健美，包覆在緊身褲下的大腿，依稀可見結實卻不失勻稱的線條，若非她肩上掛個大包，肘上勾著小包，還抱著三歲小兒子——品辰，一身潮牌運動服，很容易讓人以為她是健身房常客，或根本是健身教練。

佳萱見曉琪來到，忙收了眼淚，和靜盈上前幫忙。

剛進門的曉琪，除了一手抱小孩之外，另一手正拿著手機氣呼呼的講電話：「我剛才不是有告訴妳，今天跟同學有約了嗎？對呀！就跟吳靜盈她們！」

佳萱和靜盈幫忙接手大小包及小孩，曉琪給了兩人一個困擾的神情，她們立馬心領神會，並用眼神示意曉琪壓低音量。

曉琪收了音量，放低身段：「好好好，我知道，不是故意留妳一個，等過兩天有空，再帶妳出去走走，今天先跟同學吃飯……媽！妳下次想出門，要先跟我說，我才好安排時間。我事情多，妳又不是不知道！不然妳要我……」

話還沒說完，曉琪突然一頓，滿臉不耐的拿開手機：「奇怪，還掛我電話？又不是我不對，是她自己忘了我跟你們有約，怪誰呀！」

「起碼妳不用再聽她唸了……」靜盈說。

「妳弟和弟媳搬出去住，妳媽媽需要妳陪，也很正常。」佳萱幫忙安慰。

但曉琪卻像被點到痛處似的，大洩不滿：「齁！說到我弟我才氣，明知道我爸走了這麼久，我媽一直很依賴他，他還偏偏聽老婆的話，搬到老婆娘家去住，這不存心放著我媽不管嗎？」

「你不餓，孩子也餓了，先點吃的。」靜盈試圖轉移曉琪焦點。

佳萱一邊陪品辰玩，也忙遞上菜單，為曉琪解說招牌餐點，總算讓曉琪眉頭暫舒，放下家事的紛擾。

只是焦躁的曉琪始終停不下來，她看著目錄，嘴裡又叨叨唸：「李敏慧呢？這裡離她上班的地方最近，還遲到，太不應該！」

冷不防地，一個平靜淡定的女聲傳來：「我——來——了！」

身著民族風麻料衣飾的敏慧，輕輕滑進座位裡，定定望著曉琪，就給品辰遞上養樂多：「我剛才有在群組說會晚五分鐘，妳沒看？」

曉琪見敏慧如此疼品辰，只好先道歉：「唉喲！對不起嘛！我被我媽氣到，還沒看訊息……李老師大人有大量，可憐我當年中了妳的招，乖乖生了三個，別跟我生氣啊～」

「要是認真跟妳生氣，早就跟妳絕交，還會來嗎？」敏慧故意給了曉琪白眼。

靜盈、佳萱看了忍不住笑。品辰看大人們笑了，也跟著笑曉琪：「媽媽被阿姨瞪。」

「那你有沒有看到媽媽也在瞪你！」曉琪尷尬拿品辰出氣，靜盈忙拿出義大利帶回的 AMEDEI 巧克力分送，轉移方才的齟齬，四個高中好姊妹才總算能安頓下來，好好吃飯、說說話。

＊＊＊

佳萱面前擺著咖啡和鮭魚酪梨壽司，沒食慾，幫忙曉琪餵品辰，好讓曉琪可以專心跟閨蜜聊天。靜盈和曉琪、敏慧聊天之餘，瞄了瞄佳萱，知道她難受。

「妳為了替王家生一個兒子，都生到第三胎了，青山還是沒幫幫妳？」敏慧捲起一團義大利麵送進嘴裡。

「別指望那個王青山，我對他早死了心，他只要給我乖乖賺錢，別三天兩頭還要我幫他去跑分店支援，我就阿彌陀佛了！」曉琪拿著叉子用力戳碗裡的沙拉。

「那妳公婆呢？偶爾請他們幫忙接孩子，妳就不用這麼累了！」敏慧疼惜好友，不願意她為了家庭不斷壓榨自己。

靜盈舀起一口湯，很快接話：「別奢望了，她不只沒開口，還幫公婆安排旅行，去中國玩十六天，跟我們公司的團。」

「妳果然是人見人愛的滿分好媳婦……」佳萱應和。

敏慧不禁嘆了口氣，看著曉琪：「我跟妳說過『關係要有進有出才平衡』妳老是當好人，別人就會忘記要尊重妳，把妳當女傭。」

「唉呀！這些事我做慣了，就這樣吧！最近那個大的搞得我很火大，正想問問妳這個專家，青春期的小孩要怎麼教啊？」

「品蓁怎麼了？」敏慧問。佳萱、靜盈也專心聆聽著。

「不就是擦個桌子嘛！我看她擦得很隨便，叫她重擦，她居然給我摔抹布！」

曉琪說得憤慨，可敏慧聽得很頭痛：「青山呢？他人在哪？」

「這還用問嗎？他不是不在家，要不然就是坐在電腦前打怪，還能在哪？」

敏慧放下手中餐具，認真說：「關於你們夫妻間的事，我早就提醒過妳，妳不能老是跟在問題後面，擦屁股，這樣處理不完，妳應該想想這些問題是怎麼發生的？才能釜底抽薪！」

「我只是想問青春期的小孩怎麼了，妳幹嘛把輔導老師的架子擺出來對我？」

佳萱、靜盈聽出敏慧和曉琪有些緊張，互看一眼。敏慧大學畢業後，又進修諮商心理研究所，個性從以前的活潑開朗漸漸變得平穩冷靜，替大家排解許多心裡的疑難雜症，是很好的傾聽者。只是有時良藥苦口，讓人一時難以承受。

敏慧感到被誤解，有些無奈，冷眼：「小孩的認知和反應，多半和家庭生活有關，妳既然要問，我當然知無不言，言無不盡，就看妳跟青山願不願意面對。」

曉琪聽敏慧更直接的指出問題，有些迴避，揚揚手：「好，反正我就是不如妳，把王青山縱容成那個死樣子，不像妳把儀禮教得這麼好，行了吧！」

敏慧一嘆，還想反唇時，佳萱先出聲打斷：「敏慧，妳的單位和學校有合作，能不能趁職務之便，關心一下品蓁？」

敏慧明白佳萱不願自己又陷入曉琪的比較遊戲。曉琪好勝，但心地善良，只是講話太利，這與曉琪的母親有很大的關係，母女倆心結太深，一時間也不是自己想幫忙就能化解的，便打消和曉琪繼續爭執的念頭：「我會試試。」

曉琪聽著其實感謝，但一句「謝謝」就是說不出口，只好裝忙餵品辰。

靜盈忙轉移話題，關心敏慧：「妳還在看中醫，調體質嗎？」

「我開始做人工受孕了。」

聽敏慧這麼一說，佳萱不禁心疼：「人工受孕很折騰的……」

「唉喲！何必生得這麼辛苦？沒有就算了嘛！」曉琪希望敏慧少受點折磨，只是她忘了自己已有三個孩子，因此這番話聽在敏慧耳裡，變得諷刺，讓她忍不住反擊：「這是我的人生，要我自己說了才算！」

「好！妳加油，趕快幫儀禮生個孩子，那就可以跟佳萱一樣，擁有最完整、最圓滿的人生！好不好？」曉琪看似贊同敏慧的選擇，但言語間充滿嘲諷，讓敏慧寒著臉，不想多言。

佳萱正喝咖啡，想著自己的婚姻，不禁有些心虛，沉默。

靜盈見場面冷了，自我調侃：「欸欸欸！妳們別忘了我單身，難道單身就註定是缺憾，沒資格完整？圓滿啦？」

敏慧冷睨著靜盈：「妳明知道我們沒這個意思。」

「我當然知道，開玩笑嘛！李老師的幽默感又翹課囉～～～」

聽靜盈這麼一鬧，敏慧臉上的寒霜才稍解凍，發現佳萱有些不對勁：「佳萱，在想什麼？」

「古天霖！」佳萱心裡這麼回答著，但她說不出口，只能笑道：「我在想，我確實什麼都有，該知足了……」

「何止知足，妳有孩子，老公是公務員科長，鐵飯碗，又肯幫妳帶小孩、做家事，妳還有自己事業，不用看男人臉色，也不用跟公婆住，根本是這世界上最幸福的女人，我都快羨慕死妳了！」曉琪語不驚人死不休的一番言論，引得佳萱更慚愧。

靜盈擔心，望著佳萱。敏慧很快出言制止：「劉曉琪，妳又預設別人的立場。」

「這還要確定嗎？好呀！李老師不信，那我們就問問當事人，請問莊佳萱小姐，妳的人生是否已經圓滿，沒有任何妳想要，要不到的缺憾，對吧？」

佳萱緊閉雙唇，此刻在她腦海裡翻轉的是在 7-11，天霖拿咖啡和御飯糰走掉的背影。佳萱怔怔望著三位閨密，一時不知該說什麼，紅了眼眶。

靜盈伸出手，在佳萱背上輕撫著：「哭出來，會好一點。」

佳萱這才默默流下眼淚，卻嚇壞曉琪和敏慧。敏慧靜靜看著，唯曉琪聒噪猜測：「文忠出軌啦？」

「都什麼時候了，妳還亂猜？」敏慧忍不住白眼。

「那不然會有什麼事能讓佳萱哭？」

「出軌的人……是我……」佳萱顫抖說出。

靜盈吐了一口氣，佳萱終究對姊妹們坦承了。敏慧表面鎮定，實則暗訝，悄悄皺眉，一付不能苟同且難以置信的表情。

「文忠這麼好，妳這樣怎麼對得起文忠？」曉琪心直口快。

佳萱被說得羞愧低頭。靜盈搖頭，想保護姊妹：「感情是兩個人的事，而且跟文忠過日子的人不是我們，不全是佳萱的錯！」

「但別忘了，佳萱在婚姻裡，在婚姻裡違規的人都得付出代價，會受傷的。」敏慧一針見血說道。

聽著大家對自己的擔心，佳萱抽了口氣：「妳們放心，那件事結束了，我會好好珍惜手上的幸福。」

佳萱強顏歡笑，並坦白了出軌的對象是古天霖。她看見靜盈眼中的訝異，也不知道自己為何要這麼做，但此刻的她，有一種豁出去，一了百了的任性。天霖都那麼擺明的保持距離，乾脆讓自己坦承一點，把祕密攤開陽光下，就不會再有奢望。

十一、犯了錯的人

太陽漸沉的日式住宅社區，飄出陣陣飯菜香。

昏暗燈光下，天霖全神貫注的盯著大螢幕打電動。偌大的螢幕裡，天霖操控的獵人，生命值亮著紅燈，他左轉右繞找不到可充飢的食物，正著急該如何破關時，黑暗處突然冒出個敵人，偷襲成功。

「死了！」

天霖愣愣地看著染紅的螢幕，彷彿死的是自己，眼神呆滯。過了半分鐘，他丟下搖控器，關掉螢幕，喝掉桌上剩餘的一口啤酒，再拿出一支雪茄放進雪茄剪裡，切掉雪茄帽，點燃。

他木然地把雪茄送到嘴邊，深吸了一口，將煙鎖在嘴裡，品嚐著雪茄內含的堅果及可可風味，再緩緩吐出白煙，看著煙霧冉冉升起，瀰漫室內，就像他對佳萱的記憶，只能任其飄散。

他感覺有些口渴，卻分不清是身體的渴，還是對佳萱的思念。

下意識的拿起啤酒瓶，忘了剛剛已經喝得一滴不剩，再拿起 7-11 咖啡杯，杯底咖啡漬早已風乾。

天霖放下雪茄，抓著啤酒空瓶和咖啡杯往廚房走去。來到洗碗槽旁，見洗碗槽內的咖啡空杯，一愣，數了數。

「一、二、三、四、五、六、七……」

忽然之間，一陣鬱悶籠罩天霖。他落寞地沖洗咖啡紙杯，不解自己上次一夜情的疼痛感，只花了五天就撫平，這次怎麼還沒過去？

天霖看著洗碗槽堆積如山的泡麵碗、紙杯和玻璃瓶，覺得心煩，找了個袋子，將回收物一一丟入。只是丟著丟著，卻怎麼也丟不掉佳萱的身影。他對自己生氣，可有什麼用呢？既然不接受佳萱的關心，那麼現在就該負責讓自己開心。

天霖拎著回收袋，套上薄外套，拿起手機、鑰匙，準備出門。才剛踏出門，就接到世榮來電。

「我在雪茄吧，要不要過來？」

「我又不是笨蛋，你身邊一定有狗仔。」天霖信步在社區小道上，發現今晚月色特別明亮，想起上一次和佳萱散步時，也是滿月。

「都停職半個月了，你老待在家，不悶啊？」

「悶！悶壞了，誰叫我自己交友不慎。」

「好，這條罪我扛，那為了補償我的好兄弟，要不我跟小周問莊佳萱的電話，幫你解解悶？」世榮開玩笑的問，卻歪打正著戳中天霖痛處。

「你別亂開玩笑，人家是有夫之婦，再惹出個新聞，會鬧家庭革命的。」

「哇！我隨便說說而已，你這麼認真？是對莊佳萱念念不忘吧！」

天霖不願世榮察覺兩人關係有異，趕緊把話題轉走：「這麼八卦，我看你別做生意了，改行開徵信社會更成功，也不怕你老婆找人偷拍你！」調侃幾句後，便收話。

他不想談佳萱，是不想被世榮發現自己還惦記著佳萱，被兄弟看扁，認為自己是個玩不起的男人。可事實上，他不想面對的，除了面子問題外，還有不願再聽到「莊佳萱」這三個字，因為這個名字像咒語，就快開啟讓他魂牽夢縈已久的密碼。

天霖一路看著月亮散步到 7-11，才剛回神，就見黑貓躺在 7-11 門邊。黑貓見天霖來到，還特地挺直了頸子望著天霖，像是對天霖有期待。見黑貓熱切的眼眸，天霖刻意視若無睹，瞄了一眼，便抬起下巴走進店內，就和對佳萱的淡漠一般。

和佳萱在此吃過午餐後，他已連續第七天造訪便利超商，貨架上所有陳列的商品早已了然於心，明知這些東西撫慰不了自己冰冷的心，可就是不放棄想要找到一絲暖意。他不停的在店內打轉、踱步，直到看見貓罐頭。

再次走出店門，手上已捧著御飯糰和綜合壽司組，還多了兩盒貓罐頭，以及免洗餐具和開水，準備給黑貓一頓飽餐。但黑貓不在了，取而代之的是地磚上的一抹紅。

「那是血嗎？」

天霖擔心，不知黑貓發生什麼事，忙將手上食物全放下，四處尋找黑貓的蹤影。

＊＊＊

空虛，對佳萱這種職業婦女來說，本是遙遠的名詞，每天忙碌的行程，早已將她的生活給塞滿，根本沒時間感嘆。可那日從天霖家社區離開後，她覺得心裡有一塊角落遺失了，整個人像盪在天空中的落葉，不停的翻滾、飄移。

「呃……」

佳萱坐在狹小廁所地面上，朝著馬桶內嘔吐，吐完後，她覺得一股巨大的掏空感襲來，為自己感到哀傷。她按下沖水鈕，水流很快帶走一切汙穢和混亂，她突然好希望自己人生不想要的部分，也能丟進馬桶裡，重新來過。

門外震耳欲隆的音樂聲以及眾人歡唱，把她拉回現實，她還在 KTV 包廂裡，等等得端起業務經理的模樣，繼續和客戶把酒言歡。

自從和姊妹們坦白出軌後，佳萱一度以為自己已重回軌道，繼續平淡的小日子。但她卻怎麼也揮不散心裡涼涼的感覺，就像兒時小花貓離去一樣。她知道這是不捨和失落，但想不通的是小花貓陪了她好幾年，可她與古天霖從沒一起生活過，為何會如此難受？

為了盡快渡過這段低潮，她把行程排得超滿，下班後一定有應酬，連客戶公司內部活動都去，她以為只要夠忙就能把空虛趕走，沒料到空虛是流沙，一腳踩進去，就再也踏不出來。

佳萱用力將自己撐起，把馬桶蓋放下，往馬桶蓋上一坐，允許自己休息一會兒。並拿起手機查看文忠是否來訊催促，卻發現天霖一小時前就發來黑貓受傷的照片，問著：

「牠左腳有一道長長的傷口，一直流血，怎麼辦？」

剎時間，佳萱喉頭有股灼熱感，迅速延燒到胸口。

＊＊＊

佳萱忙搭計程車到天霖家門口。她提了一袋包紮用品下車，猛按門鈴，但卻無人回應，這才發現天霖的車不在，她想著天霖會上哪去？黑貓和他在一起嗎？太多的疑問，讓佳萱忍不住給天霖打電話。

「我看到妳了。」話筒裡傳來天霖的聲音，這是天霖第一次接起她電話。

佳萱張望著，發現不遠處有台車對她閃大燈。天霖降下副駕駛座車窗，黑貓乖巧地伏在座位上，左腿上有紗布。

「我看妳這麼久沒回覆，乾脆直接帶牠看獸醫。」

佳萱心疼地把黑貓抱起：「醫生怎麼說？」

「打了針破傷風，醫生說要多休息。」他們沒發現彼此的互動自然得像夫妻，一起關心著受傷的毛孩子。

天霖聞到佳萱一身酒氣，讓她進家裡去喝杯水。這是佳萱頭一次走進天霖的私領域，她坐在沙發上，聞著空氣中有股特別的煙草味，看著桌上已熄滅的雪茄，心想，原來這就是天霖生活的味道。

天霖站在廚房倒水，望著靜靜坐在客廳的佳萱，感覺前所未有的和諧，這畫面好熟悉，卻怎麼也想不起在哪見過。天霖告訴自己那記憶不可能是真的，因為佳萱從沒來過。也許夢，是唯一的解釋吧！天霖在心中默默想著。

看著佳萱的背影，他心中有種說不出口的滿足感，好像佳萱本就屬於這裡，她回來了！她的存在，讓天霖感覺自己的房子更像個「家」。

佳萱將茶几收拾整齊，從塑膠袋裡取出生理食鹽水、碘酒、棉花棒等用品。天霖端了杯水走近。

「醫生有幫忙剪掉傷口周邊的毛吧！」

「有，還教我之後換藥要由內向外清理傷口，壽司的傷口才好得快，不會再感染。」

「壽司？」

「獸醫說要建檔，問牠叫什麼名字，我就說壽司。」

「是因為我們遇見牠的時候，正在吃壽司？」

天霖一愣，有些觸動，不懂眼前這個女人為何從高中開始，便能輕易地讀懂他的心思，即便分離了快二十年，她還是這麼理解自己，一開口就能讓他平靜許久的心湖揚起陣陣漣漪。

天霖點點頭，淡淡一笑：「或許吧！」他刻意淡化心裡的悸動，不想讓佳萱知道她在自己心中，有多特別。

壽司像聽懂主人呼喚似的竄出來，佳萱忙伸出手想迎接，壽司卻蹭在天霖腳邊，睜著圓瞳仰望，一副要天霖抱抱的討喜模樣。

「你會收養牠嗎？」佳萱見壽司安適地伏在天霖腿上，彷彿和天霖有深厚的感情。

「會吧！有隻貓作伴，也挺好的。這房子這麼大，就我一個人住，是太空曠了，有牠或許會熱鬧些。」佳萱聽出天霖話裡不經意流露的孤單感，她想回應，卻又害怕上回在7-11的「越界說」，再度上演。看著天霖輕撫壽司的手，她多希望自己變成壽司，感受那掌心的溫暖。這想法讓她喉頭乾得發燙，急忙喝了口水，她必須阻止自己往下想，因為那都是奢望。

為了避免自己再胡思亂想，佳萱拿出手機，打開叫車APP：「時間不早了，我該走了。」接著猛然起身，或許是酒精仍殘留體內，佳萱覺得眼前一陣黑，差點又跌回沙發上，幸好天霖及時扶住。佳萱發覺自己和天霖靠得近，她不敢抬頭，怕眷戀的眼神洩露了心底的祕密，只低聲說了謝謝。

沒想到，天霖手沒放開，反而還抓得更緊。

「謝謝妳來，上一次，我沒把情緒控制好，抱歉……」

佳萱忙搖頭：「不，你沒錯，是我太一廂情願了……」

「一廂情願」四個字，像電流般通過天霖的身體，中文成語這麼多，為何她偏偏選這一個。可也因此，天霖才明白原來佳萱和自己的感覺是一樣的，她對自己並非沒有意思，只是現實的問題太嚴峻。他和佳萱的一段情，只能是個美麗的意外。

「太晚了，我送你。」天霖放開手，也放下先前對佳萱的不滿，拾起一旁的外套，忙掏找車鑰匙。

佳萱有些心慌，她不確定自己的意志力還能撐多久，待在天霖身邊越久，她就越沒有信心掌控好自己：「別忙，我叫車很方便。」不待天霖回應，便踩著踉蹌的腳步往大門移動。

天霖不放心，跟上，想攙扶佳萱，沒料到壽司躺在玄關，見佳萱走來，緊張一跳，不小心絆倒佳萱，天霖急忙伸手一攬，將佳萱擁入懷中。

「連一隻貓都可以把妳絆倒，我怎麼放心讓妳一個人回家。」

佳萱趕緊站穩身子，推開天霖：「別對我這麼好，我沒有資格讓你這麼做。」掙扎中，天霖瞥見佳萱眼角淚光，知道她口是心非。

「因為妳結婚了嗎？意思是走進婚姻裡的人，沒資格享受好的對待？」

「在你還沒出現前，我已經做了選擇，我必須為我的選擇負責。是我不該對你有眷戀，我已經踏錯過一步，不能再讓你為我受傷了。」

「如果說外遇是現在犯的錯，那有沒有可能婚姻是妳過去犯的錯呢？」天霖毫不猶豫地脫口而出，她不願意看到佳萱被責任壓得毫無生氣。

佳萱一怔，張大眼望著天霖，訝異他會說出這樣的話。這個念頭，她不是沒想過，也曾後悔自己當初是不是為了結婚而結婚，不是真的愛文忠。只是這樣的想法太自私了，她不能為了自己的快樂，而傷害另一個人。

可是此刻她的堅決，何嘗不也傷害了天霖，無論怎麼做，她都傷人了，更傷了自己。

見佳萱不說話，天霖意識到自己失言：「抱歉，我不是有意批評妳的婚姻，我只是感覺到妳雖然看似幸福、擁有很多東西，可妳的笑總是帶著一點淡淡的哀傷，和高中時候的妳，不一樣。」

佳萱苦笑：「犯了錯的人，沒資格笑得太開心。你還單身，選擇還很多，不管我的婚姻是不是個錯，我都沒有權利拖另一個人下水，你去找更值得你牽掛的人付出吧！」

「如果我說，我想牽掛的人，只有妳呢！妳會願意讓我陪妳一起修補錯誤嗎？不管是現在的，還是過去的？」

「我不知道，讓我走……」話還沒落盡，佳萱的眼淚早已撲簌簌直流。

天霖伸手為佳萱拭淚，他知道佳萱的痛苦來自於自己，他和佳萱同樣感到憂傷，但他不願意只是被動著承受，他想賭賭看被關進道德牢籠的人，是不是有翻身的機會。

天霖往前踏一步，佳萱跟著退一步，幾步後，佳萱發現自己已抵在門板上，無處可退。

天霖直盯著佳萱，像是要將誓言刻進她腦海似的：「如果牽掛註定心碎，那我情願那個人是妳。」

接著一把將佳萱擁入懷中，吻上。

佳萱淚眼婆娑間，再次聞到天霖身上的柑橘香氣，以及他口中的煙草味。此刻的她，心情很複雜，她不否認，再次感受天霖的唇是快樂的，但同時她也迷惑著擁有老公、女兒的自己，有沒有資格接受這種快樂？

天霖一吻暫歇，見佳萱不再流淚：「還想走嗎？」

佳萱腦袋混亂，她明知自己該走，但身體就是動不了。天霖像是不肯給佳萱太多思考時間似的，再度吻上佳萱，他的唇像雨絲般，落在佳萱的下巴、鎖骨、胸口，直探雙峰；同時，他的右手沿著佳萱側臉的線條，從耳下、肩頸，順著背脊直到腰際，並輕輕撩起佳萱的窄裙。當手指隔著絲襪輕觸到佳萱敏感的蓓蕾時，天霖感受到佳萱身體的顫動。他清楚自己的矛盾，也清楚佳萱的掙扎，但此刻的他無法克制內心想占有佳萱的衝動。

正當天霖一顆顆解開佳萱胸前的排扣時，佳萱感覺自己的眼淚悄悄滑落，那是一種被諒解的喜悅，接著一股熱流從她腹部湧出，讓她管不住自己的手，拉開天霖的上衣，撫摸他厚實的胸膛、緊弓的臂膀。

有了佳萱的回應，天霖的吻由綿柔轉為更具侵略性，他將雙唇內的柔軟，毫無保留的送進佳萱的齒頰間，恣意吸吮她的愛。

待壽司搖著尾巴，漫步到天霖和佳萱身邊臥下時，他倆已全然占有彼此，赤裸地躺在客廳地毯上，緊緊相擁。天霖從一旁撈了件上衣，蓋在佳萱腰際間，就怕她著涼。佳萱感受著天霖的體貼，覺得幸福，可一想到時間，她的心不由得又慌亂起來。

＊＊＊

一道道明亮的路燈，快速刷過天霖和佳萱若有所思的臉。天霖一手握著方向盤，載著佳萱奔馳在高速公路上，另一隻手則緊緊牽著佳萱。他們時而緊握彼此，時而深情對望，深怕一開口，就破壞這份靜謐的時光。

佳萱看著車上的時間，已過凌晨十二點，接著瞧見路牌顯示下一個交流道，只剩一公里，拉了拉天霖的手：「我們下交流道。」

「妳家直走最快，為什麼要下交流道？」

佳萱沉默著，沒有答話，只是低頭看天霖的手，將另一手輕覆在天霖的大掌之上。

天霖看了佳萱一眼，仍依她所願，將車開下交流道，隨即遇到紅燈，把車停下，佳萱這才緩緩開口：「下交流道，就為了這個。」

天霖看著眼前的靜止，這才意會佳萱選擇走平面道路，是希望多停一些燈號，多些時間跟自己相處。他很感動，將佳萱的手拉來吻了一下，再踩下油門前行。

「妳這麼晚回家，可以嗎？」

「還好，要上班的日子，一點前進家門，都算正常，他習慣了。」

天霖這才放下心，但情緒是五味雜陳的。他知道自己和佳萱重逢得太晚，儘管他私心希望佳萱能立刻來到他身邊，但基於她對家庭的掛念，以及身為人妻、人母的責任，他知道現在不該再給佳萱壓力，只能好好跟佳萱說清楚自己的感情。

「今天晚上，妳讓我懂了，為什麼我沒辦法結婚。」

「為什麼？」

「過去交往的對象，從沒有人給我『家』的感覺。」

佳萱淡淡一笑，聽見天霖如此告白，既開心又難為。天霖想要的「家」她該怎麼給？

「過去我一直認為『靈魂伴侶』根本是鬼話連篇，但跟妳重逢之後，我漸漸覺得『靈魂伴侶』也許真的存在。」

天霖說得越誠懇，佳萱的心就揪得越緊，她不想讓天霖失望，可又不知道該怎麼滿足天霖的期盼，深吸一口氣：「古天霖，你真是我人生最大的難題。」

再過一個路口，佳萱的家就到了，天霖希望今晚的相聚能結束在笑容裡：「那正好，我跟出題老師很熟，只要妳繼續留在考場上，我會幫妳偷看題目。」

佳萱意識到天霖想讓氣氛輕鬆些，也微笑回敬：「那你要連答案一併奉送，我才要留下哦！」

「成交！」在天霖輕快的語調中，他們的車尾燈，消失在夜色裡。

十二、空中危機

晃動的計程車上，靜盈帶著睡意的素顏，不經意打了哈欠，看看手機，距離上班時間還有十分鐘，她氣定神閒的看著司機為自己飆車，同時手抓粉餅，等待時機。下個路口，紅燈亮起，司機減速停下，她瞄了一眼紅燈時間還有八十九秒，迅速為自己化上眼妝、腮紅、還有唇彩。當計程車再度啟程，她已俐落收好所有化妝品，並且神采奕奕的準備下車。

大辦公室裡，靜盈望著電腦螢幕上爆棚的通訊軟體，快速打字和客戶們連絡感情：「丁主任，長灘島好玩嗎？」

丁主任訊息回應：「好玩，風景好、吃得好，我老婆蠻開心的！」

「丁太太想趁著暑假帶孫子遊歐洲嗎？我們公司的歐洲線經營十多年，很多深度旅行，值得一遊，如果主任有考慮，請給我服務的機會。」丁主任回覆有意願後，靜盈便貼上行程連結，對這個業績十拿九穩。

同時，螢幕上彈出同業——小鄭來訊：「哭夭咧！今年暑假的行程好難賣！你們怎麼樣？」

靜盈苦笑鍵入：「也難推，五成。」

小鄭給一個大驚嚇表情：「五成已經能活了，我們只求把包機機位全賣掉……」靜盈快速按下鼓勵的貼圖，雙手舉起伸懶腰。

Kevin 拿著出團的行政文件溜到靜盈身邊：「這兩天晚上都不出去玩，妳怎麼了？」

靜盈親暱地摸摸 Kevin 的臉：「你不讓我睡美容覺，怎麼美美的跟你出門？」

Kevin 湊近和靜盈咬耳朵：「問妳私人手機的事，是不是還不開心？」

靜盈笑笑搖頭：「沒事，今晚去你那，我想吃火鍋。」Kevin 這才安心地點點頭。

但這一幕，卻引來 Lisa 關注，剛好 Emily 拿著資料走過，Lisa 抓住機會，刻意拉高音量：「Emily，妳一天到晚嚷著想交男朋友，到底脫單了沒？」

Emily 嘛起嘴：「Lisa 姐老公這麼好，看男人眼光肯定準，能不能幫我介紹？」

Lisa 瞥了靜盈一眼：「幫忙介紹當然沒問題，不過我有個提醒，要記得女人千萬別賣弄風情假矜持，還是儘快找到長期飯票妥當！否則等妳青春的尾巴都看不見了，就只能倒貼小奶狗卻不敢嫁。」

正當眾人尷尬看著靜盈若無其事要 Kevin 做事時，張董從私人辦公室步出，宣布：「今年的春季旅展沒衝高業績，接下來的暑假檔期，大家加把勁！」

「是，老闆。」

就在異口同聲中，Lisa 接到日本領隊來電，神情大變：「怎麼跌倒的？怎麼會這麼嚴重？」霎時間，眾人目光全聚集到 Lisa 身上，只見她滿臉焦急：「好了、好了，我知道，先把客人送醫院，任何醫療專機的事都不要講，等我喬喬看。」

結束通話後，Lisa 一臉慌張向張董報告：「老李的團，一個國中生男孩子，聽說是跟表哥在玩，不小心被推下樓，現在坐不起來，他媽媽頭一次帶小孩出國，也不知道是太興奮還是太挑剔，出國前就問題很多，要求也多、很龜毛，還仔細比較過我們旅遊平安險的等級，每一項權益都清清楚楚……」

張董眉頭一蹙，指著 Kevin、Emily：「你們兩個先確認今天飛關西的航班，還有沒有回程機位。」再對 Lisa：「妳跟大阪的旅行社連絡，請他們派人到醫院幫老李。」

眾人分頭忙去，張董也拿起電話洽詢醫療專機事宜，靜盈在協助 Kevin、Emily 確認機位時，悄悄觀察張董，只見他面容嚴肅，單手扠腰講電話同時，還不停來回踱步，可見焦慮之情。

Emily 沒見過公司這種氣氛，好奇問：「既然都幫客人保了旅遊平安險，大家幹嘛還這麼緊張？」

靜盈尷尬擠笑：「妳問到重點了。」

Kevin 小聲說：「因為我們跟客人收有醫療專機的 A 級保險費，但是只買了沒有醫療專機的 B 級保險，噓！」Emily 聽了一瞠目，便不敢再多問。

靜盈無奈一嘆，她雖然知道經營公司、照顧好所有員工絕非易事，但這種「偷保險」為公司省成本的手法，是在跟風險對賭，遲早會出事。雖然事不關己，但畢竟跟了張董多年，她並不希望公司出事，於是她點開同業小鄭的訊息視框，敲下幾行字。

一個小時之後，眾人向張董回報。跌倒的小客人診斷為「脊椎挫傷」，醫生建議躺平運送，同行的母親深信兒子能獲得醫療專機照護。可糟糕的是，醫療專機申請需要繁雜的文件程序，最快也得等四十八小時，但今晚由關西返台的各大航空皆滿位。

「叫老李先安頓客人，馬上準備文件申請專機。」

「是……」Lisa 拿起電話，突然想到一事，臉色慘白的問：「董事長，醫療專機要花上百萬，這筆 Cost 該不會算到我帳上吧？我只是依公司規定……」

「妳先把事情處理好，費用之後再談！」張董拉下臉盯著 Lisa，她才意識到可能觸怒了老闆，忙噤口。

這時，靜盈電腦螢幕上跳出同業的視框：「這五個客人今晚不會登機，華榮航空。」

靜盈忘情急喊：「Lisa，叫老李把客人送關西機場，華榮航空有五個空位，拆了剛好運送客人，今晚就可以回到台灣。」

張董訝異看著靜盈。Lisa 倒有些不服氣：「剛才不是都查過了，妳怎麼可能有空位？」

靜盈興奮地貼了張圖給小鄭，表達感謝，同時向 Lisa 解釋：「是小鄭他們公司的客人，一家五口要續留大阪，所以他很肯定華榮有位子。」

「航空公司顯示額滿，萬一把客人送到機場又不賣票呢？」

「不會啦，小鄭在華榮有朋友，搞定了，妳叫老李報小鄭名字，去買機位就對了！」

「要是那一家五口又突然出現呢？」

「他們才剛到影城玩，一時半刻不會回家。」

「但是說不定會突然反悔啊！」

「公司是大家的，把錢花在醫療專機，大家能分的獎金還剩多少？妳一大早對我指桑罵槐，我都不計較了，妳現在是那裡過不去？」靜盈說得 Lisa 無地自容，臉色一陣青、一陣紅。

「還不動？快打電話呀！」張董耐不住性子，對 Lisa 一喝，這才讓 Lisa 乖乖照辦。接著，張董給靜盈一個感謝的微笑。

靜盈一時仍難解氣，抓了包站起身：「我去給小鄭送個禮，謝謝他幫忙。」

張董很快接話：「報公司帳。」

「當然。」話落，靜盈便在眾人目光中，起身離開。

＊＊＊

步出大樓，接近正午的太陽讓靜盈整個人像火爐。她不是沒想過袖手旁觀，可就是受不了一點小事演變成公關危機，結果落花有意，流水無情，搞得自己熱臉貼冷屁股，更加受氣。送禮前，她需要發洩一下，拿出私人手機，點了佳萱的號碼。

「妳在哪？怎麼這麼吵？」

「菜市場……」

「妳不是都吃公司便當，在市場幹嘛？」

「我、我要幫古天霖買午餐……」

靜盈聽出佳萱語氣中的愉悅，頓時心中生出一道淙淙清流，為她欲炸的悶鍋降溫：「這神展開的劇情，什麼時候發生的？」

「發生了一些事，電話不好說，下回見面再告訴妳……還是我們約晚餐？」

「晚餐我有約了。」

「好吧～那我們改天……等一下，兩碗海鮮麵是我的，多少錢？」

靜盈聽著佳萱忙付錢，不禁笑出聲：「好啦～先去見妳的古天霖，改天再說，Bye！」收了話，靜盈為佳萱的快樂而開心。

「愛情」對她們這個年紀的女人來說，是有錢也買不到的稀缺品，能擁有的人，都是幸福的。可另一方面，她也忍不住有些落寞，與其說她是為佳萱擔心，還不如說她太清楚「愛情」都有保鮮期，就像她對 Kevin 的感覺能再維持多久，她也沒把握。

十三、折返跑

日正當中，佳萱聽著輕快的樂曲，開車來到天霖社區大門口，降下車窗，熟練拿出磁卡開啟柵欄，將車駛入。自從佳萱接受天霖的感情後，三不五時的午餐約會，是一天當中最令她期待的時刻。

「抱歉，在路上接了幾通電話，耽誤了。」天霖和壽司站在門口迎接，佳萱提著食物來到，已經一身香汗。

「下回妳忙跟我說，我買。」天霖話落朝佳萱頸子吻去，佳萱意外又害羞。

「一身汗啊……」

「很香。」天霖的吻無間斷。

「你不餓嗎？」佳萱不知該處理食物，還是回應天霖，慌忙而雀躍。

「餓，看到妳就餓了。」

佳萱由著天霖將自己抱上沙發，落下他絲綢般柔軟的唇，舐舔著頸頰間每一滴汗。她發現天霖喜歡在接吻時，雙手在她腰際和雙峰間摩挲，任由手指爬上山峰，迴繞輕觸，令她愉悅得仰頭一吟，毫無保留地開展自己，接納天霖所有的熱烈。

處於熱戀期的兩人，炙熱的性愛後，佳萱喜歡賴在天霖的胸口上聊天，天霖溫柔地凝望和撫摸，讓佳萱覺得備感呵護。他們聊童年、聊求學、聊工作、聊夢想，她發現天霖在研發上的歷練，讓他蛻變成一個好奇且情感豐沛的人。這樣專注無干擾的談話，讓佳萱乾涸已久的心房像被溫泉注入一般，體驗前所未有的關注及滿足，讓她越來越想留在天霖身邊。

但甜蜜後的罪惡感總是特別大的，為了沖淡對家庭的虧欠，天黑後，佳萱開始買菜回家作飯。娜娜很喜歡和媽媽一起吃晚餐，文忠也肯定她重視家庭，只是，佳萱從天霖身上發現自己其實很需要人好好說話。這段時間，她也曾努力想陪家人聊天，但文忠、娜娜早習慣吃飯看電視，父女倆總是專心的盯著動漫看，完全無視於她的存在。

她木然地夾菜送進嘴裡，覺得被冷落，有些不滿。但矛盾的是，她又慶幸被忽略，才得空傳訊給天霖：「吃晚餐了嗎？」

天霖傳來晚餐照片，桌上有盤蒸魚、微波炒飯和煎蛋，再配一瓶德系黑啤。

佳萱看著照片裡，壽司很有興趣的盯著魚，忍不住偷笑，但很快察覺自己不該在家人面前這麼愉快，抿住嘴，悄悄回訊跟天霖說喝啤酒容易痛風。天霖調侃她開始關心情人的健康。她看見「情人」這個字眼，有些不好意思，猜自己可能臉紅，但還好文忠、娜娜並沒有注意到。

天霖說天氣漸漸熱了，不喝啤酒很難受，但如果佳萱陪他晚餐，他就不喝。佳萱知道天霖在討愛，她的心其實也飛到天霖身邊，她望著眼前的文忠和娜娜，不禁疑惑認真經營了十年的家庭，是怎麼慢慢失去快樂，只剩下「責任」這層外衣？

＊＊＊

幾日後，天霖傳訊問佳萱，當天的約會能不能外出用餐。佳萱問天霖想吃什麼，她來訂餐廳，誰知天霖竟賣關子，要佳萱答應了就知道。她完全沒有拒絕天霖的能力，於是設法把下午的行程延後，盡可能抽空多陪天霖一、二個小時。

直到天霖刻意把車停在山腳下，佳萱望著兩人當年步行上學的真理街，這才明白天霖想和她重遊母校。

天霖對她伸出手：「這件事，我當年就想做，沒想到二十年後還能實現。」

佳萱淡笑，輕輕牽住天霖，步行上山。路上，見當年賣阿給的小店還在，決定午餐就吃辣燙燙的阿給和貢丸湯，回味一下小地方獨有的滋味。

適逢暑假，校園顯得格外謐靜。兩人慢步在蟬鳴如雷的紅磚道上，佳萱不經意提起天霖當年在校門口被葉世榮載走的往事。

天霖驚訝佳萱當日竟在場，也因此得知，當年教官怒吼著追不上葉世榮的ＦＺＲ後，便當眾大罵天霖遲早毀在葉世榮手裡。如今看來，佳萱認為教官的預言顯然太武斷，因為天霖現今的成就，足以成為傑出校友。

天霖聽著卻認為教官是鐵口直斷，否則他現在怎能回母校悠哉散步呢？佳萱意會到天霖指的是葉世榮害他停職的緋聞，噗嗤笑了。

兩人逛了逛禮拜堂、八角塔，聊了些校園往事，彷如昨日。天霖刻意繞到佳萱的教室，胸有成足地說：「信不信，我找得到妳的座位？」

「不信，我自己都忘了，你怎麼可能找得到。」

只見天霖一臉自信的看過幾張座位後，果決地指著角落的桌子。佳萱走近一看，認出自己當年刻上偶像名字的記號，驚喜追問：「你怎麼辦到的？」

天霖神祕一笑：「我在妳的桌上裝了定位系統。」

佳萱對天霖皺了下鼻，猜想也許只是恰巧矇中，便不再細問。倒是天霖接著又問：「畢業那天，妳有回到自己的座位上嗎？」

佳萱想了想：「好像沒有，我被曉琪她們拉去拍照。」那張照片現在還擱在她梳妝台旁。

「原來是這樣……」

經天霖這麼一提，佳萱腦海裡有個畫面一閃而逝：「畢業典禮結束後，你有來找我，是嗎？」

天霖點點頭：「但沒見到妳。」

「那天找我想做什麼？」

「我們重逢之後，就不重要了。」

佳萱看著天霖又牽住自己的手，想想也對，重要的人、重要的事，都已經在眼前這當下。離開母校後，過往的回憶一次湧現，佳萱覺得跟天霖總有許多話沒說完。帶著依依不捨的心情回到公司，佳萱已無心工作，只想趕快下班，但下班後她不能飛奔天霖住處，仍得回家煮飯。這般想逃家的心情，讓佳萱忍不住批評自己。

這一晚，文忠帶娜娜練琴晚歸，做完菜後，她靜靜在客廳坐了一會兒，看著地板有些髒汙，以及沙發上一疊未折的衣物，她突然覺得這個家有些遙遠，於是起身開始整理家務，像是在整理自己的心情，也像試著重新親近家庭。

文忠、娜娜回來，見佳萱煮了飯又做家事，表情有些吃驚。

「妳最近好像哪根筋不對，被雷打到哦！」文忠除了意外，講話一樣酸，但笑容裡是樂見佳萱多為家庭付出的。

佳萱堆起笑容，沒說什麼，只催著他們父女倆先吃飯。當動漫台的頻道一開啟，看著文忠和娜娜的笑臉，佳萱天真的問自己，會不會只要她一個人努力，就可以讓現實的責任和理想的情感並存？

＊＊＊

週末前夕，佳萱出奇不意請了半天假，要天霖開車南下雲林。到了雲林之後，佳萱沒直接說出目的地，而是要天霖依著她的指引左拐右彎，直到抵達斗六棒球場時，她才拿出簽名球員卡，並說張泰山今天在這裡出賽，引得天霖驚喜連連。

進了球場後，天霖開心又感動佳萱的精心安排，還不忘提起自己當年存錢買票，卻沒約到佳萱的糗事。佳萱解釋那陣子是因為自己功課不好，被父母禁足，她其實很想收下天霖的門票，卻不知如何表達自己的困難，只好斷然拒絕，讓天霖誤會多年。天霖這才恍然感嘆，只怪年少太過青澀，對於愛情有太多憧憬和猜測，讓彼此錯過這麼久。

佳萱心頭一動：「你也覺得我們是錯過？」

天霖直覺點頭：「當年我們要是一起看球賽，我可能會在球場跟妳告白。」

佳萱五味雜陳地牽起天霖的手：「過去就過去了，重要的是，我們現在在球場，而且都知道彼此心意了……」

雖已事隔多年，但天霖深藏的期盼終獲回應，一時欣喜，忘情吻上佳萱。

這是天霖第一次在公開場合，與佳萱如此親近。霎時間，她的心跳劇烈、悸動莫名，一方面，她不預期天霖會如此大膽示愛，另一方面擔心要是讓熟人看見了該怎麼辦？

「怎麼了？」天霖感受到佳萱的僵硬。

「沒有啊，沒事，快看球賽。」佳萱忙著掩蓋自己的心思，沒發現天霖眼底的悵然若失。

回程路上，佳萱發現天霖話少了，原以為是開車太累，想幫天霖開一段路，但天霖只望著前方的路，搖搖頭：「我回家就可以休息，但妳回家還要照顧家裡，先睡一會兒。」

佳萱以為這是天霖慣有的體貼，便不再堅持，鬆了身子準備小憩。只是閉眼前，她望著天霖的側臉，發現他的嘴角下垂，臉上的神采也不若日前。

「這麼快……我們的快樂結束了嗎？」她心想著。濃濃的睡意襲上眼皮，連日來的勞心分神、多處奔波，讓她無力細問，沉沉睡去。

＊＊＊

佳萱匆匆趕回家，幸好文忠帶娜娜鋼琴檢定未歸，便心虛慌忙地做起家事。待文忠帶著娜娜回來，佳萱已累得只能擠出殘存的氣力關心結果，就催促著父女倆快洗澡。

「娜娜今天很辛苦，先去洗。」娜娜順了文忠的話，哼著動漫主題曲進浴室。

客廳只剩文忠和佳萱，她能感覺文忠有話要說，心中暗自提醒自己要打起精神。

「妳最近很少說話，回家又光做家事，是怎樣？」

「沒怎樣啊，你平常也辛苦，要是不累，我就應該幫忙分擔。」

「也是啦，這個家又不是我一個人的，那妳等一下要陪我看球賽哦！」

「天啊！我才剛從棒球場回來。」佳萱在心裡喊道，她覺得血液裡的棒球濃度已經超標，再繼續看下去會直接被三振。

「今天你自己看，我想早點休息，明天要進公司加班。」

「妳不是說不累，而且妳很久沒陪我了！」文忠故意踩住佳萱的拖把。

佳萱深吸一口氣，抬起頭：「我做完家事就累了，你先照顧好自己，好嗎？」

文忠正想發作，娜娜就從浴室裡跳出來，嚷著拔拔快洗澡，她等著拔拔一起看動漫。佳萱急忙攔下陪伴娜娜的工作，這才讓堅持不在孩子面前爭吵的文忠，打住爭執。

事實上，佳萱已把所有的精力留給天霖，她實在無力再費心與文忠相處，可回頭想想，她和文忠剛在一起時，也不覺得有什麼不滿意，為何天霖的出現，讓原本平靜的生活變得無聊？她想阻止自己不斷比較新歡和舊愛，一方面覺得這對文忠不公平，可另一方面又擔心，就算自己和天霖有未來，是不是等日子久了，終將走到熱情褪去的一天，就像今天回程的安靜。

會不會說穿了，世上所有的愛情都將敗給時間？

十四、越界

敏慧躺在病床上，盯著牆上的時鐘，已經下午兩點了，她完全不記得自己是怎麼走進醫院的，只依稀有個畫面是計程車大哥，坐在駕駛座一路狂按喇叭，神情慌張、頻頻轉頭，要她撐著點。

她用手肘當支點，努力讓自己坐起身，一名值班護士剛好來巡床，測量她的體溫和心跳。正當她的左臂被血壓計的束帶綑緊膨脹時，手機鈴響起，敏慧麻煩護士幫她從皮包裡，拿出手機。

「妳還好嗎？身體如何？」電話那頭儀禮的語調平淡，絲毫沒有任何緊張。

敏慧看了一下機器上的數值：「沒事，脈搏血壓都正常，醫生說躺兩天、沒出血就可以回家。」她說得有點心虛，因為她根本還沒見過自己的主治醫師。

「等我上完最後一堂課，繞去醫院看妳，妳想吃什麼，我去買。」電話那頭的聲音一樣冷靜。敏慧突然覺得有點冷，可她不想說出來麻煩任何人。

「不用，醫院有餐。你專心忙，最後一年了。」便匆匆收了線。護士有些同情地看著她：「李小姐，妳會有家人來照顧你嗎？妳的住院手術還沒完成，需要有人幫你跑流程。」

「抱歉，我馬上處理。」敏慧迅速找到佳萱的電話，撥出後卻直接轉語音信箱。

＊＊＊

靜盈從外頭拜訪客戶回來，才剛坐定，打開公司信箱，一封人事公告躺在信件夾裡，還未點開，張董就從會議室裡走出，手裡拿著一瓶冒泡的香檳，微笑的看著靜盈：「恭喜妳榮升東南亞協理。」

靜盈還來不及會意，其他人手中都多出了一只玻璃杯，上前恭賀她：「靜盈姐以後要請妳多多照顧了。」Emily 很懂得搶得先機，不怕別人笑她見風轉舵。

一旁的 Lisa 吃味：「哎！可惜了，這麼細皮嫩肉的美人跑去那麼熱的國家，沒兩天就曬黑了。等等，我送妳一罐超抗紫外線的防曬油給妳，妳一定要好好保養自己，不然，我就更吃不到妳的喜酒了。」

靜盈聽出 Lisa 是明褒暗貶，可她清楚現在自己的位階已在 Lisa 之上，她必須展現高度：「我該謝的不只是防曬油，如果沒有妳穩住公司東北亞的業績，幫我多爭取一點時間，我也沒有信心替公司到東南亞開疆闢土。不用等喝我的喜酒，現在我就先敬妳三杯。」

靜盈豪氣的拿起身旁同事的酒杯，一口氣喝完三個人手中的酒，贏得所有人的掌聲。Lisa 對靜盈的反應有些訝異，想再說點什麼，卻支吾以對。

一旁的張董全看在眼裡，他很滿意靜盈的大器以及這次的人事調動，趁著眾人拱靜盈請客時，他悄悄退回自己的辦公室。

靜盈開心接受同事的祝賀，同時也留心到 Kevin 正走到自己的桌位上，拿起她的私人手機，她正想開口詢問，Kevin 就小跑步將手機拿到她面前，上頭顯示敏慧的名字。

靜盈接起：「……怎麼進醫院了？好，我馬上過去。」臉上的笑容立刻僵住，眾人意識氣氛有異，識相地各自回座辦公，不再鼓譟。

只剩 Kevin 仍熱切的關心靜盈：「妳要去哪裡？我陪妳，再遠、再熱，我都願意。」一語雙關地表示出自己的忠誠與愛意。

靜盈掛心敏慧的狀況，沒空理睬 Kevin 的弦外之音：「不用，我自己去就可以了。」匆匆收拾皮包，便奔出公司。留下一臉失望的 Kevin。

＊＊＊

敏慧服用藥物後，整個人昏昏欲睡，恍惚間，聽到走廊外，有個熟悉的女聲大喊：「別亂跑！」敏慧認出那是曉琪的聲音，頓覺頭痛。

下一秒，靜盈便拉開床簾，探頭進來：「天啊！妳的氣色怎麼這麼蒼白。」

「廢話，她剛小產，一定流了不少血。來，我煮了豬肝紅棗羹給妳喝，補補鐵。」曉琪逕自走到病床旁的櫃子，將手上的食物一一盛出。同時，還要分神管教品辰，別玩櫃子上的抽屜，把湯汁濺得到處都是。

「你們怎麼都來了？」敏慧用手指順了順髮流，她不想讓自己顯得太狼狽。

「還好，靜盈打電話跟我求救，她沒生過小孩，不知道要買什麼給妳吃，亂出餿主意，說要買麻油雞，還好被我攔下來。妳才剛剛沒了孩子，吃那麼油膩，對妳身體不好。我另外，熬了山楂桂枝紅糖湯，酸酸甜甜，比較開胃，妳先喝。」一邊說一邊俐落地把補湯從保溫罐裡倒出，捧到敏慧面前，要她喝下。

即使敏慧知道曉琪是一番好意，但此刻的她，看著品辰活潑可愛的模樣，再甜的飲品，碰到唇都是苦的，她作勢啜了一口，就放回桌上：「太麻煩妳了，我訂醫院的餐就好……」

靜盈用眼神示意曉琪別再亂說話，可曉琪大剌剌的個性，卻視而不見，繼續說：「醫院都是中央廚房，那東西能吃嗎？女人小產就跟坐月子一樣，做得好，要幾個有幾個。你看我每一胎都有用心做，連生了三個也不會腰痠背痛。哪像你們，還沒生就一天到晚喊累。」

靜盈只好把話題轉走：「儀禮呢？怎麼沒看到他人。」

「他學校還有課，我叫他別來。」

「老婆為了懷他的孩子，都送進醫院了，怎麼可以不來。以後小孩生出來，還要跟他姓，天底下哪有這麼便宜的事，我打給他。」

敏慧按住曉琪的手機：「別打了，他在拚升等，再不過，就得回家吃自己。」

「你們夫妻都這麼忙，忙著研究、做個案，真的有時間恩愛嗎？要不我介紹……」沒等曉琪說完，靜盈直接用手摀住她的嘴。

但這段話已經像根針，戳進敏慧心中。沒錯，她和儀禮很久沒有做愛了，連要生孩子都要一起約在醫院，先取出儀禮的精子，再打進自己的子宮，這樣還算是「愛的結晶」嗎？敏慧也懷疑著。

為了不讓曉琪繼續胡說，靜盈只好使出調虎離山，要曉琪幫敏慧跑完住院流程，順便帶品辰四處晃晃，避免孩子無聊。

等曉琪離開，靜盈握住敏慧冰涼的手，輕聲問道：「妳還好嗎？痛不痛？」

敏慧看著靜盈突然一陣心酸，她意識到自己似乎已經很久沒被好好關心了，連這麼簡單的一句關懷，都甚少聽見。總是她在關心學生、輔導別人的心情，她不喜歡也不習慣把自己的難受告訴別人，維持溫暖與正向、不讓人擔心，是她對自己的基本要求。

「我沒事，不好意思耽誤妳上班。等辦完手續，你們就快回去忙吧！」

「我們的交情不值得一個下午的時間？」靜盈端起補湯給敏慧。「身體的痛會好，我擔心的是妳的心情，妳這麼努力想要一個孩子。」

「只能說緣分還沒到吧！」敏慧喝了一口補湯，「老天爺對我很好，想幫我挑一個健康的孩子，不夠強壯就得回去再訓練。換個角度想，這對我和孩子都是好事。別擔心。」

「妳能這麼想最好，但如果真的難過，一定要說出來喔！」

敏慧點點頭，勉強撐起嘴角，露出微笑。她必須這麼想，也只能這麼想。

＊＊＊

夕陽灑進天霖房間，將裸身酣睡中的佳萱給熱醒。睜開眼後，佳萱發現她會覺得熱不全是因為陽光，而是因為天霖緊緊把她抱在懷中，怕她受涼。佳萱倚著天霖厚實的胸膛，感受他沉穩的氣息，那節奏讓她覺得安心、幸福。

可惜，她意識到時間不多了，必須趕回家陪娜娜吃飯。她緩緩的抽身，希望不驚醒天霖。

「妳想溜去哪？」天霖的手臂更用力地將她環住。

「你醒了？我本來想讓你多休息一會兒。」

「妳又要走了……」

「……我下午已經請了半天病假，是時間該回家了。」

回家的時刻又到了，天霖開始厭倦跟時間賽跑的感覺，每一次他都覺得才剛起跑不久，沒多久就被宣告「Time Out」。可他也清楚這是佳萱的現況，如果愛她，就該多給她一點空間，別讓她為難。

「好，那我得當個稱職的醫生，再幫妳做一次全身檢查，確定沒事才能放妳離開。」他搔得佳萱咯咯笑。可佳萱明白其實天霖心裡很不是滋味，只好用這種方式強調自己的所有權，強化自己在佳萱心中的地位。

是撒嬌，也是宣示。

「謝謝你接受我的限制。」佳萱抓住天霖的大手，認真的說。

「我願意的。」天霖為佳萱拾來衣物，溫柔地幫她穿上。佳萱站在連身鏡前，整理好儀容，從皮包裡拿出手機，開機，想確認是否有人留訊。一連上網，數十通未接來電與留言，讓她忍不住驚叫出聲：「天啊！」

「怎麼了？發生什麼事情。」

「敏慧流產住院了，我得去看看她。」佳萱連忙點開文忠的帳號，留訊今晚不回家晚餐。

＊＊＊

佳萱奔進醫院，因為搞不清楚方位，在走廊上來回尋找，正好被起身上廁所的敏慧給發現：「別跑了，我在這裡。」

「終於找到妳了。妳怎麼下床了呢？醫生沒交代妳多躺一會兒。」

「我是小產，不是殘障，還不至於要接尿管。而且躺久了，頭也會暈。」

「也是。」佳萱扶著敏慧回病床上躺，「抱歉，來晚了，公司有點事。」佳萱幫敏慧蓋好棉被，刻意不看著她。「靜盈和曉琪呢？她們走了？」

敏慧點點頭，眼神卻直盯著佳萱的面容瞧，似乎想把她看透：「妳下午不在公司，對嗎？」

面對突如其來的質問，佳萱有些支吾：「我……在外面跑客戶。」

「別騙我了，」敏慧搖頭：「妳的頭髮和妝容洩了底。什麼客戶會讓你的眼線和眼影暈成這副模樣？而且妳髮尾捲翹的方向，也像是剛起床。」

敏慧刻意停下話，靜靜地看著佳萱。佳萱像是做錯事的孩子，低頭無語。

「是古天霖，對嗎？」

佳萱點點頭。敏慧起身，將枕頭打直，靠在身後，並將佳萱拉近，拍拍病床，示意她坐下。

「一段感情走久了會覺得平淡，這很正常，那不是沒有愛，而是信任更多了。」敏慧握著佳萱的手：「婚姻關注的是未來，不是現在，所以當初相愛的兩個人，需要把注意力從對方身上移開，放到更重要的事情上，這個家才可能穩固，運作得順利。」

「所以人家說婚姻是愛情的墳墓，這是真的……」佳萱輕輕抽回自己的手。

「妳都幾歲人了，還會相信偶像劇裡的劇情，一見鍾情，天雷勾動地火？」

佳萱抬頭皺眉：「我跟天霖錯過彼此太久，我們之間沒有這麼簡單。」

「研究證實，愛情的保鮮期只有三個月，戀愛時的滿足感會在第二年恢復到單身的狀態。我跟妳保證，不管妳現在跟天霖的愛有多濃烈，半年後，就會打回原形。」

「妳的意思是……因為愛情終究會消失，所以我們再難分難捨，遲早都要了斷？」

「對！出軌是人的天性，忠誠才是選擇！就是因為人會一直想找新鮮的刺激，我們才會賦予婚姻這麼神聖的價值，約束人性的黑暗。」

「但妳知道嗎？感情這種東西是沒辦法否認的……那不是我努力說服自己，文忠還愛我、我有一個完整的家，就會消失的……」

佳萱的話像電流般，讓敏慧心頭一麻，她發現自己太快反對佳萱外遇。如果今天佳萱不是朋友，而是個案，她是不是願意再多靠近她一點，瞭解她心裡的感覺？

敏慧深吸一口氣：「妳說，我在聽。」

「在婚姻裡，我很孤單……我會出軌不是因為天霖有多好，而是我終於意識到自己多渴望，有個人好好跟我說話、理解我、肯定我……」佳萱這才承認自己在婚姻裡的痛苦，原來這麼多年來，她一直在假裝。

敏慧點點頭：「好，就算妳能安頓好娜娜、離開文忠、跟天霖在一起，然後呢？」

「我、我不知道……」

「妳知道純愛劇為什麼總是大賣？因為它抽離了現實！男女主角不用上班、過日子，只要一天到晚談戀愛，它符合觀眾的幻想，但妳活在現實的世界裡，妳跟古天霖一點也不獨特，等到你們能長相廝守，關係裡的枯躁乏味一樣會發生，然後故事又會再輪迴一次。」敏慧刻意迎上佳萱的目光，在四目交接那一刻，她才又開口：「回頭吧！」

「可是……妳不覺得世上唯一不變的是『一直在變』嗎？是！妳能一直忠於婚姻，妳沒變，但我不能承認自己變了嗎？」

「妳現在的想法只是一時的，妳會受傷、會後悔的！」

敏慧的篤定，讓佳萱再也坐不住，站起身。

「那我也想問妳，妳可以繼續這樣過日子，但儀禮呢？妳能肯定他永遠安於現狀？能一直在婚姻裡滿足嗎？」

霎時間，敏慧心跳加快了一拍，隱隱有些不安。她搖搖頭，在心裡告訴自己沒事，可能是西藥吃多了，出現過敏反應。同時，她也明白佳萱被愛沖昏頭，只會合理化自己的外遇，是聽不進勸的，只能點到為止。

「既然這是妳現在的選擇，我尊重。只希望妳把持好界限，為自己留點路。」

敏慧的話，讓佳萱想起先前在 7-11 天霖責怪她的「越界」說。她嘆了一口氣：「有時候，妳會以為自己把界限劃得很清楚，直到妳已經在另一邊，才知道為時已晚……」

兩姊妹對看無語，長長的沉默，像一道裂痕，割裂出兩方的立場，各自頑固地在原地堅持，沒人願意先跨越。

十五、關係保鮮期

「這次到東南亞駐點的專案，妳有什麼想法？從哪開始？」張董坐在會議室的主席位，靜盈在他右手邊相隔兩個座位的椅子上，攤開文件夾，將資料推向張永信。

「我做了分析，目前東南亞國家中，泰國的發展潛力最大、投資環境相對穩定。從那裡開始，會是很好的起點。」

「但政局不穩定，這部分妳有考量進去嗎？」

跟著張永信工作十多年，靜盈很清楚老闆的脾性，喜歡在穩定中求發展，必須讓他安心，又要業績亮眼，這種想吃又不想受重傷的心情，靜盈早就準備好能讓他買單的說法。

「正因為這一點，所以許多歐美投資人還在觀望，但這也是我們搶進的機會，畢竟身處在藍綠惡鬥的台灣，我們也很習慣所有的政治問題都是一場秀，有些環節打通了，就不怕改朝換代。」

張永信滿意的點點頭：「好，泰國分公司的事，就麻煩妳了，有什麼需要支援的地方，儘管開口，我會全力協助妳。」張董將資料闔上，站起身走到靜盈身邊，想把文件夾還給她。

「謝謝老闆支持。」靜盈伸手準備接下。

「我們好一陣子沒一起吃飯了，出發前，約個時間我替妳洗塵。」張永信直視著靜盈，右手的文件夾也懸著，等著她回答。

靜盈一笑，雙手接過：「好啊！老闆的確很久沒跟大家一起聚聚、聊聊了，就由我來召集聚會，等時間確定再跟您報告。」

「很懂得借花獻佛啊！」張永信爽朗笑應。

「沒這一點小功夫，怎麼在旅行業混，您說是吧？」

張永信還想開口，靜盈身後就傳來敲門聲，靜盈迅速開門，Emily 站在門外，有些囁嚅地說：「抱歉，吳協理打斷你們開會，妳有一位訪客已經等你很久了。本來想走，請我帶話，但我擔心對方是重要的客戶，所以進來詢問一下。」

「有人找我？」靜盈看了一眼手上的錶，十二點半，她不記得自己今天中午約了誰。「叫什麼名字？」

「是一位莊小姐。」

「難道是佳萱。」靜盈腦中閃過一絲念頭。

「今天就先談到這裡吧！有進一步計畫再傳給我。」張永信故意壓低音調，接著轉身走出會議室，一旁的 Emily 恭敬地欠身，目送老闆離去。等張永信走遠後，靜盈吩咐 Emily：「妳請莊小姐進來，然後去幫我買兩個便當和咖啡。」

「沒問題，協理。」

＊＊＊

靜盈幫佳萱將日式餐盒打開，招呼她用餐：「怎麼突然跑來，有要緊的事？」

「抱歉，沒先通知妳，我本來也只是想來碰碰運氣。」

「妳看起來有點累……」靜盈瞅著佳萱的黑眼圈瞧，斬釘截鐵地說：「一定是古天霖欺負妳。」

佳萱搖頭苦笑，她很清楚這段期間的奔波是咎由自取的。她知道自己在玩火，可又無法抗拒那熊熊火光所散發出來的燦爛與溫暖。那份矛盾又掙扎的心情，讓佳萱想找一個人牢牢地抓緊自己，不讓自己分裂。

可是正當她準備開口告訴靜盈自己的徬徨時，她突然意識到，其實在來的路上，當她搜尋的是靜盈公司地址，而非敏慧時，她心裡已經做出選擇，外遇這條路，她是回不去了。

「靜，妳坦白告訴我，妳之所以不走入婚姻，是不是妳早就看清愛情是一種幻覺，是人用來逃避生活的調劑品，期限一過，就會自動變質，需要不停地換，才可能常保新鮮？」

「妳和天霖吵架了？」

「沒有，我們很好，他很疼我。我只是想知道這一切是不是自己的幻想？」

「那我懂了，妳現在進入到患得患失期。」

「什麼意思？」

靜盈從一旁的紙袋中，拿出兩杯咖啡，一杯放到佳萱面前，一杯握在手心裡，意有所指地說：「愛情就像這杯焦糖瑪琪朵，熱的時候柔順可口，焦糖和牛奶難分難解，生活全被愛情的香氣給占領，除了甜，什麼味道也嚐不到。」

靜盈停下來，喝了一口，再道：「等時間慢慢前進，咖啡漸漸冷卻，妳突然發現除了甜，苦也是存在的。妳怕這個苦會慢慢擴大，取代本來的甜，然後擔心就跑了出來，瓜分妳的注意力，害怕自己不小心說的哪一句話、做了哪一件事，會踩到對方的地雷，他就不再為妳著迷。這時候妳就會開始懷疑愛情。」

佳萱想起那日從斗六看完球賽，回程車上天霖握著方向盤，下垂的嘴角、沉重的表情，或許對天霖來說，這杯咖啡已經開始冷了。

「既然總有一天會變冷、變苦，那待在誰身邊似乎也沒什麼差別了，對嗎？」

「才不是，雖然苦是躲不掉的，但好一點的豆子，即使冷了還是會回甘。不像一些劣質的品種，不管加多少糖和牛奶，都掩蓋不住天生的酸澀味。」

佳萱若有所思的點點頭，思量著自己對天霖來說，又算是什麼等級的咖啡豆，冷掉的口感喝起來又是如何？

靜盈見佳萱沈默不語，舉起右手到她眼前揮了揮：「在想什麼？」

佳萱趕緊回神：「沒……沒什麼，妳呢？最近還好嗎？一直只顧著講自己的事，都沒關心妳。有新戀情嗎？」

「哎，吃新鮮的肉還是要付出代價的。牙口要有力，不怕麻煩。」

佳萱心照不宣的笑開：「妳講什麼我聽不懂。」

「別裝傻了，最近天氣熱，沒胃口。」靜盈把吃了兩口的餐盒，推開：「我想聽點辛辣的，開開胃。快說，妳跟古同學在床上都玩些什麼？黑眼圈才那麼重？」

佳萱用食指比了一個噓聲，接著左顧右盼地說：「拜託，這裡是工作場合，妳也稍微留心一下，不怕隔牆有耳啊！」

「不擔心，我這個人行得正，敢愛敢恨。我就是要讓他們知道女人四十，才正是飽滿多汁的階段。妳沒聽過當季的東西最好吃，識貨的人搶著要呢？」靜盈一邊說一邊抓來佳萱白皙的手臂，作勢要嚐。

佳萱被靜盈這番誇張的形容和動作給逗笑，靜盈看到好友重拾笑顏，心情也跟著輕鬆起來：「快說嘛！你們都玩那幾招？」

「別鬧了，這部分妳比我有經驗。」

「還是妳覺得只有妳講不公平，等等我也可以叫我的情人進來，跟妳分享使用心得。」

「妳又辦公室戀情？」佳萱瞪大眼，直覺反問，靜盈正準備回答，佳萱手機就傳來一連串訊息聲，打斷談話。佳萱用眼神向靜盈表示不好意思，滑開手機，發現是天霖傳來的問候與貼圖，微笑，視線又趕緊回到靜盈身上。

「是他？」靜盈賊賊的問，佳萱兩頰泛紅點點頭，靜盈調侃天霖：「一天沒人陪吃飯，就寂寞難耐啦！我跟妳說，今天就別去找古天霖了，男人啊～得讓他們想著、念著，才會把女人放心上。」

「好～」佳萱刻意拖長尾音，表示對靜盈的認同。接著，看了一眼手錶：「我也差不多該回公司了。」起身想幫忙收拾桌面，靜盈搶走她手中的餐具：「別做慣照顧人的事，就忘了讓人疼的滋味，我們值得被珍惜。」佳萱點點頭，輕輕抱了一下靜盈。

踏出靜盈公司大樓，佳萱感覺自己此刻的心情，就如同八月的太陽，明亮的時刻比黑夜多些。

十六、真正的殺手

星期六的早晨，佳萱站在廚房裡煎蛋、烤土司，忙著替文忠和娜娜製作三明治，方便他們帶在路上吃。

娜娜梳洗完畢，背著白色小兔包，裡頭裝滿著佳萱前一晚替她準備的零食與水，走進廚房，扯著佳萱的圍裙，不停搖晃：「麻麻，妳今天真的不能跟我們一起去玩嗎？」

佳萱放下手中的鍋鏟，蹲下身：「娜娜發生什麼事了？怎麼突然希望麻麻去？」

「昨天安親班的小威說，今天他爸拔、麻麻會一起來，而且他麻麻會煮很多好吃的東西。我不喜歡他臭屁的樣子，妳來，我就能讓他看我麻麻有多漂亮。」

佳萱笑著：「我的娜娜是有自信的人，知道自己有多棒，從不需要跟別人比。」接著，摸摸娜娜的頭：「而且人長大後，會越來越忙，就像房間用久了會亂，要常常收，才乾淨。心也一樣，得要有一個人的時間，才能收拾好壞脾氣，不會跑出來亂咬人！」說完，開口作勢要咬娜娜，惹得娜娜大笑，在餐廳奔跑，佳萱追了出去。

「誰說的，我沒有一個人的時間，脾氣還不是超好，任由你們母女倆呼來喚去的。」文忠加入戰局，一把撈起娜娜，搔著她咯咯笑。

佳萱對文忠的話有些不以為然。十二年前，他們剛結婚時，每逢職棒季後賽，下了班的文忠什麼事也不做，只會守著電視，恨不得有兩倍的時間，可以看遍美、日、台，所有的球賽轉播。如果佳萱覺得膩，想轉台看點別的節目，或一起出門透透氣，文忠還會生氣，要佳萱尊重他的興趣，給他空間，別打擾他一年一度的盛事。

直到娜娜出生，文忠的重心全都轉到女兒身上，即使因為哄小孩無法即時收看總冠軍賽也不以為苦。佳萱很感謝文忠對女兒的疼愛，願意改變自己的習慣，犧牲獨處時間。可是這樣的付出，真的有比較好嗎？佳萱並不確定，但可以肯定的是，此時若將這個鍋蓋掀開，免不了一番唇槍舌戰，為了不影響娜娜出遊的心情，佳萱避重就輕地帶過：「不然，今晚換我陪娜娜到西門町挑戲服，你就可以出去晃晃，放放風。」

「不用了，我不像妳，愛耍孤僻。一個人很無聊的，我喜歡有娜娜陪著。是不是啊？我的小公主。」文忠把娜娜放下，幫她整理好衣服。

「對，我是拔拔的小公主，拔拔愛我，我愛麻麻，麻麻愛拔拔。」娜娜卡在佳萱和文忠中間，想牽起兩人的手，合演一齣幸福家庭。佳萱突然心虛，縮手，拿起餐桌上已經做好的三明治，放到娜娜手裡：「這是麻麻為妳準備的元氣早餐，要記得吃光光，才能繼續愛拔拔和麻麻喔！」

娜娜用力地點頭，天真的模樣，令佳萱有些心酸。送走文忠和娜娜後，佳萱在廚房收拾碗盤，她突然覺得自己離這個家越來越遠，就快找不到回家的路。

＊＊＊

佳萱不想讓自己多想，驅車前往天霖家，比約定的時間還早了一個多小時，按了門鈴沒人應、車庫也空蕩蕩，佳萱猜想天霖可能有事出門，便自行對著電子鍵盤輸入自己的生日，原本緊鎖的大門便應聲開啟。

一個小時前，就在佳萱替家人張羅早餐時，天霖想起佳萱以前最喜歡吃麥香魚套餐，想給她一個驚喜，特意驅車出門買海產，想做海鮮燉飯。

天霖一回家，就見佳萱鞋子已落在玄關處，不覺微笑揚聲說：「我的美人魚，妳看我從基隆帶回來什麼？」

「下次別跑這麼遠，附近超市買買就好。」佳萱手裡拿著吸塵器從房間走出，上前迎接。

天霖開心佳萱儼然就像這個家的女主人，放下手中的食材，將佳萱抱個滿懷：「新鮮嘛！」

佳萱眼神一轉，促狹著問：「有比我新鮮嗎？」

「牠們全往生了，妳還活跳跳，妳說誰鮮？」說完便往佳萱胸口吻去。

佳萱只好將吸塵器擱在一旁，閃躲天霖的攻勢，笑嚷著：「別鬧了，我餓了，是誰說要做飯給我吃啊！」輕搥天霖胸膛，將天霖推向廚房。壽司也跟尾隨而至。

天霖俐落地將海鮮拿出，一一清洗，壽司卻一反常態，不甘寂寞地跳上流理台，想偷吃海鮮，惹得天霖只好朝牠噴水，這才讓壽司識趣地躲開。

天霖手裡忙著，嘴上不忘繼續和佳萱說話：「我記得沒錯的話，妳以前在學校是話劇社的。畢業後，還有繼續看戲嗎？」

「藝術是文青的專利，有了小孩，想好好安靜十分鐘都不可能。」

「這麼慘，妳最近看過哪一部電影？」

「《冰雪奇緣Ⅱ》！」佳萱想也沒想就回答，「偷偷跟你說，我差點在電影院睡著。醒來還要假裝很好看，不然娜娜會失望。」

天霖笑應：「那等等我們一起吃飯，一邊看電影。挑一部妳喜歡的。」佳萱開心地在天霖面頰上留下一吻。

坐在沙發上，兩人捧著天霖用心烹煮的燉飯，一邊看著電影《樂來越愛你》，一邊相互餵食，跟隨情節起伏。

佳萱越看越投入，直到電影結束，片尾工作人員名單跑完，配樂停止，佳萱仍沒有回神。

「喜歡嗎？」天霖開口，拉回佳萱思緒。

佳萱嘆了一口氣：「喜歡，只是結局太遺憾了。」

「妳希望他們有情人終成眷屬？」

佳萱搖頭：「不，我懂他們為何要分手，不然這段感情就無法永遠活在男女主角和觀眾心中。只是……只是我在想，難道要保存愛情的方法，只有離別……」

天霖感受到佳萱的不安：「妳對我們的未來沒把握？」

「我們現在都覺得彼此是對的人，但時間久了，我們會不會像男女主角一樣，因為現實的問題爭吵、痛苦。到時候還能像現在一樣契合嗎？」

「不知道，要走下去才知道。」

天霖說得肯定，佳萱聽得忐忑：「我快四十了，就算我們在一起，我可能沒辦法替你生孩子，你為什麼還要我？」

天霖深吸一口氣：「妳覺得手機是『新』比較重要，還是符合消費者『需求』比較重要？」

「你是男人，如果我到你身邊，卻沒能幫你生孩子，你跟你爸媽怎麼交待？」

「生育功能只是選配，不影響操作系統。父母這套軟體，我已經很久沒更新了。」

「可是你是獨子……」

「妳是對我沒信心，還是對妳自己沒信心？」天霖口氣有些微慍。

佳萱被問得啞口無言，將話題轉走：「我先把碗盤拿進去，放久了，不好洗。」見佳萱不再遲疑，天霖也放下防衛，一起幫忙把餐具收到洗碗槽。

佳萱安靜的洗碗，天霖意識到自己剛剛太過激動，想示好，故意從背後環抱佳萱，並把雙手放在佳萱肚子上，像是在捏麵糰般，揉來揉去。佳萱彆扭，用手肘擠開天霖：「你欺負我小腹太大、肉太多。」

天霖笑應：「花這麼多力氣把妳餵飽，當然要享受一下自己的成果。」邊說邊繼續搓揉：「我覺得還不行，肉還不夠Q彈，還有進步空間。」

佳萱哭笑不得：「好啊！那說好了，你要繼續做飯給我吃，不准食言。」為了不讓天霖繼續戲弄自己，佳萱刷完最後一個磁盤，打開水龍頭：「來，幫我放碗筷，讓我快點洗完，才能繼續養肉。」「是，遵命。」天霖做完敬禮的動作，從佳萱手中接過碗筷，放回烘碗機。同時，留意著佳萱的動作，等她洗完最後一個湯勺，交到他手中，便趁機拉了佳萱一把，一擁吻上。

他們一路從廚房吻到客廳，天霖溫柔地一一卸去佳萱的衣物，只剩下黑色蕾絲胸罩和底褲時，他能感覺喉嚨受熱灼燒，刻意拉開身，牽著佳萱的手原地旋轉，發出沙啞的聲音：「妳很美，曲線很好看，穠纖合度，別再說自己胖。」說完便朝佳萱鎖骨俯去，解開她背後的鉤環，一口吮上她飽滿挺立的右半球，如魚渴水。

他們的身體配合著沙發的弧線，交疊在一起，佳萱如貓兒般的嬌喘聲，以及白皙細緻的肌膚，讓天霖體內的血液滾燙起來，只有佳萱不斷湧出、像絲綢般黏滑、剔透的體液，可以封鎖住他的熱情。

天霖配合著心跳的節奏，一次次在佳萱的胸前起伏著，他們的汗水相融在一起，混合成一種獨特的香氣，柑橘中帶有花香。佳萱感到今天的天霖格外的賣力，似乎想證明些什麼，但她很快打消這個想法，不敢問天霖，怕自己的多愁善感，又惹來天霖不開心。

＊＊＊

六點一到，手機鬧鐘響起，原本倚在天霖胸膛上看書的佳萱，切掉鬧鈴：「我該走了。」準備坐起身，天霖卻將她往回扣，繼續摟著她說：「明天是我生日，妳今晚留下來，陪我過夜。」

佳萱明白天霖並不是詢問，而是他作為一個情人最卑微的要求。她有些為難：「最近我有些冷落娜娜了，早上她希望我可以陪她出遊……」佳萱話還沒說完，天霖原本摟著的手便收了回去，她不願意讓天霖的失望：「不然，我跟他們說我還有點事，晚點回家……但過夜……我怕文忠會多想。」

此刻，天霖最不想聽到的就是「蕭文忠」這個名字。這三個字，像是強力膠帶封住他的嘴，提醒他任何不滿都是自找的。誰叫他自願介入別人的家庭當小王，他必須低調、沉默、不能抱怨、不能和佳萱一起手牽手在陽光底下散步，只能獨自躲在幽暗的衣櫃裡，不能被發現。

天霖突然明白，那日在斗六看棒球，他忘情地吻上佳萱，為何她的表情會從原本的害羞，突然閃過一絲驚慌，整個人變得侷促不安。原來是他一時興奮，忘記佳萱「人妻」角色，她在公開場合需要留意舉止。況且，自己前陣子因為葉世榮的八卦緋聞，曾鬧上版面，這也可能會給佳萱惹來麻煩。

天霖想要好好經營這段失而復得的感情，可是佳萱的現實，卻讓他愛的很悶，就像夏天午後無法落下的雷陣雨，讓空氣變得又重又厚，令人難以喘息。特別是在夜裡，天霖一想起佳萱每晚得睡在別的男人身邊，自己卻無權置喙，那份寂寞就會格外扎人。為了留住這份感情，天霖必須撕裂自己的理智，說服自己這一切是值得的，別去為難佳萱。

他以為自己撐得住，但事實上，隨著佳萱一次次的離去，歷經甜蜜後的失落，他發現自己並沒有想像中得堅強：「妳打算瞞多久，才肯說實話？告訴妳老公，妳的心早就不在了，還是……其實妳的婚姻很幸福，我只是妳打發時間的調劑品？」

「不，再給我一點時間，我會告訴文忠實話，我跟你絕對不是玩玩……」

「妳拿什麼保證？這段日子妳為了責任，不斷的隱瞞說謊，讓所有人以為妳還是個好媽媽、好太太，我要怎麼相信妳不會拿同樣的手段對待我？」

「我會面對的……只是我還需要一點……」面對天霖突如其來的轉變，佳萱伸手想要抱住他，好好安慰。

天霖卻撥開佳萱的手：「我懂了，妳故意讓我幫你和趙董牽線，然後和我開房間，作為答謝。妳用身體交換一張半年的訂單，划算嗎？莊小姐～」

佳萱被天霖的話刺得難受，但仍試著解釋：「不是這樣的，你誤會我了，我從沒想利用你換取業績，不然我早就跟你聯繫了。」

「我又怎麼知道，同學會和生日宴是不是妳刻意安排的？妳絕對猜得到我會出席趙董的生日，妳有很好的理由可以說服老闆讓妳來，因為妳認識我……莊佳萱我實在太小看妳了，原來妳心思這麼縝密，我只不過是妳用來升遷的一顆棋子。」

佳萱望著天霖冷拒的眼神，尋不回平日的柔情，她的心瞬間結霜。

「很抱歉……讓你感覺被利用。我走。不會再出現……」佳萱一把抓起自己的包包和手機，衝出門外。緊接著，傳來一陣刺耳的輪胎磨地聲，佳萱只花幾秒鐘就離開天霖的社區。

＊＊＊

分手了！這個結果佳萱不是沒想過，只是，她沒料到來得這麼快。

台北街頭明明沒下雨，佳萱卻覺得自己身處在暴風圈內，傾盆而下的雨幕，讓她望不見前方的路。她抽啜得渾身顫抖，沒辦法再握好方向盤，只好停在路邊，縱聲宣洩。她終究沒能趕赴西門町。

晚上九點，佳萱失魂地開車回家。一進家門，二話不說，直接躲進廁所洗澡，一脫下外衣，天霖的味道又迎面而來，令佳萱眼淚又忍不住潰堤。文忠察覺佳萱不太對勁，敲門：「妳今天晚上跑去哪，怎麼這麼晚才回來，手機也不接？」

佳萱怕自己的哽咽聲引起文忠懷疑，藉故刷廁所，製造水流聲：「我逛街忘了時間，手機掉在車上。」

「妳這個做媽媽的怎麼會這麼粗心，妳知道娜娜晚上有多期待妳陪她挑戲服嗎？」

「好，我會再補償她。」佳萱擠出最後一絲力氣回應。

「算了，等妳有空，娜娜都十八歲了。」文忠酸完，回到電視前繼續看球賽。

佳萱站在蓮蓬頭下，分不清沖刷自己的是水還是淚。今晚她終於明白，不管是外遇還是婚姻都敗在同一件事情上。外遇相處時間太短，破壞信任；婚姻互動時間太多，沒有新鮮感。

時間，才是關係的殺手，不是人。

十七、家庭試煉場

敏慧坐在敦南國中的輔導室裡，等著導師幫忙通知品蓁前來晤談。先前答應佳萱幫忙多關心一下曉琪大女兒，因為流產，擱置許久，出院靜養幾週後，終於成行。

品蓁一坐進晤談室，看到是敏慧阿姨有些訝異，瞄了一眼阿姨身上的名牌「北區校際諮商心理師」，品蓁瞬間意會，這一定是媽媽要阿姨幫忙教訓她，雙手不自覺抱在胸前。

敏慧從小看品蓁長大，知道這小女孩個性倔，得花點心思應對：「放心，妳媽還不知道我今天來看妳。」品蓁把頭歪向一邊，瞇著眼，表情遲疑。

「我打從十五歲就認識妳媽媽了，我知道她個性急，說話又太直，常常傷了人還不自知，妳一定受了不少委屈。」

品蓁很高興有人懂她在家的難受，身體轉了過來，原本翹著的腿也放下，整個人坐靠近敏慧，她有很多苦水想說，可又怕同學說她跟老師太好，會變成抓耙子，表情有些扭捏，不知該如何是好，最後只冷冷地回了一句：「她愛怎樣就怎樣，反正等我長大，我就會搬出去。」

敏慧很瞭解青少年的心思，知道品蓁在學校無法放鬆，她必須繞路而行。重新將品蓁的話詮釋成是一個願意為自己負責的人，就請她先回教室上課。品蓁一離開，敏慧隨即拿起手機撥給曉琪。

放學後，敏慧把車開到校門口，等品蓁一走出，就大聲喚她的名字：「王品蓁。」

品蓁整個人愣住，旁邊的同學也一直在看她，為了不讓敏慧繼續喊自己，趕緊小跑步過去，很緊張的問：「敏慧阿姨，妳怎麼還沒走？」

敏慧忍著笑，把手機遞給品蓁，曉琪透過電話要品蓁乖乖跟敏慧阿姨回家，品蓁不情不願的回了一聲：「喔！」就開門坐進副駕駛座，開始滑手機。敏慧一開出學校路口，便往曉琪家反方向行駛，品蓁有些狐疑，不知道阿姨究竟想帶她去哪，視線不再停留手機上，沿路觀察。

直到松山機場出現在眼前，品蓁才露出笑容，敏慧摸摸她的頭：「阿姨還記得妳小時候很想當空姐，環遊世界。」品蓁很高興的點點頭，隨即又垮下臉：「可是媽媽不准，說作息不正常。」

坐在三樓觀景台，眼前有好幾架印著各國旗幟的飛機，品蓁趴在玻璃上，看得很開心。心滿意足後，回頭挨著敏慧，肩並肩坐在長椅上，一起吃著摩斯漢堡，敏慧問：「媽媽不讓妳實現夢想時，妳心裡在想什麼？」

「我覺得她大驚小怪，什麼都只想到不好的事，還把自己弄得很不開心。」

「看樣子，妳其實很關心媽媽，知道她過得不開心。」

「才沒有哩！誰要關心她。一點點小事也會讓她心情不好，每天在家唸唸唸，吃飯前，沒先洗手，也可以講半小時。每天都有罵不完的事情，怎麼做都不對，煩死了。」品蓁捏著手上的薯條很用力地沾番茄醬，像是在發洩。

「妳感覺媽媽老愛針對妳，找妳麻煩，是嗎？」品蓁點點頭，眼眶有些泛紅。敏慧搭上品蓁的肩，試圖給她一些安慰，品蓁沒有閃躲，敏慧知道自己獲得品蓁的信任。

＊＊＊

傍晚六點，曉琪在廚房裡忙碌著，爐上兩個鍋子正燒得火紅，品辰在曉琪腳邊玩模型車，不時絆到媽媽，惹得曉琪吼他：「要玩出去玩，別在這裡擋路。」

外頭品芸坐在餐桌寫功課，鼻涕、噴嚏聲不斷，曉琪還得分神關心：「王品芸，我跟妳說多少次，有鼻涕要擤出來，妳再繼續吃自己的鼻涕，小心變肺炎。」

婆婆走近廚房：「晚餐我來弄吧！妳先帶品芸去看醫生。」

「快好了，媽妳幫我把辰辰帶去客廳，他在這危險。」婆婆只好抱起品辰往客廳走去。曉琪手裡切著剛燙好的五花肉，嘴裡沒停：「王品芸，妳現在給我去戴口罩，聽到沒。」

「哎呦！」品芸擱下筆，走到客廳打開電視櫃，開始翻找：「爺爺，你知道口罩放哪嗎？」曉琪公公從平板裡抬起頭：「沒放在櫃子裡嗎？」皺著眉，「不然妳打電話給爸爸，要他從店裡帶一包回來。」說時遲，那時快，青山正好打開大門，拔出鑰匙，走進玄關脫鞋。

「爸，家裡沒口罩。」青山點頭，當作是回應女兒的話。曉琪聽到孩子跟爸爸說話，拿著鍋鏟走到客廳：「王青山，趁吃飯前，你趕緊帶品芸去看耳鼻喉科，再晚診所就休息了。」

原本坐進沙發準備打手遊的青山，一聽到老婆叨念，便站起身往房間走去，邊走邊把身上穿的7-11制服脫下：「我補了一天的貨，腰快瘦死了。妳弄完晚餐再帶她去。」

「不然我帶品芸去好了。」公公看曉琪忙不過來，自願幫忙。曉琪瞪了一眼青山，客氣地回應公公：「爸，我還沒幫你的摩托車換煞車皮，太危險，等一下我開車載品芸去。」曉琪沒說出口的是，她真正怕的是診所細菌多，要是公公也跟著病了，她更麻煩。

才走回廚房，菜還沒盛起，家裡電鈴又響了：「品芸去開門。」

「哎呦！為何不叫王品辰。」

「他才幾歲，妳這個姊姊是怎麼當的。」

品芸不情不願走去，一打開門，見到是姊姊和敏慧，就放聲大叫：「媽，敏慧阿姨來了。」接著瞅著姊姊，不解今天姊姊怎麼會跟阿姨回家。

曉琪走出廚房，把最後一盤菜端上桌：「敏慧，剛好一起吃飯。」公婆也同聲附和。

「不了，我還得回辦公室一趟。」敏慧有禮的對著曉琪公公和婆婆點頭：「伯父、伯母，你們吃就好。我剛好經過敦南國中，就順道載品蓁回家。」說完又退回玄關，準備穿鞋。

「妳別急著走，等我一下。」曉琪急忙脫掉身上的圍裙，接著像個指揮官，對所有人發號司令：

「王品芸，妳最好吃快一點，等我回來還沒吃完，妳就慘了。」

「王品辰，等一下奶奶餵你的飯沒吃完，你今天就不能看巧虎。」

「王品蓁，妳快給我去洗手。」

「爸媽，我送敏慧下樓，你們先吃。」

敏慧看著曉琪像顆陀螺，忙個沒完，不禁有點心疼她，也懂為何每次曉琪出現就像颱風過境，非得搞得天翻地覆不可。

下了樓，坐進敏慧車裡，曉琪自動調低冷氣溫度，並把所有風口對著自己吹：「熱死我了，夏天煮個飯，整個人像從水裡撈出來。」邊說邊拿衛生紙擦去身上的汗。

「妳也辛苦了，一次帶三個小孩，還有一個剛上國中，情緒特別不穩。」

「妳才知道，最大的那一個陰陽怪氣的，老愛跟我做對。」

敏慧把自己的水壺遞給曉琪，趁曉琪喝水時，趕緊把想說的話說完：「品蓁很善良、很在乎妳。妳覺得她情緒失控，或許是因為她在妳身上看不到榜樣，她不知道怎麼好好表達自己的不開心，只好全寫在臉上，一次發洩給妳。」

「說來說去好像又全是我的問題。」曉琪關上瓶蓋，有些委屈的說。

「我沒怪妳，只是家庭教育本來就很重要。妳這段時間多留意自己跟她說話的口氣，別一不開心，就把壞心情全灑出來。」

「好啦！我盡量。」

「對了，妳最近有跟佳萱聯繫嗎？」

曉琪給了敏慧一個白眼：「妳剛也看到我有多忙啦！哪有空關心她。」曉琪拉開T恤，試圖用衣服搧風，毫不在意地回應，但很快地想起上回聚會，佳萱莫名哭泣，話鋒一轉：「怎樣？她要離婚，再婚囉？那我是不是又得包一次紅包，真好賺。」

「別亂說。」見敏慧的表情變嚴肅，曉琪意識自己的玩笑開太大，坐直身，以表重視，敏慧才又繼續說：「那天佳萱沒來醫院，是因為她在天霖家。我有點擔心，她迷路了，回不了頭。娜娜還小……」

敏慧話還沒說完，曉琪立即回嗆：「迷什麼路啊，如果她像我一樣，就沒空搞外遇。一定是小孩太少，不夠忙啦！腦袋進水，才會挖洞給自己跳。」

「妳也別這麼說佳萱，或許她有難言之隱……」敏慧想替姊妹緩頰，卻發現自己說不出任何一個外遇的好理由，只好趕緊結束話題：「總之，下次見面，記得裝作不知道這件事。」敏慧憂心地提醒。

「知道啦~我得上樓盯著那幾隻小鬼吃飯了。先走囉！」

「嗯！記得我跟妳說的，對品蓁多點耐心。」曉琪用力地吐了一口氣，當作回覆。

＊＊＊

曉琪一回到家，煩躁的感覺又上來了，婆婆追在品辰屁股後頭，拚命要孫子再吃一口；品芸依舊慢條斯理的咀嚼著，手裡的飯還有半碗沒動；品蓁盯著電視，看也不看她一眼，沒人關心她餓不餓？熱不熱？她就像個奴隸般，無論再忙再累，都得繼續照顧這一大家子：「王品蓁，妳還不吃飯，是要當神仙喔！」

「敏慧阿姨剛有帶我去吃摩斯漢堡，不餓。」

「為什麼姊姊有漢堡吃，我也要。」品芸最愛跟品蓁吵，姊姊有的東西，她也要有一份。

「妳碗裡的都吃不完，吃什麼漢堡。再給妳五分鐘吃，沒吃完，就倒掉。」曉琪一邊說一邊尋找青山的蹤影。

「妳爸呢？人跑去哪？」曉琪問品蓁，一旁的公公聽見，趕緊回話：「青山剛剛有出來夾菜。可能是回房間休息去了。」

「休息！屁！根本是和朋友組隊打怪吧！」曉琪在心裡嘀咕著，又不好在公公面前發作。看著滿桌的菜，明明很餓，卻吃不下，拖著疲憊的身軀走進房，拉了張椅子坐在青山旁邊：「我剛剛跟敏慧聊過，品蓁最近情緒不穩，有可能跟家庭氣氛有關。這陣子你下了班，早點回家，陪她出去騎騎車，別整天盯著電視、手機，整個人越來越宅。」

「喔！」青山正眼都沒瞧過曉琪，隨口應和，冷淡的態度讓曉琪非常光火：「你這是什麼反應，你當人家爸爸，多關心一下女兒是會少塊肉嗎？孩子又不是我一個人生的。」

一個分神，青山的電玩角色不小心死了，接著脾氣也跟著上來，把操控桿甩到桌上：「我已經很努力賺錢，一天睡不到五個小時，還要管三家店。妳整天不用工作，只要把小孩顧好，妳到底哪裡不滿意？難道妳要跟我換，才覺得公平嗎？」

每回提到家事分工，青山總有一堆理由推辭，她已經不想再吵。曉琪用力甩門而出，見品蓁仍坐在電視機前，動也不動，管不住自己的情緒又脫口而出：「王品蓁，妳不吃飯，就不用寫功課嗎？回家只會看電視，這次段考考那什麼分數，丟不丟人啊！」

品蓁莫名被罵，覺得難受，索性把電視關掉，也甩門回房間。婆婆不忍孫女受委屈：「品蓁剛剛有幫忙洗碗，她沒一直看電視不做事啦！」

曉琪雖然滿肚子火，可也不好給婆婆擺臉色，深吸了一口氣，儘可能表現平靜：「好，等等我帶品芸看完醫生，再去跟她談談。」曉琪急急忙忙扒了兩口飯，並催促品芸把最後一口飯吃完。

開往診所的路上，曉琪不解為何她每天的生活像打仗，過得漫長又慌亂，卻有人可以跟新歡談情說愛。她以為結了婚，離開原本的家庭，就不用每天吵吵鬧鬧，能夠有人疼。沒想到爭吵並沒有停歇，疼愛不僅不可得，還得付出更多心力照料這麼多人，想著想著，油門不自主就踩得特別用力。

十八、婚姻假單

此刻佳萱的心情就像下午的暴雨，壅塞的淚水找不到宣洩出口，思念成災，癱瘓她的世界。下了班，她不想應酬也不想回家，一個人失神地走在東區，即使踩過水窪，濺了自己一身濕，也毫不為意。晃著晃著，眼前出現一道狹小的樓梯，旁邊的招牌說明是家酒吧，佳萱沒多想直接步入地下室。

佳萱挑了近吧檯的位子，檯後站了一位年約三十歲的調酒師，手臂上緊實的二頭肌露出一小截刺青圖騰，客氣有禮的詢問佳萱：「想喝什麼酒？需要推薦嗎？」

「我想喝苦酒。」

「可以試試苦艾，但酒精濃度很高，很容易醉，妳一個人來嗎？」調酒師細心確認佳萱的需要，突然一個耳熟的女聲傳來：「給她一杯夏日戀情，給我一杯紅酒。」調酒師點點頭，安靜地退到另一端忙碌。

「妳怎麼來得這麼快？」佳萱訝異看著靜盈。

「我公司就在旁邊，妳忘囉！」

佳萱突然發現，分手的疼痛讓她與真實世界有些斷裂。調酒師很快地遞上兩杯酒，看著玻璃杯裡水藍色帶氣泡的液體，杯緣沾了些鹽並掛了顆櫻桃，櫻桃旁插了根小洋傘，明亮活力的氛圍和她的心情一點也不相稱，她拿起酒杯一飲而盡。

「我的夏日戀情沒了。」佳萱把杯子推回給調酒師，「給我一杯苦艾，不加冰。」調酒師看了一眼靜盈，才又開始動作。

靜盈嘆了一口氣：「看妳的樣子，早猜到了。」接著，拿起自己的紅酒，也跟著佳萱一次喝乾。

「前陣子不是還很甜，怎麼一夕變苦？」

佳萱沒接話，拿起酒杯嚐了一口，嗆人的氣味直衝腦門，讓她想起靜盈的焦糖瑪琪朵說，思考著愛是怎麼變苦的？一開始不都是開心的嗎？就像她和文忠也曾經好好相處過，怎麼不知不覺就冷了。如果兩個人只要長時間相處，注定因為期待、壓力、習慣、瑣事，而慢慢消磨掉彼此的感情，那麼她和天霖結束在這裡，也許是好事。

「人生到頭來都是苦的，早點看透未必不好。這樣天霖就不會變成第二個文忠。」

「那如果是好事，妳幹嘛要喝苦酒？」佳萱無言，又飲了一口。

靜盈不忍看佳萱繼續憔悴，試著安慰：「感情本來就會由濃轉淡、由甜變苦，真不適合，就換下一個，不糾結，也是一種成熟的表現。」

「人又不是衣服，可以說換就換。如果對方沒有做錯什麼，我有什麼權利去傷害他？」佳萱開始有些微醺，說話變得直接。靜盈拿走佳萱的酒杯，要調酒師替佳萱倒杯水。

「我問妳，妳喜歡現在的工作嗎？」靜盈沒由來把話題岔走。

佳萱皺著眉，不解工作和感情有何關係，但仍據實回答：「還算喜歡，公司給我的自由度很高。」

「一直做同一件事情都沒有低潮過？每天上班都一樣期待？」

佳萱搖頭：「也是會有煩的時候……」

「不想工作時，妳會做什麼事？」靜盈長驅直入，不斷提問。

「請假在家休息，或是用特休出去旅行，換換心情。試著找回熱情。」

「這就對啦！再喜歡的工作都有厭倦的時候，想要拉開一點距離，喘口氣。可是在婚姻裡是沒辦法放假的，不管妳有多累、多難受，妳都得回家跟另一個人大眼瞪小眼，每天被責任追著跑，根本沒有換檔的機會，妳說這樣愛怎麼可能不消磨殆盡，是人都會乏的。」

靜盈說得篤定，讓佳萱有些心慌：「我沒有想過關係是需要休息的……」

「妳答應求婚前，沒想過的才多哩！」靜盈抓準機會突破佳萱的盲點：「我再問妳，妳現在的工作是不是自己應徵來的？」佳萱點頭。

「但十年過去了，如果可以選擇，妳還會想繼續留在這家公司、這個職位嗎？」佳萱用力搖頭，眼神有些迷茫，不太懂靜盈究竟在賣什麼關子。

「無論有多喜歡，做久了，常常遇到難搞的客人、奇怪的主管、無理的老闆，再多的熱情都會被消磨掉。然後，這些大大小小的挫折累積一段時間後，到了中年，人會重新思考自己真正想要的是什麼，再也沒辦法過只有月薪，沒有開心的日子。於是有些人會看淡名利，跑去種田、開民宿，大家會很佩服他們的勇氣，肯定他們勇於追夢、做自己。那為何同樣的邏輯，不能用在婚姻裡？」

佳萱被靜盈最後一句話給嚇到，瞬間清醒：「妳的意思是人一旦變老，想要的東西就會不一樣，會想跟不同的人在一起，是正常的？」

「正不正常我不知道，我只知道人不可能一直不變，不同階段想要的東西本來就不一樣。小時候只愛吃糖，長大一點開始學會喝咖啡、喝酒、吃麻辣鍋，覺得這些東西也挺過癮的，每天吃糖很膩。妳說是小時候不懂品味，還是長大學壞了？」

「可是人不是食物，不可能每餐變換，這樣太傷人。」

「是，沒錯，但妳會逼自己二十歲選的工作，就一定要做到退休嗎？一份工作做久了，覺得沒挑戰了，妳會想辦法爭取更大的舞台，如果這家公司不給，妳就換一家做，妳不會害怕。妳知道每個階段要的東西不一樣，妳不會有罪惡感，別人也不會批評你，還會鼓勵妳趕快去嘗試。

但為什麼進入婚姻，我們就得從一而終，永遠保持二十、三十歲的狀態，不能覺得不滿？不能承認這個人只能陪我們走到四十歲，四十歲之後妳想要的，他給不出來，與其在一起折磨，不如放手，還彼此自由。」

佳萱低頭輕嘆：「因為給過承諾，答應對方要一輩子相扶持……」

靜盈撇嘴輕笑：「算了吧！妳剛獲得一份工作，不也曾感謝老闆給妳機會，妳一定會好好認真，不讓他失望，努力為公司賣命。怎麼跳槽時，就自動失憶啊！」

「我沒說過一輩子不辭職啊！」

「可是老闆肯定妳的能力，給妳機會時，也想跟妳長長久久啊！」

「公司有可能會倒，我得先顧好自己。再說，有了孩子，有些關係就不可能切斷。」

「別拿孩子當藉口，他們不會永遠依賴妳，等他們獨立，夫妻關係就不是那麼重要了。妳終究得回歸心裡最真實的需要。誠實面對自己吧！或許外遇很難有好下場，但那些不外遇的人就真的過得比較好嗎？」

佳萱抵著額頭，試著思索靜盈的話，是否這一切只是為了讓她更坦承面對自己？天霖是來喚起她對人生下一個階段的渴望？她不確定，可一想到天霖，她的心不由得一陣痛，伸手招來調酒師，想再點一杯，卻被靜盈擋下。

「我不知道妳和天霖到底發生什麼事情，但我知道妳心裡苦，妳不想說，我也不想勉強。」靜盈明白此刻花力氣談天霖，只會讓佳萱更難受。

「妳可以買醉一個晚上，但不可能一輩子都裝睡。就算妳逃得了現實，也逃不了妳的真心。」邊說邊把剛剛從佳萱手中搶過來的酒，還給她：「喝完這一杯，就回家吧！還想找人聊，我都在。」

佳萱接過靜盈的酒杯，對於「家」這個字眼感到格外地刺耳，因為她不知道自己心裡真正的「家」，在哪？

十九、牽掛

天霖的電腦螢幕停留在《科技人》網站首頁，已超過三十分鐘，他試著想讀任何一條訊息，找到有興趣的主題，卻突然像患有閱讀障礙，什麼也讀不進腦袋。一個個英文字母，都像佳萱的眼淚，控訴他的無情。

天霖用力搖頭，他知道自己那天說的話很傷人，他一度後悔自己的口不擇言，可隨即又覺得這麼做，或許才是最好的處理，別再讓佳萱為難，回到她所愛的家人身邊。他情願讓佳萱恨他，也不想她有一天因為背負外遇的罪名，失去女兒的信任。

既然靜不下心，天霖乾脆闔上螢幕，起身做伏地挺身，想關掉腦中反覆彈出的思念廣告。直到氣力放盡才停下來，對著吸塵器發呆，才發現上頭已有一層薄灰，且完全沒電力了，他仍沒打算將機器放回儲藏室充電，更別提清理滿地的啤酒罐。他只是靜靜地趴在客廳望向門口，像是在等待什麼。

忽然，電話鈴聲響起，天霖整個人彈起來，卻找不到手機，沙發、茶几全翻了一遍，仍舊沒有。天霖急了，怕鈴聲隨時會結束，手忙腳亂幾秒鐘後，他終於想起是自己心煩把手機丟進垃圾桶的，連忙將它挖出來。

可是定睛一看，來電顯示「太后」，天霖剛剛的期待又隨之消失，取而代之的是無奈的表情，按下接聽鍵。

「怎麼這麼久才接電話，你在幹嘛？」

「我在洗澡。」天霖拿起擱在沙發上T恤擦汗。

「你工作找得如何？有沒有開始面試？」

「妳別緊張，我自有安排，好了，我要……」

「跟媽媽講話這麼不耐煩？」看來母親沒打算掛斷，天霖乾脆把電話放下，打開擴音，一邊倒水一邊聽訓。

「你爸最近有沒有跟你聯絡？」

「沒有，怎麼了？」

「你爸不知道哪根筋接錯，發訊息約我一起做健康檢查，都已經離婚這麼久，保險受益人又不是他，他在緊張什麼勁。」

「妳不想去就別理他。」

「你跟女人說話能不能有點耐心，都鬧出那麼大的新聞，你不怕……」

「媽，有插播，先忙。」天霖快速掛斷電話，回到主畫面，發現世榮傳來數十則 Line，他沒心情陪老友打屁，索性不讀不回。再往下滑，就是佳萱帳號了，天霖很快退出，怕一看到照片，就會想起那日佳萱拿著吸塵器從房間走出的模樣，彷彿她一直住在這裡，那樣的幸福太美好，他不敢奢望。是他自己把佳萱趕走的，此刻的他，沒資格想念也傷不起，最後索性關機，走進浴室。

洗完澡，天霖躺在床上試著讓自己入睡，卻輾轉難眠。一個多星期來，每當他覺得累了，回到臥房卻又睡意全消。壽司感受到主人的躁動，從床尾躍起，走到床頭櫃上，對著天霖喵喵叫，似乎是在跟主人抗議：「你吵到我了。」

天霖乾脆起身，拿了雙襪子、套上球鞋，下樓去社區跑步，不知過了多久，直到全身濕透才回家。一進門，便倒臥在沙發上沉沉睡去，那是他和佳萱最後溫存的地方。也許，他不自覺還想靠近佳萱多一些，才會覺得安心。

半夢半醒間，天霖看見佳萱拿抹布擦吸塵器，溫柔地提醒天霖要物歸原位，接著開始擦地，但倏然間，一陣急促的電鈴聲響，大門自動開啟，門外站著兩名全副武裝的警察，面無表情的亮出拘捕令，二話不說，就把佳萱上銬帶走。天霖慌張出手想保護佳萱，卻一腳踩進黑色深淵。

突然一陣刺痛，天霖睜開眼，才發現自己跌落在地，原來全是一場夢。不過，門鈴聲真的響了，且越按越急，加深天霖的不安，三步併兩步地將門打開，世榮焦急地站在門外，還沒來得及問候，便一拳搥來過來：「你兩天不看訊息，也不接電話，是怎樣？害我以為我老婆反悔，綁你去問話，要我們從此別往來。」

天霖伸懶腰：「現在幾點了？」

「下午兩點了，老大，你過哪一國的時間啊！」世榮沒等天霖邀請，直接推開門走進去，見滿地啤酒罐，不解兄弟在為何事借酒消愁。

「你打算當啤酒的代言人嗎？喝這麼多。」

「你大老遠跑來，不會只是為了虧我，要幹嘛？」天霖不想直接回答，拿起袋子開始整理。

「拜託，我是個有情有義的人，害兄弟丟工作，當然要負責幫你把工作找回來。」見天霖不透露，世榮自動巡視四周找線索，發現多了許多貓玩具，還有隻黑貓高坐在書櫃上睥睨他。

「你不出門也不回訊息，卻開始養貓，這跟你怕麻煩的個性不像，你到底遇到什麼事？」邊說邊伸手逗弄壽司，壽司不爽，對世榮哈氣。

「我知道了，只有一個人能讓你這麼失魂落魄，你跟莊佳萱鬧翻啦！」天霖依舊悶著頭撿空瓶。

世榮很瞭解天霖只要看到機會，就堅持到底的個性，當年剛進研發部門，接的第一個案子，才誇下海口要設計出獨步全球的眼球辨識系統，沒想到兩個月過後，忙到在辦公室昏倒，還是他開著跑車，把人從醫院載回家，不准再進公司加班，才把小命保下來。

「我知道你這個人一旦下定決心，是不見棺材不掉淚。但聽兄弟一句勸，雖然不用負責任的情人難找，但分手這種事情就跟戒毒一樣，一次就要成功，否則拖越久，你的痛苦指數只會越來越高。」

「你到底想要介紹什麼工作給我？」天霖有些不耐，將話題轉走。

「終於想要提振雄風，一展長才啦！」

「廢話不要那麼多，快說。」

「我有個朋友，有家太陽能板的公司，最近想踏足手機業，想發展一款面板可以直接運用太陽能，取代傳統鋰電池。」

「你先把對方資料傳給我，我得先知道他們對太陽能電池的理解是什麼？」一提到電池，天霖很快又想起佳萱以及剛剛的惡夢：「對了，幫個忙好嗎？」

「沒問題，只要你重回江湖，要幾個美眉，我都幫你叫來。」

「誰跟你說這個，你知道有家做電池的公司叫冠宏科技嗎？」

「有聽過！怎樣？你要我進去當 Spy。」

「不用麻煩，你幫我探聽冠宏的業務部經理最近有沒有請假？有沒有到客戶那走動就好。」

「這業務部經理是何方神聖？你幹嘛這麼留心他的動向。」世榮邊說邊拿出手機查詢，發現冠宏企業資料上，有個熟悉的名字。

「靠！你耳朵是聾囉！都跟你說分手要分乾淨，幹嘛還糾纏著莊佳萱不放。」

「我剛做了一個夢，夢見她被警察帶走，我只是想確認她安不安全。」

「帶走，只是剛好。她是結了婚的女人，還跟你有婚外情，已經構成通姦罪，你知不知道？趁機分一分，免得下一個被帶走的是你。我有認識的律師……」天霖覺得世榮的話有些刺耳，拿起遙控器打開電視，把音量開到最大。

二十、再續前緣

靜盈右手滑著手機，美甲師正在替她的左手做光療，才想關掉螢幕閉上眼小憩一下，手機又傳來簡訊音，久未出現的 Forever 來訊：「三點，東華飯店八〇八房，先跟櫃檯拿卡進房。」

靜盈還沒點開，就已經知道內容。她沒打算回，只是淡淡的問美甲師：「還需要多久？」

三點整，靜盈穿著一席水藍色露背碎花洋裝、配上白色平底涼鞋、黑色大墨鏡，彷彿度假般走進飯店大廳。櫃檯人員親切地問候，靜盈摘下墨鏡，只說：「八〇八。」

櫃檯人員將數字輸入電腦：「是，沒問題。已為您準備好。後面這台電梯直達八樓，出電梯後左轉最後一間就是……。」

櫃檯人員還沒說完，已有另一組客人在靜盈身後等候。

「八〇八號房，祝您有個愉快的一天。」靜盈向服務人員輕輕頷首，拿起房卡轉身準備走向電梯，卻突然像觸電般頓住。眼前的男人化成灰，她都認得，仍是一臉痞樣、刻意翻起的衣領，和高中時期別無二分。

原本放空欣賞美女背影的世榮，發現轉過來的人是吳靜盈，倒吸一口涼氣，他瞪大眼，懷疑自己是不是看走眼，趕緊掃視靜盈拿卡的右手手背，確實有一顆痣，他知道自己沒認錯人。

電光火石之際，靜盈也瞄了一眼葉世榮身旁的女子，年紀不過二十來歲，說是女兒都嫌太大，她刻意不作聲色，直接走向電梯。世榮漫不經心的和櫃檯人員交談，卻不停地頻頻回頭，直到電梯夾斷他和靜盈的視線才肯罷休。

進了電梯，靜盈對著鏡子咒罵：「最近一定是水星逆行，才會碰上那個王八蛋。」可又忍不住多瞧了鏡子兩眼，想確認頭上的白髮，是否偷偷跑出來見人？

即使走進房間，靜盈仍覺得煩躁，決定先沖個澡，讓熱水沖走惱人的回憶，轉換心情。約莫二十分鐘後，外頭傳來敲門聲，靜盈裹著浴巾半露酥胸和修長美腿，打開房門。張永信就站在門外，拿著紅酒和起司。

張永信沒料到一來就能看到如此美麗的風景，即便手上東西還拿著，仍一把將她擁進懷中熱吻，在耳邊低語：「這麼迫不及待，很想我？」

「別往自己臉上貼金，是天氣太熱，滿身汗。」靜盈不想讓永信看穿自己，趕緊接過紅酒和起司，走到吧檯，背對著永信忙碌。搖曳的步伐和緊緻的曲線，更讓一陣子沒和靜盈私下相處的永信難以抗拒，從背後將靜盈抱起放到床上，親吻她每一塊肌膚。

一陣雲雨後，靜盈拿著酒杯，半依偎地躺在張永信胸膛，一旁的茶几有盤切丁的起司。靜盈用叉子插起一小塊起司，送入永信口中：

「今天的煙燻起司，配這款希拉紅酒，剛好可以帶出酒中的菸草味。」

「厲害，吃一口就知道。」

「還不是你教的，你這麼說是在誇我，還是在誇你自己。」

「妳是聰明的學生，於公於私都是。教，只是藉口，重點是想親近妳。」

「得了！你是看準我不結婚、不黏人，才靠過來的吧！」靜盈一口喝乾酒杯裡的紅酒。

「確實，妳自信又獨立，所以才更迷人。不管是年輕男孩，還是事業有成的男人，都抗拒不了。這一點，我最近特別有威脅感。」

靜盈知道永信話裡指的是誰，但她清楚永信並不把任何靠近她的男人放在眼裡，因為他太清楚自己不會被表象的東西給迷惑。這種被掌握感，有時還是會讓她覺得悶，所以總愛找小事跟永信做對。

靜盈拾起藍色蕾絲胸罩，還來不及穿，永信又把她抱回棉被中：「時間還早，這麼快要走？」

「這樣你才來得及回家吃老婆做的飯。」

「妳知道我不回家吃飯的。這麼久不回覆我的訊息，再多陪我一會兒。」

「我老闆有提醒，上班時間盡可能不處理私事，你發訊息到我公務機，我一定馬上回你。」

永信輕捏靜盈臉頰：「妳就是這張嘴，才更讓人離不開。」

「對了，你最後為何把東南亞交給我，不給 Lisa？」靜盈趁機滑下床，一件件把衣服穿回。

「不想讓人家先生太想太太。」永信也下了床，開始著裝。

「你就不怕自己太想我？」

「當然會想，但我知道妳更愛工作，給妳舞台，妳會更美，這個代價值得。」

「少甜言蜜語了，好好經營公司，把品質弄好，賺真正的利潤，別用偷保險這種技倆賺差價，我就不用提心吊膽，少長一點皺紋，會更美。」永信笑而不答。

＊＊＊

世榮坐在大廳，刻意選了一個可以直視電梯的位置，假裝滑手機，但只要一有人走出電梯，他立刻抬頭。隨著人來人往，他看錶的頻率越來越高。

此時在八樓等電梯的靜盈和永信，很有默契分坐不同電梯下樓，一前一後步出，沒有交集。

即使如此，仍讓眼尖的世榮認出旅行業，人稱「笑面虎」的張董，視線一直盯著張永信，直到他上了一台賓士離開。還沒回過神，孰料，下一秒，靜盈就站在世榮面前，一臉無畏。

世榮嚇到，退了一步：「妳是女鬼喔！走路沒聲音。」

「做賊的人才怕鬼吧！說，你在這幹嘛！不怕被拍。」

「老子行得正，坐得挺，就是不怕。」

「該不會是為了等我，把小妹妹打發掉了，才敢這麼說？」靜盈一個反手拍，馬上讓世榮臉紅，露出馬腳。

「才不是……」世榮還沒解釋完，靜盈已走向咖啡廳，尋了空桌坐下。世榮只能快步跟上。

兩人坐定後，卻不發一語，眼神像X光機般，上下掃描彼此身上的行頭。靜盈認出世榮手上戴的是百達翡麗的錶，世榮知道靜盈放在桌上的香奈兒墨鏡和皮包，是最新一季的款式，因為他才剛買去送美眉。彼此都知道對方在盤算什麼，卻又不肯說破。

下一秒兩人同時蹦出：「你知道古天霖……」、「莊佳萱是妳閨蜜……」

接著又同時脫口而出：「我先說！」、「我先說！」

「都過這麼多年了，還這麼幼稚，不懂得女士優先。」

「我是為我兄弟抱不平，管好妳的閨蜜，都有老公小孩了，還出來玩。」

「誰規定女人結婚就不能玩，你自己不也有老婆小孩，還不是繼續偷吃。」

「那妳呢？現在是在牆內還是牆外？」

「你以為拐個彎罵人我就聽不出來。老娘結不結婚、出不出牆，與你無關。別以為你們男人有一點錢、長得還可以，女人就得為你心碎。我告訴你真要玩，你玩不過女人！」

「是，沒錯。妳的好閨蜜一定是在我兄弟飯裡下了蠱，才會讓他鬥志全失，整天待在家裡喝酒。」

「拜託都什麼年代了，失戀就沒辦法過日子，這麼沒骨氣的事也幹得出來。快樂，是最好的報復，聽過沒？拿去PO文，保證賺幾百個讚。姊好心，不跟你收創作費。」

世榮忽然察覺眼前的靜盈，和他從前認識的不一樣，變得性感又有主見，令人無法忽視。望著靜盈深邃慧黠的眼眸，以及高冷不羈的氣質，世榮突然心跳加速，一股想要征服的慾望油然而生。他刻意清了清喉嚨：

「我這個人從不喜歡貪人便宜，妳送我一條文，我得回妳一頓晚餐，才公平，就今天吧……」

「我就是喜歡讓人欠著，這樣才顯得我地位高貴、能力卓越。」隨即，靜盈從皮包掏出一千元，放在桌上，起身離開。

世榮詫異，追上：「好歹留一下 Line，不然我兄弟哪天幹傻事，我怎知道去哪找？」連忙秀出自己的帳號 QR code。

靜盈瞄了一眼：「不用掃了，你的帳號就是 Jimmy0421。」

世榮嚇得睜眼張嘴：「妳怎麼知道，還是這麼多年妳從沒忘記我，派人調查我？」

靜盈翻白眼，撇嘴一笑，推開大門走出，攔了輛計程車，揚長而去。

世榮來不及反應，下一秒就收到靜盈加好友的通知。世榮開心點開，還在欣賞靜盈火辣的大頭照時，靜盈很快傳來訊息：「這麼久沒見你，你變得更環保了。」

世榮先是回了笑臉和驕傲的貼圖，隨即又發訊問：「你怎麼知道我在家裡負責倒回收？」

「這個城市綠化做得最好的地方，是夫妻之間。」

世榮看著靜盈的回訊，氣得想將手機扔出去。但下一秒，他又忍不住怔怔望著手機螢幕，曾幾何時那個對他百依百順的吳靜盈，是如何蛻變成今日亮眼的模樣？到底在分手後，發生了什麼事？

二十一、新希望

一早醒來，陽光灑進房間，敏慧覺得這是個好兆頭，心情跟著開朗起來，她特地休了一天假，約了儀禮一起去醫院。不知是太過興奮，還是打了太多賀爾蒙，她比平時上班還早一個小時起床，輕輕掀開被子，下床做早餐，深怕吵醒昨晚熬夜趕研究的儀禮。

走進廚房，敏慧熟練地從冰箱拿出蘋果、鳳梨、奇異果放到水槽，清洗乾淨後、再丟進餐桌上的蔬果機，慢磨出新鮮果汁。趁著等待時間，敏慧從保鮮袋中，拿出昨晚剛做好的堅果吐司切片。

正當敏慧在廚房和餐桌間來回忙碌時，儀禮也已起床，睡眼惺忪地走過敏慧身旁，進了浴室。

「早安，早餐快好了，再煎一下蛋和培根，就可以吃了。」

「嗯！早。」儀禮有氣無力地回應。

沒多久，浴室便傳來流水聲，儀禮習慣早上洗澡，敏慧曾調侃他：「總是把最香的味道留給別人。」為此，敏慧抗議了好幾次，可儀禮從不反駁也不生氣，只是淡淡地說：「沒辦法，從小養成的習慣，改不了。」久了，敏慧也就習慣了。

敏慧很用心地煎好一顆沒破的太陽蛋，脫下圍裙，儀禮剛好從浴室出來。

「快來，涼了就不好吃。」敏慧端著盤子，從廚房走出。

「謝謝，培根很香。」

「這些全給你吃，醫生說我得空腹八小時，不過你不需要。」

「以後妳不吃就別麻煩，我出去吃很方便，妳別太累。」

「外面的東西不健康。而且中醫師說你太瘦，要多吃一點紅肉。」

「嗯。」儀禮沒多回應，只有坐在他習慣的位子上，一邊讀手機上的新聞，一邊機械化地把食物送進嘴裡。

敏慧隨手拿了一本親子教養書，坐在儀禮對面，陪著他吃早餐，但兩人沒有交談，只有刀叉的聲響搭配陽台傳來的麻雀聲，溫馨地有些單調。

結婚五年以來，他們夫妻倆奉獻許多心力在教育工作上，每天都趕著上班，很少能坐下來好好吃頓飯，即使假日，儀禮也得花時間帶著學生做研究。面對這一切，敏慧甘之如飴，她最大的心願就是擁有一個小小的家，裡頭不時傳來孩子的歡笑聲，夜裡可以唸故事給孩子聽，一家人一塊坐在餐桌上吃著簡單的料理。

為了實現這個夢想，她花了許多心力照顧儀禮，買了不少保健食品給他吃，就是希望他不會因為太過忙碌，而弄壞身體。曉琪經常取笑她，把老公保養得太好，外人不知情，還以為敏慧談姊弟戀。

敏慧很快地翻完書，抬頭觀察到儀禮吃得不怎麼盡興：「不好吃嗎？還是我今天晚上做紅酒燉牛肉給你吃。」

儀禮趕緊嚥下口中的太陽蛋：「今天要加班，下個月全國評鑑就要開始，加上升等的論文也還需要修改，這段時間會比較忙。」

「難怪這段時間，你總是待在書房。」敏慧見儀禮杯子空了，又倒了一杯蔬果汁，突然想到：「不然，我幫你送晚餐，這樣你就不用趕回家，吃得也比較營養。」

「這樣太奔波了，妳難得休假，去做讓自己開心的事情，我會照顧自己，別擔心。」

「你總是這麼體貼，如果我不是念輔導的，會覺得你好客氣，好像不需要我。」敏慧把手覆蓋在儀禮手背上，繼續說：「不過，這意味著我們都是獨立的人，可以把自己安頓好，不用太依賴另一個人照顧，對嗎？」儀禮被握住的手沒動，眼神望向敏慧，笑而不答。

儀禮意識到這頓早餐是敏慧特地準備的，便不再滑手機，專心將眼前的食物吃進肚。吃完後，像個乖巧的學生拿著自己的餐具，走到廚房打開水龍頭，準備洗碗。

「你放著，我等一下跟鍋子一起洗。」

「一、兩個盤子而已，順手。妳做早餐很辛苦了。」

「你是我老公誒，不做給你吃，給誰吃啊！」敏慧很快地收拾好廚房的鍋具，交給儀禮。

儀禮一貫地只是微笑，不解釋。敏慧站在儀禮身旁幫忙接過洗好的廚具，發現儀禮的領子沒翻好，動手想幫他理好，手才剛要碰到，儀禮瞥眼發覺，往旁邊退了一步：「我怕癢。」不顧手濕，自己順了順衣領。

等儀禮將最後一個盤子放進烘碗機後，敏慧看了一下手錶：「糟糕已經九點半，快點，我們跟醫院約十點。」

＊＊＊

到了醫院，敏慧挽著儀禮到櫃檯報到：「小姐，你好，我是李敏慧，預約今天早上。」

櫃檯人員接過敏慧和儀禮的健保卡，找出預先準備好的病歷，確認是本人無誤後：「好的，陳太太，請沿著地上的標線走到第一準備室，進去先換好衣服，休息一下，等等會有護理師跟您解釋取卵的流程。」然後，再看向儀禮：「陳先生，請您直接坐電梯上三樓，會有同仁帶您去取精室。」

儀禮聽完指示向敏慧點點頭，用眼神要她放輕鬆，就轉身走向電梯。敏慧深吸了一口氣，感覺自己的腳微微發抖，她告訴自己：「一切會安好的。」便邁開腳步跟隨地板上的標示，找到準備室。

走進準備室，診療床上已有套折好的病服，敏慧拉上簾子，將衣服脫下。突然，她感覺有些冷，忍不住打了哆嗦。門外傳來敲門聲：「陳太太，我要進來囉！」

「等等。」敏慧迅速換上病服：「好了。」

一名年輕的女護理師戴著口罩，拿著一張流程圖走進，「陳太太，我來跟妳說明一下，等一下醫生會先用陰道超音波確認妳卵子數量，如果足夠多，就會取出幾個比較健康的，送到實驗室，跟妳先生的精子作配對。成功結合後，過幾天會再請妳回來一次，植入胚胎。假使一切順利，兩個星期後，就可以知道有沒有著床。這過程，妳儘量保持平靜，不要有太大的情緒起伏，作息正常，好嗎？」

「好，我會配合。」

「等等會上麻藥，一、兩個小時後，就能清醒出院，請妳先躺上診療床，醫生馬上就來。」

敏慧配合著護士的指示躺在床上，盡可能讓自己放鬆，主治醫師掃描後，表示有六顆成熟的卵子。不久，麻醉師也進來了，很溫柔地跟敏慧聊了兩句，接下來敏慧就全然失去意識。

再度清醒時，已經中午十二點多。護理師量完敏慧的體溫、心跳和脈搏，確定一切正常後，便請她更衣。敏慧下了床，覺得腹部有些一點點痠，還不至於太不舒服。一想到這個子宮，過幾天就會住進新房客，嘴角忍不住上揚。

緩步走回大廳，見儀禮坐在長椅上滑手機，望著儀禮斯文的面容、修長的身形，帶著一點書卷氣，敏慧開始好奇：「不知道小孩會像我多一些？還是爸爸多一些？」

儀禮抬起頭，看到敏慧走來，起身準備過去迎接，手機卻突然響了，接起：「是，主任，資料在我研究室電腦裡，好，下午兩點開會，我一回學校，就把東西送到辦公室給您。」

「你快回去忙吧！」

「妳會不會不舒服，我可以先送妳回家，再去學校。」

「不用了，我跟靜盈他們有約，一起喝下午茶。」儀禮放心點點頭，替敏慧招了台計程車，送她上車。

＊＊＊

敏慧下了車，發現曉琪已經在五星級飯店大廳裡，正訓斥著兒子別玩推車，沒多久，佳萱也開車來到，將鑰匙交給泊車人員，眼神有些疲憊，沒注意到站在門口的敏慧。

敏慧揮了揮手：「萱，在想什麼？」

佳萱這才將思緒拉回：「沒……沒有，剛剛開完會，在想下一季的業務該怎麼推動。」

其實，自從和天霖分手後，每回到了午休時刻，她的心就像是斷了線的風箏，只能隨著回憶四處飄蕩，想拉也拉不回。

「怎麼只有妳，靜盈和曉琪呢？」

「靜盈剛在群組上說，會晚一點。曉琪怕熱，已經帶小孩在大廳吹冷氣了。妳看那。」敏慧伸手一指，只見品辰從推車上一躍而下，沒站穩，跌坐在地，噘起的嘴唇就快哭出來。

「我們快進去幫忙曉琪吧！」

＊＊＊

飯店服務員替曉琪搬來兒童座椅，好不容易才安撫好品辰，哄他入坐。敏慧一坐定，就拿起桌上的玻璃杯一飲而盡，喝完心滿意足地說：「終於喝到水了。」

「這麼渴！妳剛從沙漠來喔！」曉琪將品辰眼前的水杯移開，拿出包包裡的兒童杯。

「那裡很冷，比較像北極。」

「妳喝慢一點，別嗆到。」佳萱把本來給品辰的水杯和敏慧的空杯交換，「妳從哪過來？」

敏慧用眼神向佳萱表達感謝：「我剛從醫院來，早上我和儀禮去做了試管嬰兒，取卵需要空腹八小時，所以我到現在什麼東西也沒吃，又餓又渴。」拿起佳萱給的水杯，又喝了一口。

「我以為妳上次流產就放棄了，沒想到妳意志堅定。」曉琪嘴裡說著話，眼睛直盯著品辰手中的叉子，試圖搶回，沒發現敏慧深吸了一口氣。

「妳看過《灌籃高手》吧！」

「看過啊！怎樣？」

「安西教練說，一場球賽的結束，不是時間到了，而是球員放棄了。我的時間又還沒到，為何要放棄。」

「我沒看那麼仔細，這段話拿去問王青山才會知道。」

佳萱對著曉琪皺了皺眉，示意她別再說。敏慧也懶得和曉琪鬥嘴，想招服務員過來點餐，卻發現靜盈正從門口走來，後頭跟著一名帥氣的年輕男子。

「你們都到啦！這位是我業務部的同事，Kevin。剛跟我拜訪完客戶，我就順道帶他過來。」曉琪、佳萱和敏慧露出社交的笑容，對著 Kevin 輕輕頷首。

「Kevin，你上次不是跟我說，你是孩子王，最適合帶家族團。現在有個驗收的機會，你帶孩子去附近繞繞，讓媽媽休息一下。」Kevin 對著靜盈比了個 OK，就把品辰帶走。

等 Kevin 一離開，曉琪率先開砲：「別假了，什麼同事，是妳的嘴邊肉吧！快招來。」

「哎！這肉最近有點膩，口感不好。」看著 Kevin 離去的背影，靜盈順勢坐下，有些欲言又止。

「不談這個，你們剛剛聊什麼，這麼起勁。」

曉琪看了一眼敏慧，敏慧刻意不和她有眼神接觸，佳萱不願讓氣氛繼續尷尬下去，把話題岔開：

「沒什麼，剛剛敏慧說很餓，我們在討論要點什麼來吃。」

「先說好，這頓是我約的，所以我請。」

「怎麼了？妳終於找到看得上眼的歐巴，要宣布結婚啦？婚禮要辦在哪一國，峇里島？還是關島？」曉琪總喜歡取笑靜盈是最有價值的阿珠瑪，每回只要靜盈有好消息宣布，她總會拿這個話題調侃靜盈。

「妳又猜錯了，是升職，東南亞營運協理，我會出差三個月，負責新南向。短時間沒辦法跟你們碰面了，所以今天特地約大家出來聚聚。」

「太好了，妳的能力本來就足夠勝任。」佳萱回應。

「說不定，我們可以約在泰國碰面、度假呢！」敏慧也跟著附和。

只有曉琪不怎麼開心：「哎！我就是結婚得太早，如果當時沒嫁給王青山，說不定現在也是北區經理，搞不好也有機會跨國投資房地產。」

「真的！太可惜了，如果妳沒結婚，說不定周星馳會找妳演包租婆。」曉琪沒想到靜盈會這麼回她，一時間分不清楚是褒是貶，愣了一下。

敏慧自從上回跟佳萱在醫院，因為古天霖的事情不歡而散後，就沒有她的消息，想關心又不想給佳萱太多壓力：「萱，妳最近還好嗎？忙不忙？」邊說邊拿起水杯，喝了好幾口水，假裝鎮定。

佳萱知道敏慧想問什麼，她也想對閨蜜坦白，可她怕自己一開口會收不住情緒和眼淚，她不想破壞靜盈的好心情。曉琪雖被敏慧交代不准多嘴，可直腸子的她怎麼可能藏得了祕密，見佳萱不回應，急了，管不住自己的嘴：

「妳要不要再生一個小孩啊？這樣娜娜也有玩伴，妳有事情忙，就不會胡思亂想。說不定生了個男的，也算是給文忠爸媽一個交代。過去的就讓它過去，有玩到就好。妳也還沒四十，敏慧都還在拚，妳也要加油，別太快放棄。」

敏慧聽完，口中的水差點噴到曉琪臉上，為了避免失態，趕緊吞了回去並嗆了自己好幾下，心想：「這個劉曉琪，不知道怎麼安慰人就算了，還拖人下水，真是躺著也中箭。」

佳萱詫異曉琪知道自己和天霖繼續來往的事，看了一眼敏慧，想像姊妹們私下討論自己的模樣。敏慧察覺到佳萱的異樣，刻意迴避她的眼神。

靜盈為了不讓大家繼續關注佳萱，故意清了清喉嚨，拿出手機。

「欸！你們還記得葉世榮嗎？」

「我記得他跟古天霖……」敏慧瞄了一眼佳萱，才又繼續說：「……同班。」

「前陣子還弄上雜誌，要不是知道內情，我還真以為他是Gay。」曉琪說完，忍不住看向佳萱，佳萱不知該如何反應，只好低頭看菜單。

「我的重點不是古天霖，我跟你們說，最近葉世榮追我追得很勤。」

「妳……他……你們當年不是……」佳萱驚訝到手上的菜單差點掉到地上。

「也不知道他哪根筋接錯了，不找年輕美眉，最近老傳照片給我，秀他剛買的跑車，是怎樣？我又不是要跟跑車上床，他的馬力有我帶來的底迪好嗎？」

曉琪和敏慧被靜盈的一番話給逗笑，爭相想看靜盈手機裡世榮傳來的訊息，要靜盈再多說一些：

「沒什麼好說的，反正我就要去泰國了，他也找不到我。」

「妳還是小心一點，搞不好下次換妳上雜誌。」敏慧忍不住叮嚀好友兩句。

靜盈趁敏慧、曉琪看訊息的同時，給了佳萱一個眼神，要她別太在意，佳萱微微點頭，感激靜盈把話題帶開。

二十二、覺醒

自從和天霖重逢後，回到家裡，最令佳萱感到難受的時間就是臨睡前。每晚躺在合法伴侶的身旁，心裡住著別人，卻還要安撫枕邊人，給予他言不由衷的肯定與讚美，就像是對自己的背叛，同時也背叛了對婚姻的誓言。

可笑的是，走到這個階段，那個原本珍藏在心裡的人也已出走。在身心雙重失落的情況下，每當黑夜降臨，那份空洞感讓佳萱覺得自己像是被放逐到外太空，無聲無息、無盡無依地飄浮在沒有邊際的思念裡，上不了岸。

也許是太過抽離現實，以至於文忠靠過來，親吻佳萱時，她遲遲沒有反應，直到丈夫的重量全壓到自己身上，她才突然從外太空墜回地球似的，有些驚慌地意識到文忠想要親熱。佳萱覺得難以忍受，下意識的想要推開，但文忠已經箭在弦上，她錯失推辭的時機，又不想明白拒絕，引發文忠的質疑與不滿，只好說服自己是在履行夫妻義務，補償這段時間對先生的冷落，放任文忠恣意而為。

兩人公式化的完事後，文忠沒察覺到佳萱的失神和僵硬，躺回自己的位置，略帶失望的口氣問：

「妳最近經期不正常嗎？怎麼那麼乾，是不是快要更年期了，要不要去看醫生，吃些賀爾蒙的藥，讓那裡濕一點。」說完便倒頭睡去，沒一會兒就發出沉重的呼吸聲。

佳萱縮著身體，背對著文忠，不斷地告訴自己：「這沒什麼。」結婚十二年了，儘管後面行房的次數越來越少，可她仍舊熟悉文忠的碰觸和粗魯，就算現在陰道有些腫漲、刺痛，但只要忍耐兩天就會自然好。她要自己趕快睡著，天亮就沒事了。

可佳萱怎樣也尋不回睡意，決定起來沖個澡。就在她放下腳，傾身而起時，卻倒出滿眶的熱淚，還來不及自憐，突然腹部一陣翻攪，噁心的感覺一湧而上，急忙摀住嘴往房間外的廁所奔去。

佳萱跪在地上，對著馬桶乾嘔，她再也無法說服自己不在乎，崩潰哭泣。但很快地又擔心吵醒文忠，緊咬著下唇，要自己別哭出聲。坐在浴室地板，背貼著冰冷的磁磚，眼淚止不住的狂流，孤獨而無助。她本以為自己可以跟著文忠，平平淡淡、千篇一律的過完這一輩子，即使有些寂寞，卻仍可以安慰自己：平凡就是福。

直到遇到天霖，她才發現自己一直在自欺欺人。也許對文忠而言，快樂就是日復一日規律的輪迴、不要有太多的變化，有安穩才會有安全感，但在婚姻中當一個晚七早八的公務員卻不是她要的。她渴望成長、冒險，若不是天霖，她不會記得自己高中時，曾經對藝術如此著迷，渴望創作，眷戀所有美的事物。可結婚後，她把所有的心力都給了家庭，忘了再去做會讓自己開心的事。

佳萱站起身，用水將臉潑濕，想讓心情冷卻下來一些。離開浴室後，她走到娜娜房間，坐在娜娜床邊，輕輕摸著女兒無瑕的臉龐、柔順的髮絲，她忽然發現自己雖然很愛娜娜，卻無法像其他媽媽一樣，可以無私地、二十四小時、寸步不離守護著兒女，她放棄不了對事業的投入和成長的追求，可是在這個家，她必須很努力地乞討，才能獲得一絲絲憐憫，允許她在外頭擁有屬於自己的驕傲，且不能太過張揚，不然會傷了先生的自尊。

她身旁的人似乎都覺得作為一個女性，最該關心的是子女和先生的成就，而不是自己的。所以父親才會這麼希望在臨終前，能看到她有一個好歸宿，原來她是如此地不被信任，不相信即使一個人，她也能照顧好自己，有完整的人生。她感覺自己存在的價值被抹滅，一股強烈的悲哀，就快將她淹沒，她必須找人說話，才能阻止自己胡思亂想。

走出娜娜房間，佳萱拿起放在餐桌上的手機，才點開靜盈的帳號，卻又想起靜盈已經出國，不願讓遠在國外的閨蜜擔憂。但滑遍手機所有的朋友名單，竟找不到任何能讓她安心傾訴的對象，最後看著天霖的大頭照，思念和渴望被理解的心情，徹底撕裂她的心。

＊＊＊

一陣爪子的廝磨聲，把正在沙發上酣睡的天霖吵醒，他瞇著眼，拿起手機一看，凌晨三點四十八分，難怪家裡還這麼暗。角落裡，仍傳來陣陣窸窣聲，天霖從沙發爬起，打開燈，見壽司正在大門邊扒著門。

天霖覺得有些莫名，壽司是很貪睡的貓，從未半夜開運動會，將他吵醒。他走近壽司將牠抱起：

「拔拔，今天不想出門跑步喔！你吵到拔拔了，快去睡。」溫柔地訓斥完壽司後，天霖輕輕將貓朝客廳方向放下，拍拍壽司的屁股，要牠回自己的小床睡。

豈料壽司一被放下，仍立刻轉過身，朝著門口喵喵叫，天霖見狀覺得好笑：「你該不會轉性變成狗，想出門散步吧？」

忽然門外傳來一個微弱、顫抖的聲音：「是我……能請你開門嗎？」

天霖瞬間背脊一涼，臉上的笑容僵住，連忙打開門。他見佳萱面色蒼白、眼袋浮腫，身上穿著像睡衣的居家服，車就停在門口，不知道在門外坐了多久。

「妳怎麼了？」天霖心疼極了，急切的問。

佳萱苦笑搖頭：「能不能讓我待到天亮？」

「我問妳怎麼了，告訴我……」

佳萱抿著嘴忍住淚水：「……只要等天亮，就會好了……」

「快告訴我發生什麼事情？」天霖非常擔心，見佳萱仍不回話，突然一股火氣上來：「凌晨四點妳這樣跑出來，跟妳老公怎麼交待？回家去！」

「那個家……是我現在最不想靠近的地方，我很累、很累，我們不要吵架好不好……」佳萱情不自禁靠近天霖，想尋求一個擁抱，卻遭到天霖無情推開。

「那是妳要的家，妳已經做了選擇，就要想辦法回去！」天霖以為自己是因為佳萱不請自來而生氣，其實真正讓他難受的是，自己好不容易關掉的思念，又因為佳萱而起，他得花很多時間平復。害怕受傷的心情，引發了他攻擊的慾望。

「我不是妳養的寵物，呼之則來，揮之則去。妳的老公和女兒還等著妳一起吃早餐，送彼此出門，你們是別人眼中的模範家庭，沒有必要為了像煙火一樣的愛情，賠上妳的幸福和名譽。離開我，對妳比較好。」

天霖的話像冷冽的北風，一字一句刮蝕著佳萱早已傷痕累累、斑剝凋零的心，讓她痛得飆淚反駁：「我知道你上一次生氣，不是真的認為我為了趙董的訂單才接近你，而是你氣我年輕時為何要跑去結婚，害得我們現在即使相愛也不能光明正大在一起。」

天霖一凜，不解眼前的女人為何總是能輕易猜中他的心思，在她面前自己就像是裸身的孩子，任何遮掩都是白費力氣，可即便如此，他仍感到安全，不覺得有威脅。天霖在腦中默默的想著：「如果佳萱沒有這麼懂自己，心是不是就可以少痛一點。」

佳萱見天霖沒回應，再開口：「談戀愛時，沒人能保證更適合自己的人存不存在，大家都是在需要結婚的時候，從身邊選一個適合的人。你不能因為我們錯過了，就怪我當年只是為了結婚而結婚，我甚至一直安慰自己，只要這個男人夠穩定、沒有不良習慣就好了。如果時間倒流，我還是會做出一樣的選擇，因為當時沒有你，我就是個普通女人！

可現在你出現了，你讓我知道這樣交換來的幸福，不是我要的，我才開始認真想自己要的是什麼？不再為別人的期待而活。你來到我的世界，製造了天翻地覆的改變，卻不允許我有時間慢慢整理、釐清，到底是誰霸道、任性？我們說好了不輕易規劃未來，但我答應過你一定會好好面對，你究竟是對我沒信心，還是你沒信心？」說完就啜泣著往駕駛座走去。

天霖這才驚覺剛剛的話，多麼地刺痛他所愛的人，愧疚自己不能體諒佳萱，快步追上，一把摟住佳萱：「抱歉……是我錯了，我太心急了，先進來好嗎？」

天霖的道歉，讓佳萱冰凍的心終於感到一絲溫暖，放下武裝的她，隨即在天霖懷中放聲大哭。天霖輕輕擦去佳萱臉上的淚痕，像抱孩子般將她放到雙人床上，溫柔地擁著她直到天明。

＊＊＊

隔天一早，文忠傳訊問佳萱：「妳怎麼不在家？」

佳萱回應：「國外訂單有狀況，得緊急處理。」同時，打電話進公司詢問是否有重要會議，確定部門一切運作順利後，向公司請了事假，想一整天待在天霖身邊，好好說話。離開臥室前，她先到浴室沖了個澡，換上天霖衣櫃裡看起來最舒服的白色棉質襯衫，整理好心情，才走出房門。

此時天霖已在廚房忙碌，見佳萱穿著自己的衣服走來，忍不住逗弄她：「妳這樣穿好像日本寫真女星喔！超清純的。」

「你常買寫真集回來看齁！否則怎麼這麼清楚！」

「被妳抓到了，妳說該怎麼罰？」天霖對佳萱扮了一個鬼臉，兩人又恢復往日輕鬆氣氛。

佳萱見天霖手上打著雞蛋麵糊，有好奇：「你在做什麼？」

「這叫孤兒餅。以前我爸媽吵架，沒人做飯給我吃，我就會把冰箱的剩菜翻出來，切成絲，打幾顆蛋，加上一些麵粉、鹽和胡椒，拌一拌煎給自己吃。」

「你爸媽常吵架啊？沒聽你說過。」

「我高中的時候，他們吵得最兇，我不想理他們，把心思都花在念書上，才能在公車上教妳數學，幫妳解題啊！」

「原來是這樣，為了教，所以要學得更好。」

天霖打開瓦斯爐，放了一點油，將麵糊平均倒在平底鍋中，很有架勢的翻動著。佳萱站在一旁，看著天霖專注的臉龐，突然想起一事。

「你知道嗎？十二年前，我爸肝癌末期，希望在臨終前看到我嫁人，可是我卻一直拿不定主意。直到被求婚隔天，我突然很想回學校，就真的去淡水一趟，跑到你們班教室，你的位子上坐著……」

聽到佳萱婚前曾回學校，天霖一愣：「求婚隔天？」

佳萱肯定的點頭：「我想看清楚自己真的要什麼？說不一定能在你的位子上，找到一點冒險的勇氣，我就敢違背我爸的心願。」

天霖略顯緊張：「結果呢？妳發現什麼？」

「沒啊！你桌上就是一堆數學符號，圈圈叉叉的，看不懂是阿拉伯數字0，還是英文字母O，還有加號和乘號，我當時以為你這個數學狂，在研究怎麼寫電腦程式。」佳萱見天霖鍋中的餅快好了，從櫥櫃裡拿出一個磁盤，遞給天霖：「對了，那到底是什麼意思啊？你還記得嗎？」

天霖俐落地將餅盛起：「改天一起回學校，再告訴妳。」

「討厭，賣關子，不說就不說。」佳萱用筷子輕夾起一塊煎餅，放在嘴裡吹涼，作勢要餵給天霖吃，最後卻吃進自己的肚子，惹來天霖白眼。

「好吃嗎？」

「嗯……味道……該怎麼說呢？」佳萱說得遲疑，天霖表情有些不安，佳萱開心自己報復成功，刻意拉低音量說：「好吃，軟硬適中。」天霖鬆了一口氣，佳萱笑他：「上當了吧！誰叫你剛剛說我是寫真女星。」

天霖騷她癢反擊：「這是誇獎，妳聽不出來嗎？」

兩人像孩子般在廚房裡嬉鬧。天霖爽朗的笑聲，療癒了佳萱這段日子以來疲憊的身心。

二十三、保鮮膜夫妻

陽明山半山腰，一處乾淨的研習會場，主持人正在分配房間，同寢的老師約敏慧一起去餐廳吃晚餐，可敏慧覺得好睏、沒胃口，決定先回房間休息。到了半夜，敏慧突然驚醒，她的心跳得好快，就快喘不過氣，驚叫出聲。

同寢老師被吵醒，睡眼惺忪地打開燈：「身體不舒服嗎？要不要叫妳老公來接妳回家？」

敏慧虛弱地拾起手機，上頭顯示凌晨兩點，心想儀禮可能還在趕論文，沒睡，可她不想打擾，讓他分神擔憂：「不麻煩了，我等天亮再自己坐車下山。妳幫我跟主任請假，好嗎？」室友迷迷糊糊地點頭，關了燈又睡了。

敏慧閉上眼，試著調息，但她覺得胸口像是被什麼東西壓著，氣吸不進來。只好睜著眼看著窗外，直到看見東方露出魚肚白，悄聲起床，躡手躡腳地收拾好行李，輕輕闔上門，叫了台計程車，給了家裡地址後，便縮在後座倚著窗，閉眼休息。

回到家門口，敏慧發現多了一雙沒見過的運動鞋，拎起查看和儀禮的尺寸相同，但顏色是儀禮平常不會選的螢光色。敏慧心裡狐疑：「什麼時候買了一雙運動鞋，我不知道？」她很快安慰自己：「也許是儀禮買來放在研究室，不常穿回家罷了。」

敏慧開了鎖，走進門，看見餐桌上有兩雙碗筷、兩個紅酒杯、三個空盤和一個空酒瓶沒收，她蹙眉不解，這和儀禮平時的習慣完全不同，他鮮少買東西回家吃，都在外頭解決才是……

瞬間，她心頭一凜：「難道儀禮帶人回家過夜？」仔細察看酒杯，確認沒有唇印且門外沒有女鞋，鬆了口氣：「應該只是邀朋友回家吃飯，我想太多了！」

敏慧踮起腳，不想吵醒儀禮，輕輕走向主臥室，推開門，她不敢相信自己看到的畫面——儀禮抱著一名年輕男子入睡，兩人全身赤裸、手環腰際，毫無縫隙貼著彼此身體的曲線。她拿在手上的行李突然墜落在地，發出不小的聲響，將床上的兩人吵醒。

儀禮睜開眼，發現敏慧提早回家，非常詫異，立即坐起身，一旁年輕男子急忙拉來棉被，遮蓋住自己裸露的下半身。兩人似乎想說些什麼，卻又把話吞回肚中。敏慧腦子一片空白，整個人僵住，連呼吸都忘了，只聽見儀禮要男子先把衣服穿好。

見兩人開始動作，敏慧才突然意識到自己身體的存在，她面無表情地撿起地上的行李，像遊魂般走出主臥室，把行李擱在地上，拉了張餐椅坐下，試著讓自己慢慢恢復思考。沒多久，儀禮穿著居家服，牽著衣衫不整的年輕男子從房間走出，敏慧這才認真看清楚男子的臉。儀禮替男子開了門，很快送走年輕男子後，走回敏慧面前，像作弊被抓到的孩子，不敢直視敏慧：「抱歉，我不知道……妳……」

敏慧臉色慘白：「我昨天一出門，你們就碰面了，對嗎？」儀禮輕點頭。「多久了？你是認真的嗎？」

「我一直想跟妳坦白，但我沒有勇氣，我不敢告訴妳，也不敢讓身邊的人知道，我喜歡的是男人，我不知道大家會怎麼看我，學校會有什麼忌諱？只好一直假裝，一直逃避。」

「你爸媽也不知道嗎？」儀禮點頭，敏慧寒著臉：「所以他們才會一直覺得生不出小孩是我的錯，他們最優秀的孩子，不可能有問題。」

「不，不是妳的問題，是我為了保護妳，挖了條護城河，保持一點距離，不願意妳受傷太重。但妳和爸媽這麼想要一個孩子，我不忍心讓你們失望……」

「你不想讓我們難過，就讓自己難受，強迫自己配合演出？」

儀禮怔怔望著敏慧，眼眶閃爍著淚光，嘴角顫抖：「對不起。」三個字動了唇，卻發不出音。

敏慧可以理解儀禮有多掙扎，但她仍是平凡的女人，忍不住問：「這些年，你是真的愛我？還是一場戲？維持你完美的形象。」

「我喜歡妳，也愛妳，但不是情人之間的那種愛，比較像家人。是我錯了，我應該早點跟妳說。」

敏慧苦笑：「不是家人，是客人吧！跟我在一起時，你永遠都是冷冷的，就像包著保鮮膜，我看得到，摸不到。」儀禮伸手想握住敏慧的手，敏慧迅速抽走：「別忘了，你最近在拚升等，那個男孩子是你學生，好好處理。」不待儀禮回應，敏慧迅速起身，拎起地上的行李，頭也不回的離開家。

走到巷口，早上十點的太陽已經很毒辣，但敏慧卻全身發寒。這麼多年的規劃與經營，以為和儀禮共同打造堅固的城堡，最終卻困守成一個笑話，她愛的人根本住在護城河之外，是她錯把客氣當心疼，殊不知儀禮的「怕她辛苦」全是自作多情。

敏慧突然懂了，為何儀禮總愛稱讚她獨立、冷靜、容易信任人，因為如果不是這種個性，也不會被儀禮選來當幌子。而且為了博得儀禮的歡心，她也盡可能表現成熟，絕不輕易麻煩儀禮，甚至不停合理化儀禮的疏遠，只是為了保有自己的空間，她應該懂得尊重、不隨意打擾。

站在滾燙的柏油路上，敏慧完全失去方向，不知道該往何處，她遵循已久的人生地圖，如玻璃般一下子全碎了，且碎片全扎進她心口，每走一步，都能感覺玻璃片正刨割著心臟，皮開肉綻、鮮血直流，可她卻痛到叫不出聲。她覺得被這個世界狠狠地拋出軌道，無處可去。

＊＊＊

傍晚五點，曉琪剛帶品辰去安親班接品芸回家，一進門踩到品辰的玩具汽車，生氣開罵：「王品辰，我跟你說多少次，玩具玩完要放好，爺爺不小心踩到跌倒怎麼辦？」回頭幫品芸脫下書包：「王品芸，妳幫弟弟把客廳的玩具都收好，等一下要吃飯。」

「為什麼要我收？又不是我玩的，那是他自己的事。」

「妳這個做姊姊的這麼愛計較，我平常是怎麼教你們的。」

品芸噘起嘴，不情願地開始撿地上的樂高，品辰邊收拾邊玩。曉琪把品芸包包放在沙發上，正準備進廚房，門鈴卻響了：「奇怪，這時間會有誰？難道品蓁又忘了帶鑰匙？」

曉琪打開門，發現按鈴的人竟是敏慧，一臉吃驚但語氣仍歡迎：「怎麼突然跑來，沒先說一聲？」

敏慧站在門外，有些猶豫不知該不該打擾好友。

「站在那幹嘛，快進來吹冷氣。」曉琪一把將敏慧拉進門。

「琪，那個……我可以來妳家住幾天嗎？」

「當然沒問題，樓上客房空著，剛好我公婆去南部拜訪親戚，妳會自在些。只是好端端的，妳自己家幹嘛不住？」

「我家……我家附近水管被挖斷，這幾天沒水用，不方便。」敏慧有些心虛，刻意將臉撇向孩子。

「喔！原來是這樣，那儀禮呢？他不用洗澡？」

「他……他出門去了，不在家。」對敏慧來說，現在儀禮的心確實不在家。

「那妳先坐一下，我弄幾道菜，等一下一起吃飯。」

曉琪被家事忙得團團轉，絲毫沒有察覺平時冷靜自持的敏慧，有什麼異狀，一個人在廚房忙進忙出。敏慧在客廳幫忙看顧品辰，陪品芸寫功課，溫柔陪伴是她的職業慣性，只要有其他人存在，她就會自動把自己的需要藏起來，彷彿早上的打擊從沒發生過。

不消四十分鐘，曉琪已做好一桌家常菜，站在餐桌旁脫下圍裙，看著客廳的時鐘：「這個王品蓁到現在還沒回家，真是皮在癢。」

敏慧才想勸曉琪不要這樣跟孩子說話，品蓁就拿著鑰匙走進門，迎上母親暴躁的眼神：「都幾點了，跑哪去野？」

剛從外頭回家的品蓁，還紅著一張臉，就在外人面前被母親不分青紅皂白的訓斥，正準備頂嘴反擊，敏慧趕緊出來打圓場：「曉琪，妳剛跟我說，品蓁越來越漂亮，很擔心她不懂得保護自己，對嗎？」不停的使眼色，要曉琪別發作。

曉琪看著敏慧的臉，想起上回在車裡，敏慧提醒她別一心煩，就把脾氣灑給女兒。刻意吞了一口口水：「是啊！我生的女兒，當然很漂亮，怕沒顧好，就被別人追走。」

品蓁難得聽到母親稱讚自己，剛要說出口的話，也嚥了回去：「妳想太多，我是留下來參加田徑校隊選拔，才會晚一點回家。」

敏慧察覺品蓁願意談自己的事，是好現象，順勢接話：「妳知道妳媽媽當年也是學校田徑隊嗎？成績可好了，每次出去比賽都一定會得獎，真是有其母必有其女，妳一定也會替學校贏得獎牌。」

聽敏慧這麼一說，曉琪和品蓁都露出不好意思的笑容。品蓁收起反抗的姿態：「還需要很多練習，沒這麼快啦！」

見女兒態度好轉，曉琪口氣也變得溫和許多：「以後晚回家，先打通電話給我，不然我會擔心。」

「喔！」品蓁收下母親的關心。

「趕快去把書包放下、換件輕鬆的衣服，來吃飯。品芸和品辰，你們兩個先去洗手，吃完飯再繼續寫功課。」

「好！」坐在客廳的品芸和品辰異口同聲的說。

看著三個蘿蔔頭，沒有頂嘴、拖延，一個個站起來做該做的事，曉琪由衷地感到欣慰，卻又說不出口，只好用眼神向敏慧表達感謝。

「其實妳做得到的，妳看妳只是換個方式說，孩子們就願意聽妳的話。」敏慧肯定曉琪的改變。

「好！我知道了！李老師，請吃飯。」

正當兩大三小圍著餐桌開心吃飯的同時，青山一臉疲憊的從外頭回來，見敏慧在家，有點訝異，不自在的擠出微笑，對敏慧點點頭。曉琪見狀：「奇怪，是忘記名字喔！連叫個人也不會，難怪小孩都學你，不愛理人。」

敏慧在一旁有些尷尬，青山不想在外人面前跟老婆鬥嘴，便直接進房，曉琪砲火未停：「等一下品辰吃完飯，你幫他洗澡，我要替敏慧整理客房。」

青山這才有了回應：「平常都妳洗的，我不會啦！妳晚點再幫他洗。」

「拜託，小孩姓王，不姓劉誒！洗個澡有這麼難嗎？你是把我當你家女傭……」敏慧拉住曉琪不讓她再說：「別麻煩了，妳專心照顧孩子，我自己可以處理。」

曉琪瞪著青山離去的背影，氣到把碗筷全放在桌上：「就沒一天讓我順心如意過，真是的……」

一旁三個孩子默默端著碗扒飯，不敢夾菜，深恐再惹怒曉琪。

待曉琪好不容易把小孩都安頓好，哄入睡，已接近十點。這過程敏慧雖未參與，但隔著樓板，她依稀可以聽到曉琪和孩子互動的對話，儘管吵吵鬧鬧，但聽在她耳裡，這樣的熱鬧卻是有錢也買不到的羈絆。

曉琪端了一杯酸梅湯，來到客房外：「敏慧，妳睡了嗎？」

「還沒，妳快進來。」曉琪走進，坐在床沿，將酸梅湯遞給敏慧：「謝謝，妳辛苦了。」

「是讓妳見笑，家裡有三個小孩根本是地獄，我不得不變成母夜叉。」

「其實他們從我們身上學的，不是我們說的話，而是我們活出來的樣子。」

「我也不想吼他們，只是我真的很忙，想把事情做好，可是卻沒人教我怎麼當個好媽媽，然後孩子就一個個出生了，壓力大的時候，每次罵完人，我都很後悔，可又管不住嘴巴。」

「慢慢來，別心急。有需要幫忙，可以告訴我。」

曉琪收下敏慧的好意，點點頭：「對了，妳身體還好嗎？晚餐時，我看妳吃得很少。上回試管的結果如何？」

敏慧這才想起自己的事，突然一陣心酸，眼眶泛紅。曉琪不解，明明聊得好好的，怎麼突然想哭，有些手足無措：「發生什麼事了？妳跟儀禮吵架嗎？」

敏慧直搖頭，哽咽地說：「沒事，只是覺得妳很幸福，這麼多孩子陪妳，再吵再鬧，他們都是妳心愛的寶貝。」她避重就輕地回答，事實上，她很想告訴姊妹自己的痛苦，可又不想別人看見她醜陋的傷口，心裡非常掙扎。

「才沒有哩！再讓我選一次，打死我也不要生三個。」

「孩子多，也表示妳和青山感情好。」

因為被肯定，曉琪不自覺脫去防衛的盔甲：「其實這幾年，為了給孩子好的教育和生活，青山連開了三家店，就為了多賺一點錢，我知道他很累，偶爾也會去店裡幫他，但每次看到他回家那張死臉，我就一肚子氣。」

「妳有委屈，可以好好說出來，不要拿話當傷人的武器，這樣無助於溝通。」

「妳也知道我遺傳我媽的心直口快，要我換句話說，舌頭會打結。」

儘管敏慧知道自己給的建議，是所有教科書都會提到的真理，但現實中，她卻不再肯定，所謂的好好溝通，就真的會讓感情變好嗎？那些沒說出口的話，究竟是「隱瞞」還是「保護」？像曉琪這般直爽的性格，生活會不會簡單一些，至少還知道彼此在乎？

躺在床上，敏慧聽著曉琪分享家庭點滴，那些再平凡不過的小事，對現在的她而言，都是遙不可及的夢想。

二十四、獵人獵物

靜盈一早出現在曼谷的素旺那普國際機場，這是她派駐泰國半個月後的第一批客人。儘管可以交代給資深導遊負責，但她仍決定親自以協理的身分出馬，除了讓客人感受到重視外，更重要的是，她要一一驗收所有合作廠商的服務水準，以確保旅遊品質。

坐在出境大廳長椅上，靜盈認真觀察著出入境旅客國籍、性別、年紀、社經水平、團客、自由行……等細節，她必須找出獨到的行銷點，才能為公司開疆闢土。正當她發現眼前一批日本團客，參加者幾乎都是風韻熟女、年齡大約在四十歲以上，和一般攜家帶眷的慣例不同，正思索其中原因時，突然 Emily 捧著一碗泰式雞肉粥來到靜盈面前，擋住她的視線：「協理，妳這麼早起床，一定來不及吃早餐，妳嚐嚐這碗粥，是有名的老店，我排了好久才買到。」

靜盈伸手接過，表情有些不悅：「我帶妳來，是因為妳肯學習又勤快，不是因為妳很懂得討主管歡心，我情願妳把這些小聰明用在客人身上，把工作做好，就是對我最有用的馬屁。」

Emily 聽完，瞬間臉紅，明白在靜盈手下做事不比在 Lisa 底下，她必須繃緊神經，趕緊到一旁聯絡遊覽車公司，確認司機是否已準時抵達機場。

靜盈再回頭，那團人已跟著導遊離開了。看了看牆上的鐘，距離飛機抵達還有十五分鐘，她打開雞肉粥的蓋子，拿起袋中的湯匙攪拌，想讓熱氣先散出來，等等好入口。望著眼前煮到看不見米粒的鹹粥，靜盈想起那日深夜和 Kevin 看完電影，在復興南路吃清粥小菜。

「為什麼老闆這次選 Emily 跟妳一起駐點，不是我。上次接待貴婦團時，不是說我表現很好嗎？」

「就是因為你比較適合有格調一點的團，公司才會要你留守歐洲線，走精品路線，東南亞太平價跟你特質不合。」

「真的！老闆覺得我適合帶高價團。」

「是啊！你要爭氣一點，讓自己可以獨當一面。」靜盈耐著性子哄著。

心性單純的 Kevin 被捧一下就暈頭轉向，完全忘記剛剛自己在生什麼氣：「沒問題，一定不會丟妳的臉。」並露出得意的笑容，靜盈在心底鬆了一口氣。

其實靜盈沒說出口的是，這是她刻意安排的結果。之所以選擇用工作和 Kevin 拉開距離，一來，是因為太過靠近，所有細節變得太清楚，少了神祕感，反而會降低彼此的吸引力。二來，是因為靜盈知道 Kevin 自尊心高，不喜歡被看輕，但兩人之間的人生歷練畢竟有差，常常靜盈腦中已經發生一場龍捲風，但 Kevin 卻只看到一隻蝴蝶拍翅。若逐一向道 Kevin 剖析自己的心思，只會讓他變得無知又挫折。此時，Kevin 要不為了維持面子，瞬間化身為暴龍，要不就是撒嬌裝萌，變成小奶狗，好為自己的無知脫罪。但這兩者都不是靜盈要的，工作已經夠複雜了，她不想為了愛情，還要費盡心思安撫另一個人心情。

突然，公務機傳來一陣訊息聲，中斷了靜盈的思緒，是 Kevin 隔海傳來的思念貼圖，叮嚀靜盈要好好吃飯，別太想他。靜盈已讀沒回。

＊＊＊

好不容易等到客人出關，靜盈立刻堆起笑容熱絡地招呼團員上遊覽車，詢問他們這趟飛行是否舒適？累不累？待所有人都坐定，Emily 清點人數沒問題後，靜盈拿起車上的麥克風，向團員打招呼：「歡迎大家參加〈相信旅行社〉的泰好玩之旅，我是吳靜盈，是東南亞部門的營運協理，這五天會由我來為大家服務，大家可以叫我……」

正當靜盈自信向大家介紹時，最後一排坐在中間的男子默默拿下墨鏡和口罩，露出一張熟悉的臉孔，不停對她招手，害她倒抽了一口氣，嗆到自己。

「那個天殺的葉世榮，怎麼有膽追到這裡！」靜盈在心裡咒罵，刻意停了一會兒，穩住陣腳，清一清喉嚨：「叫我……盈盈，就可以了，我一定笑臉盈盈地回應您。」

之後，靜盈將視線收回，目光只放在前排客人身上：「以往大家來泰國，最常去的地方就是拜四面佛、人妖秀、騎大象，但這些都已經退流行了。這次行程是相信旅行社，花了半年的時間，精心為各位貴賓搜羅最好玩的私房景點，我們會搭船去南部的『屁股群島』……」

此話一出，底下的團員全發出竊笑聲，一旁的 Emily 遮著嘴，小聲提醒靜盈：「是披披群島。」

靜盈尷尬一笑：「很開心，大家都醒著聽我說話，其實我們要去的是披披群島，但我都叫那個地方是屁股群島，比較好記，而且那裡的懸崖裂縫也確實很像股溝……」靜盈努力把話圓回來，保持鎮定，但葉世榮卻刻意拍手、笑得很大聲，讓靜盈更加心煩：「這個地方之所以有名，是因為好萊塢男星李奧納多．皮卡丘，曾經來拍過電影……」話還沒說完，所有人又笑成一團。

「是李奧納多．迪卡皮歐。」Emily 再次附耳糾正，表情有些擔憂，「協理，妳是不是中暑不舒服，才一直講錯？」

「對！」靜盈抹了抹額頭的汗，刻意拉長尾音說：「大家應該都有玩過寶可夢，泰國也很流行，夜市還有 VR 可以玩，而且我們隨團的小幫手 Emily，就是個電玩高手，由她來向各位介紹泰國現代化的設備和景點，會更生動有趣，我們掌聲歡迎她。」在眾人的拍手聲中，靜盈順勢將麥克風交給 Emily，Emily 還沒意會過來，就被趕鴨子上架。

為了避免自己再出糗，靜盈趕緊坐進位子中，用力吸氣，好好調整自己的狀態，孰料世榮竟然毫不避諱的坐到她身邊：「盈盈，這幾天我可以當妳的令狐沖嗎？無論是上山下海，我都奉陪。」

輕浮的嘴臉，惹得靜盈不得不伸出爪子捍衛自己的地盤，露出銳利的眼神，壓低音量說：「我先警告你，這一團可都是重要的客人，我為了打響公司在東南亞的知名度，特別邀請旅遊達人、美食專家、知名部落客來幫忙寫宣傳文，你如果乖乖當客人，我會好好招待你，要是你搞砸了我的好事，我就讓你吃不完兜著走。」剛做好水晶指甲，差點就要戳到世榮的鼻子。

世榮沒有被威嚇住，反倒更覺亢奮，開心一笑，想握住靜盈的手，卻被靜盈甩開，不以為意：「這當然，我就是來幫妳啊！妳也知道我認識不少人……」沒聽他說完，靜盈就起身走去後頭，和其他客人聊天。

一早上，世榮都緊緊黏在靜盈身邊，無論靜盈說什麼，世榮都第一個讚聲，讓靜盈很難忽略他，深怕其他客人以為世榮是公司派來的暗樁。中午吃飯時，靜盈招呼大家入座，並對所有人解說：「來泰國，一定要吃海鮮，特別是龍蝦，這裡的龍蝦口感扎實……」

「對，龍蝦一定要活著的時候就放進鍋裡，冷水慢煮，讓動物在放鬆的情況下死亡，肉質是最可口的，大約煮二十分鐘就可以起鍋，但如果你想喝鮮美的湯，可以煮久一點，一個小時都沒問題……」

一旁的團員聽得認真，忍不住插嘴：「葉大哥，你怎麼對龍蝦這麼熟？」

「這你就有所不知，我在台灣，就是負責進口這些高檔食材。有時嘴饞受不了，就開著跑車到花蓮，等第一批魚貨到港，現買現吃。」

「哇！跑車配龍蝦，真是太爽了，什麼時候葉大哥也帶我跑一趟？我替你寫一篇食記。」另一個團員跟著附和。

「那有什麼問題，回台灣我帶你去，我們交換一下……」世榮最抗拒不了別人羨慕的眼光，只要對方讓他感覺自己很有辦法，他什麼都會答應。拿起手機準備起身和團員交換 Line 帳號。

靜盈見焦點被世榮帶走，在心裡翻了無數個白眼，可又不好在眾人面前發作，只好趕緊走到世榮身邊，用手壓住他的肩膀：「真好，我們團裡有真正識貨的人，以前給皇帝的食物，會有太監先嘗過，確認新鮮沒問題，才會送到皇帝面前。現在我們有了葉先生的保證，大家就可以吃得更安心，一人一隻，大家快動手，吃完我們還有很多時間交流。」

靜盈巧妙拉回話題，最後一句話幾乎是咬牙切齒地說，暗示葉世榮別再橫生枝節。但世榮卻沒聽懂言外之意，以為自己剛剛的一番言論，引起靜盈的興趣，有種終於等到魚兒上鉤的快感，準備撒開手，大肆表現。

＊＊＊

第二天，世榮不再緊跟靜盈身邊，到每個商場都忙進忙出，手裡一堆提袋，靜盈耳根子落得清淨，根本不想管他買了什麼。走完一天行程，靜盈終於把客人送進飯店二樓餐廳，下樓跟櫃檯確認隔天早餐餐點後，準備回房休息，卻被 Emily 叫住：「協理，那個……客人對餐點……有些意見，需要妳出面一下。」神情有些緊張不安。

靜盈皺眉：「有什麼問題，妳不能處理的？旅行業講求獨立和效率，如果我不在，妳一個人帶團，要找誰求救？」

「是，協理，我下次改進。」見部屬態度良好，靜盈也不好再發作：「什麼餐點不滿意？」

「呃……是客人覺得 View 不夠好。堅持在外面用餐。」

「外面……飯店還有其他餐廳嗎？」

Emily 苦笑：「協理，妳從這個門出去後，直走到底，就會看見。我……我先上樓照顧其他團員。」

靜盈不解平時鬼靈精怪的 Emily，怎麼今天特別不靈巧。順著她剛剛的指示，走出飯店，沿著小徑，來到飯店後方沙灘，發現有一長桌，上頭鋪著白色桌巾，桌上放著燭台和紅玫瑰，桌子兩端各有一個座位，已經擺好餐具和酒杯，就等客人入座。

等靜盈一靠近，席琳狄翁的歌聲便流洩而出，是鐵達尼號的主題曲〈My Heart Will Go On〉，接著世榮拿著一瓶紅酒，從她身後悄悄走出：「還記得嗎？這是我們當年一起看的第一部電影。我還記得那時候，妳看到傑克沉到水裡，在我懷裡哭到停不下來。我不停安慰妳，傑克會一直活在蘿絲心中，妳才不哭。」

世榮斟了兩杯酒，一杯給靜盈，一杯自己拿著，特意碰了碰靜盈的酒杯，繼續說：「這些年沒見，再次碰到妳，才知道妳也一直活在我心裡。」

世榮說得真誠，靜盈卻被他一連串的行為給徹底惹惱，血液中一股原始的狠勁被激發，緊握拳頭，指甲都快嵌到肉裡，她必須斬草除根，於是堆起笑容：「這麼久的事情，你都還記得。至少確定你沒有失智，身為老同學的我，也為你感到開心。」

「幹嘛這麼生疏，畢竟有過一段感情。」世榮的手才想搭上靜盈的肩，卻被她閃過。

「哎啊！這電影的結局太悲傷了，而且現在就在海邊，不小心一個海嘯來，這次要換誰留在浮板上啊？」靜盈嬌嗲地說。

「也對，還是妳細心，這樣觸霉頭。但我已經請飯店準備的海鮮大餐，該怎麼辦？」

靜盈眼神一轉，朝著遠處在看夕陽，沒到餐廳用餐的一對夫妻大喊：「李先生、李太太，快過來。」

年輕夫妻突然被喊，有些驚訝，但仍快步走來。靜盈牽著李太太的手：「李太太，妳真幸福。李先生出發前，告訴我們明天是你們的結婚紀念日，想替妳創造不一樣的驚喜，所以公司特別幫你們安排燭光晚餐，讓你們好好享受。」拉開椅子，送李太太入座。李太太笑得合不攏嘴。

李先生瞪大眼看著靜盈，臉上寫滿問號，靜盈挑挑眉，用眼神示意他安心享用。接著，就拉著世榮離開，走回剛來的小徑。

白忙一場的世榮，非但沒有生氣，一臉期待地問靜盈：「所以現在呢？是……直接回房間嗎？妳的？還是我的？」

「不行，這裡太多團員，會被看見。」靜盈拿出手機，「老王，你現在開車過來，幫忙載一位重要的客人，替我好好招呼他。」掛掉電話，靜盈嫵媚的看著世榮：「你先過去。」

「好，好，沒問題。我先去，等妳來。」世榮的腳步不自覺加快。

到了飯店門口，送世榮上車後。靜盈繞到駕駛座，在老王耳邊小聲說話。世榮心想，靜盈果然是成熟有歷練的女人，安排偷情，格外的小心謹慎。這樣的女人他再要到手，絕不能放。

＊＊＊

送走世榮，靜盈回到房間，看見床上滿是名牌提袋，立刻知道怎麼回事，發訊息要 Emily 過來。幾分鐘後，Emily 出現，臉上盡是沾沾自喜，覺得靜盈會稱讚她：「協理，今天晚上開心嗎？有美食，又有這麼多名牌包包，我超羨慕！」

「搞清楚，妳現在的薪水是誰付的？葉先生是客人，不是妳老闆，再繼續替別人跑腿，明天妳不用來上班了。」

聽到靜盈說出重話，Emily 才意識自己犯下大錯：「對不起，協理，我本來以為這麼做妳會覺得很浪漫。」

「小妹妹，接下來的話，妳最好聽進去，不要為了得到疼愛，甘願成為被追逐的獵物，更不要因為自己懶惰，就想依賴另一個人。一輩子都要經濟獨立，自己賺錢愛買什麼就買什麼，還不用被管頭髮長短，衣服怎麼穿，那才是真正快活、有尊嚴的人生。」

Emily 縮著身體，微微點頭：「我沒想這麼多，只是覺得協理妳條件好，追求者多，偶爾收點禮物沒什麼不好……」

靜盈嘆了一口氣：「感情的事，比的不只是財力，還有智力，誰取得比較多的控制權，誰才真正擁有這段關係。如果雙方實力相當，起碼過招時，還有來有往、相互刺激，互動起來才有樂趣。但如果彼此實力懸殊，地位差距太大，愛情就會崩解，只剩下兩耐。」

「什麼意思？」

「忍耐和無奈。」Emily 噗哧一笑。靜盈看著眼前單純的女孩，明白年輕人喜歡在關係中享受一下曖昧、被簇擁的感覺，就不忍心再責備下去，緩了緩口氣：「算了，也不怪妳。將來要是談了戀愛，妳可別傻傻地掉入男人用甜言蜜語設下的陷阱，把自己搞得一身傷，知不知道？」

「是，我這就把禮物全拿回去退。」Emily 俐落一把抓起床上的提袋，迅速從靜盈眼前消失。看著空無一物的大床，靜盈感覺胸口鬱悶一掃而空，忽然覺得自己剛剛那一番話，與其是對 Emily 說，不如說是再次提醒自己別為了一點小恩小惠，而交出人生的掌控權。和她交往的男人，喜怒哀樂都得由她決定。

＊＊＊

第三天早上臨出發前，Emily 在遊覽車上清點人數，數來數去就是少了一個人，回頭詢問靜盈：「協理，葉先生沒來，需要去房間找他嗎？」

「不用，妳去跟司機說人都到了，可以開車。」

「可是……這樣……」靜盈搖搖頭，用眼神阻止 Emily 再問下去，Emily 只好聽話照做。一轉過身，靜盈卻促狹一笑，露出看好戲的表情。

畢竟，讓動物在放鬆的情況下死亡，肉質是最可口的。

＊＊＊

第四天下午，趁團員自由放風的時間，靜盈一個人到芭達雅海灘上放空，享受秋天舒適宜人的氣溫與景色。

世榮臉上掛著黑眼圈，氣沖沖跑來，才想質問靜盈，卻見她戴著墨鏡，躺在沙灘椅上小憩，一身比基尼，露出傲人上圍與曼妙腰線，一下子看呆了。靜盈感覺臉上多了道陰影，睜開眼、摘下墨鏡：「這麼快就不玩了，不會太可惜嗎？」

「妳根本就是存心整死我，要老王先帶我去看人妖秀、十八招，說是先助助興，等等好上場表現，結果妳沒出現，卻帶我去洗泰國浴，害我差點出不來。」

「誰叫你都結了婚，精力還那麼旺盛，做這麼多無謂的事情，我不幫你把體力消耗完，你憋著也痛苦。」

「我痛苦不是因為體力太多，是因為婚姻讓我很悶！」

「你老婆這麼漂亮，教養好、家世也好，還不滿意？」

「以前所有人都圍著我繞，但有了孩子之後，我就像是座破沙發，放哪都礙眼，沒人理，也沒人想坐。一天到晚，嫌我這個做不好、那個也不會，反正永遠都是孩子最重要。」

聽著世榮的抱怨，靜盈突然明白，為何她身旁結了婚的朋友，總說老公就是最大的兒子，一點功能也沒有：「那就上進一點，學著做嘛！」

見靜盈態度緩下來，世榮以為她同情自己，打蛇隨棍上：「真的很後悔跟妳分手，離開妳之後，我才明白什麼才是全心全意的付出。再給我一次機會，我一定好好疼妳。」說完，開始大秀自己的肌肉，暗示靜盈自己勇猛如昔。

「葉、世、榮，你最好搞清楚，你是有婦之夫，光天化日之下公然調戲良家婦女，想搞婚外情，這是性騷擾你知道嗎？如果在台灣，我現在就可以打一一〇把你抓起來。」

世榮忽然覺得靜盈的話很耳熟，不知道在哪裡聽過。但很快地，想起連著幾日的碰壁，不甘受挫：「妳也別假裝清高，妳以為我不知道妳是妳老闆的情婦，那天在飯店，妳等的人就是張永信。」

「對，沒錯，我也不怕你知道。難道你要跑去我公司昭告天下嗎？你憑什麼立場做這件事情？」

「我沒資格管妳，但我告訴妳成功的男人在想什麼，張永信只是想利用妳替他辦事，跟妳玩玩，用完就丟，不會真的把妳扶正，妳最好醒醒吧！」

「我從來就不希罕什麼名分，他們利用我，我何嘗不也利用他們。張永信，給我舞台和成就感。」

靜盈點開手機照片，秀出 Kevin 傳來的自拍照：「小鮮肉，給我青春和活力。那你呢？你能給我什麼？」

世榮面紅耳赤，眼看快掌控不了眼前的女人：「只要妳開口，我就做給妳看。」

「省省吧！你根本只想享受打獵的快感，看著獵物一步步走進你精心設下的陷阱，然後，失去自己，自尊心被你慢慢折磨殆盡，等沒有挑戰後，再換下一個。你最好醒醒，我早就不是你的獵物！」

世榮被靜盈的一番話給堵到啞口無言。深吸了一口氣，倏然轉身離開。

傍晚，靜盈曬完日光浴回飯店，就從 Emily 口中得知，世榮請她訂晚上七點的頭等艙，準備回台灣。靜盈僅點點頭，表示知道了，要 Emily 好好協助他離開。

關上門，靜盈走進浴室，想沖走一身的黏膩，以及那些抹不掉的惱人回憶。站在蓮蓬頭下，熱水流過她的肌膚，她感覺體內有股說不出來的力量，正隱隱復甦著，心裡的堤壩就快潰決。她之於張永信和 Kevin，誰是獵人，誰是獵物？一時也說不清楚，可至少她清楚自己沒有要跟世榮較勁，但他偏偏闖進來，逼她反擊。

二十五、兩難

相較於忠孝東路上閃爍的霓虹燈，隱身在巷內的 Azzo 雪茄吧昏暗得像個洞穴，酒保身後的鏡櫃反射街道上來往的車燈，一幕幕畫面切換，搭配爵士樂，慵懶的節奏，就像是在夢境。

天霖不太習慣過夜生活，踏進門後，花了幾秒鐘的時間才適應黑暗，並在吧檯的角落發現兄弟的身影。要不是世榮發來一堆莫名其妙的訊息，說自己就快失去生命鬥志，他真不想在週末深夜到東區和年輕人湊熱鬧。

世榮半趴在吧檯上，一手拿著酒杯，一手抽著雪茄，抬起頭，將酒一飲而盡，這才發現天霖站在門口，揮手大喊：「你終於來啦！」

「有什麼事情是你葉家大少爺搞不定的？需要把自己弄得這麼狼狽。」

「我跟你說，追回舊愛就像落枕，回頭太難。」

「你該不會真跑去泰國找吳靜盈了吧！不是說男人要的是會自動離開的女人，怎麼人家都走了，你還想挽回？」

世榮不爽天霖拿自己說過的話堵嘴：「對，沒事不要把女人留在身邊，但要走、要留，決定權必須在我手上。本少爺這輩子談戀愛沒任何敗績，怎麼能輸給二十多歲的小伙子，我決定開始健身，參加鐵人三項，讓她看到我的身材流口水。」

「不好吧！高中時，跑一圈操場就上氣不接下氣，你去比賽一定會半路昏倒，還是別增加主辦單位的麻煩，等一下又上新聞，很糗。」

「那……比腦力，我在商場上歷練多年，我去參加讀書會，證明腦子還沒老。」

「這更困難，以前課本都還沒打開，你就開始打哈欠，考試都是我罩你的，你去參加，保證沒十分鐘就開始打瞌睡。」

世榮覺得有些掃興，天霖太瞭解他，說什麼都會被看穿，不想一直屈居下位，趕緊轉移話題：

「靠！是不是朋友啊？反應這麼快，找工作也這麼認真就好，到底找到沒？」

「獵人頭公司有打幾次電話，給了不錯的 Offer，但我還在考慮，想回老東家。」

「別了吧！俗話說好兔不吃窩邊草，好馬不吃回頭草，過了就過了，新的會比舊的好處理。」

「那你為何要把吳靜盈追回來？」

「他奶奶的，最近怎麼老被嗆！」世榮一時回答不出來，只好猛抽菸：「人在背，連雪茄都會欺負人，今天菸草的品質不好，味道太衝了。」

天霖直接拿走世榮手中的雪茄，抽了一口：「別亂牽拖，我看是你自己的問題比較大。都抽這麼久了，你明知道一天不同的時段，口感是會變化的，這種濃郁強烈的菸草，最不適合空腹和早餐，你該不會一整天都沒吃東西吧？」

「我才不是那種會為情所困的人，我沒吃是因為我要減肥、練肌肉。」邊說邊點了一根新的雪茄，深深吸了一口：「還是這口感比較好，味道有層次多了。」彈了彈煙灰，「我跟你說，人生就像雪茄，階段不同需要的女人也不一樣，以前的口味都太單調，是該換換了。」

「要換可以，幹嘛一定要找吳靜盈？」

「當然是為了贏！我葉世榮想抓的獵物，沒有不到手的。」

「愛一個人不是用來拚輸贏的。雪茄不是香菸，需要時間和心境，才能享受其中的美妙和差異，愛情也是，如果不是真心投入，慢慢品嘗，換再多人，感覺都是一樣的。」

「媽的，你什麼時候變成大情聖？上回見你，還一副要死不活，該不會你又跟莊佳萱好在一起了？從實招來。」

「有些人走進你的心裡，就像一顆種子落了地，生根發芽後，就再也拔不掉了。既然暫時還分不開，那不如好好面對，看看老天爺要帶我們走去哪裡。」

「講得這麼文青，好，我一定也要讓吳靜盈感受到發芽的感覺，我扎進去的根，絕對比你長、比你粗。」

天霖不想隨世榮起舞，從鏡櫃中看到外頭有巡邏員警在簽到，招來酒保，結清酒錢，並一把拿走世榮放在桌上的跑車鑰匙，世榮一訝：「時間還早，再陪我聊聊。而且我還算清醒，自己開就好，不勞煩你送。」

天霖不理，逕自往門口走去，世榮快步跟上並大喊：「古天霖，你拿我鑰匙要幹嘛？」

天霖步出酒吧，走到員警面前：「警察先生，我朋友剛喝酒，為了確保自己不會酒駕，要我把跑車鑰匙交給你，他說明天酒醒了，會去分局領回來。」

警察看了看世榮，又瞄了一眼酒吧前的跑車：「好，我先幫你保管，明天來忠孝分局領回。」

世榮聽到一整個傻眼，對了天霖比中指。天霖背對著他，瀟灑揮手，往停車場走去。

＊＊＊

為了不讓姊妹看穿，敏慧強作鎮定，整個週末都陪曉琪照顧孩子、參觀展覽，盡量讓時間被塞滿，不管儀禮傳了多少訊息，敏慧全不點開，即使來電，她也都讓手機鈴聲響到停為止。

敏慧很清楚所有的情緒中，最可怕的不是憤怒，而是絕望失落，那會殺死一個人對生命所有的盼望，完全失去行動力量，一步一步踏入撒旦所布下的騙局，以為自己就是一個失敗的受害者，只能任人擺布，被命運凌遲而死。

在她恢復理性，有心力好好面對背叛前，她唯一能做的事情就是先詐死，把心關起來，切掉所有感覺，不墜入情緒深淵，就不會跌得滿身傷。

到了週一，敏慧一如往常地回學校上班，趁著中午休息時間，她去了趟醫院。再度走出醫院時，正巧儀禮來電，這次敏慧選擇接起，儀禮有些意外：「妳……妳還好嗎？在哪？我去找妳。」

「你不用過來，今晚我會回家，有話回家談。」儀禮連聲答應，敏慧握著手機，望向前方，她忽然不確定自己人在哪，又該往哪裡去，她過去引以為傲的方向感，完全失靈。

敏慧早一步先回到家，打開門，她發現家裡一如往常的整齊，儀禮把家維持得很好，甚至更乾淨，她心想：「也許，儀禮沒我以為的那麼不愛做家事，是我太需要他需要我。」

看著客廳落地窗旁的角落，擱著許多舊雜誌和數包有機無毒地墊，敏慧原本想趁上週末，將這個角落騰出來，慢慢布置成孩子的遊樂區，但計畫永遠趕不上變化；再走進自己的書房，裡頭的大書桌已經回收給二手傢俱店，只剩下一個兩尺高的書櫃，牆面也漆成明亮活潑的鵝黃色，因為這顏色不管寶寶是男是女都很合適，她預定懷孕後期，要把書櫃上陳年的書籍捐給圖書館，這樣櫃子就能拿來裝小孩各式各樣的玩具和衣物。

當敏慧還沉浸在自己想像的時候，客廳傳來清脆的開門聲，敏慧走出房間，看到儀禮手上提著自助餐。

儀禮有些訝異：「妳已經回來了！吃了沒？我買了晚餐，一起吃。」聲音比平常還客氣有禮。

「我不餓。」

「好，如果妳等等餓了，還是可以吃一點。」儀禮邊說邊往廚房走去，從烘碗機裡拿出餐盤，把飯菜盛出來。沒多久，又端著兩個盤子和碗筷走出，將東西放到桌上後，怔怔地站在餐桌旁，一時不知該說什麼。

敏慧坐進自己平常的位子，拿起餐桌上的水壺，倒了兩杯水，一杯給自己，一杯放到儀禮面前：「你先坐下用餐吧！吃飽再說。」

儀禮沒選擇坐下，定定望著敏慧：「小敏，對不起，都是我的錯。」聲音止不住的顫抖。

「你錯了什麼？不愛我嗎？還是拿我當幌子？」

「不，我是真的想過要跟妳好好過一輩子的，我努力好久，還是忍不住想要跟男人在一起，我不想再騙妳。我們離婚，好嗎？趁妳還年輕，找一個真正願意愛妳、疼妳的人，不要再浪費時間在我身上，妳要什麼我都給你……」

「我要孩子有一個爸爸……」

儀禮一臉驚恐：「妳說什麼？」

「試管成功了，我下午去醫院，醫生說已經著床兩週。」

「怎麼這麼剛好……」儀禮腳一軟，跌坐進敏慧身旁的餐椅，他的視線失去焦點：「妳真的想生下來嗎？」

「難道你不知道我有多想要一個孩子嗎？」儀禮嘆了一口氣，肩膀整個垮下來。

敏慧強忍淚水，沒有歇斯底里、尖聲控訴，彷彿是旁觀者般，不帶情感地一字一句說出她內心積壓已久的委屈：「這三年來，為了不耽誤你的時間，我一個人掛號、等待、看診、回診，四處尋訪名醫，喝著嗆鼻的中藥，我都沒有喊苦。坐在診間，看著牆上貼滿懷孕媽媽的名字，心想什麼時候輪到我的名字出現在上頭？」

「妳辛苦了。」

「不，你不會知道有多辛苦。每個月來月經，就像開獎一樣，當護墊又出現鮮紅色，我就要接受一回打擊，但我不能告訴你，不想讓你有壓力。我一直以為你跟我一樣，盼望能有個孩子，讓身為長孫的你，對長輩有個交代。然後把我們所學的一切落實在孩子身上，不求他聰明優秀，只願平安健康的長大。」

儀禮摘下眼鏡，抹了抹臉，嘆了口氣，像是懊悔過去對敏慧的蹉跎。

「那一次人工受孕成功，我以為老天爺聽到我的呼喚了，沒想到四週後，又流掉了，你知道我的心有多痛嗎？但我還是打起精神，告訴你沒關係，我們繼續努力。直到今天我才知道這一路走來，都是我自己一個人在忙，你從來沒站在我身邊。一切都是我自作多情，你打從一開始，根本就沒下場。」敏慧笑得比哭還絕望。

「沒有孩子，妳更能做妳想做的事情，不用有牽絆。」

「我就是想要有個人賴著我、膩著我、百分之百的需要我的照顧。這是我幸福人生的最後一塊拼圖，我無論如何都要完成，不然我一定會後悔。」

「妳可以生，我也會負責，每個月匯錢給妳。但我們就別再演戲，離婚，對妳、對我、對小孩都比較好。」

「不好，一點不好，我在學校看太多破碎家庭對孩子的傷害，我不想我的孩子一出生就跟別人不一樣，孩子需要一個爸爸。」

「可是我不想再躲回櫃子，假裝一切正常，什麼事情都沒發生過。妳覺得一個不快樂的男人，為了別人的眼光，一輩子戴面具的父親，真的對孩子比較好？我可以成為孩子的榜樣嗎？」

儀禮激動說出心裡的痛苦，這些年他不是沒有坦白的心，而是害怕說出口後，對所有愛他的人會造成多大的傷害，這讓他感到非常自責，只好一次又一次的自傷，閹割掉自己真正的情感。

夫妻倆隔著冷掉的飯菜，對看無語，淚默默滴下來。

「難道不能都要嗎？我要孩子，也要你。」敏慧伸手握住儀禮的手，試圖尋求最後一絲希望。

儀禮抬起頭，眼神突然變得冷峻堅定：「可以，你可以要我，也要孩子，但我也有我想要的，我要小安搬進來。」

敏慧完全沒料想到儀禮會提出這樣的要求，伸出去的手止不住的顫抖，她不知道此刻，該不該將手收回來。

二十六、倒數計時

「娜娜，樂譜放進行李箱了嗎？」文忠打開背包再次檢查自己和女兒的護照。

「拔拔，你已經問三次了。」

「一定要帶好，妳這次代表學校去日本比賽，有這麼多人等著看，只准成功，不許失敗，知道嗎？」

佳萱蹲在客廳地上幫女兒把行李箱關上，上鎖、立起交給文忠：「別給她這麼大壓力，她學得開心比較重要。」

「拜託，我犧牲自己的特休陪她去日本參賽，沒拿個名次回來，就不太划算了。」文忠一把拎起娜娜的粉紅色米妮行李箱，轉過身對著女兒：「我的乖寶貝，妳一定不會讓拔拔失望的，對吧？」

娜娜配合地點點頭，佳萱憐惜地摸了摸她的臉：「記得出國要跟緊拔拔，別到處亂跑喔。」

「好，麻麻，妳在台灣會想我嗎？」

「當然會啊！麻麻會用意念幫娜娜加油，妳上台就當作是彈給麻麻聽，這樣就不會緊張了。」娜娜露出可愛的笑容，在佳萱面頰上親了一下，蹦蹦跳跳的到玄關穿鞋。

「好了，該出門了，星期一上班車多，妳快點送我們去機場。」文忠推著一大一小的行李準備走出門，佳萱伸手想幫忙，文忠揮開：「妳力氣小，只會越幫越忙。」佳萱沒多說話，拿好車鑰匙，將門鎖上。

當天下班，佳萱急忙回到家，從衣櫃裡找出另一個黑色登機箱，收了幾套常穿的衣服和化妝保養品，確認插座都已拔除。站在玄關整理帳單，準備出門時，天霖來訊：「我在妳家巷口的7-11。」佳萱加快腳步，前去和天霖會合。放好行李，一上副駕駛座：「不是說好，我下班再開車去找你，怎麼跑來了？」

「因為等不及了。我訂了餐廳，今晚吃西班牙料理，他們最有名的是淡菜，妳這麼愛吃海鮮，一定會很開心。」佳萱微笑點頭，伸手覆蓋上天霖握著排檔桿的右手：「你比我還清楚我喜歡什麼。」

兩人享受了一頓安靜且愜意的晚餐，步出餐廳，走回停車場的路上，佳萱看到廣場有街頭藝人表演現代舞，那流暢的音樂與肢體融合，讓她忍不住停下腳步欣賞，跟著舞者擺動起來。

正開心分享自己旅行經驗的天霖，多走了幾步，納悶自己說話怎麼沒人回應，轉身才發現佳萱已落在後頭。但他沒有快步回頭，而是隔著一段距離，欣賞佳萱的律動。

等音樂一停，天霖拍手叫好，佳萱才回過神，尷尬跟上：「幹嘛笑我啦！」

「我沒笑妳啊！妳真的跳得很好，身體線條很柔軟。」

「真的！你沒騙我？」佳萱露出女孩般的羞怯，天霖很用力地點頭，佳萱笑到眼睛彎成一條弧線：「你知道嗎？我媽說我小時候聽到音樂，就會跟著節奏動來動去，所以她送我去學芭蕾、民俗舞蹈，高中本來想去讀舞蹈班，將來成為一名舞者，但因為術科差一分，沒考上。只好念普通高中。」

「還好妳少考一分，不然我就當不成妳同學了。」

「我沒考上第一志願，你居然還幸災樂禍。」

「好，不鬧妳。難怪那天一起看電影，妳看得那麼起勁，終於知道妳為何這麼喜歡歌舞劇和話劇了。」

「對啊！但長大後，越來越忙，這些夢想就全被拋在腦後。」

「真可惜，我沒有影視圈人脈，不然就把妳送去當第一女主角。」佳萱睨了一眼天霖，要他別亂開玩笑。天霖開了車門，坐進駕駛座，輕踩油門正準備駛出停車格，突然又重踩煞車，忘情大喊：「我知道了，我自己當導演不就成了。」很快轉過身，挑著眉對著佳萱：「我手上有一部諜報片，妳接不接？」

佳萱一臉狐疑，不知道天霖葫蘆裡賣什麼藥。

＊＊＊

隔天，午茶時間，天霖神祕兮兮帶著佳萱到市區咖啡廳，刻意選了不同張桌子，和佳萱背對背坐著：「等一下，妳當作不認識我，別跟我說話喔！」

「好，看你還能玩什麼新把戲？」服務生過來替佳萱點餐時，天霖正好接起電話。

「是，我是，我已經到了。妳直接進門就會看到我。」邊說邊做將食指放在嘴唇上，再次提醒佳萱別開口。佳萱刻意撇開頭，拿起一旁的雜誌閱讀。

三分鐘後，一名身穿襯衫窄裙 OL 裝束、妝容俐落的女子，提著一只手提包進門，朝著天霖方向走去，將手提包放到椅子上後，恭敬地從名片夾中，拿出一張名片雙手遞給天霖：「古先生您好，敝姓簡，是 IPC 獵才中心的主任，叫我 Sandy 就好。電話中有提到，我是替台發集團過來，想瞭解一下古先生接下來的動向，如果有機會的話，也想借重古先生在研發的長才，替集團開創新的可能。」

天霖接過名片：「您過獎了，台發集團的技術在業界赫赫有名，我能貢獻的有限。」並邀請 Sandy 入座，替她招來服務生點餐。

「古先生，您太客氣了，您帶領 LTC 團隊研發出獨步全球的眼球辨識系統，把矽谷工程師的眼鏡全跌破，絕對稱得上是台灣之光。所以台發集團一知道您最近有空檔，就急著要我來跟您談談。董事長真的很有誠意，年薪一定會讓古先生滿意。」Sandy 邊說邊從手提包裡拿出一份資料，交給天霖。

Sandy 毫不廢話，開門見山把條件搬到檯面上，一一細數台發集團能為天霖帶來哪些舞台與好處，彷彿天霖不選擇跳槽是對不起自己的未來。

無心翻著雜誌的佳萱，總算明白天霖要她在背後偷聽，是想要自己當軍師替他出出主意。

天霖不動聲色地聽著 Sandy 的推銷，對她的任何建議都不置可否，等她解說完畢後，慢慢地闔上資料，推回給 Sandy：「天下沒有白吃的午餐，台發開這麼好的條件，相對地對我的要求也不會少，他們希望我創造多少新業績？負責什麼部門，電腦還是手機？」

「古先生果然是老船長，不容易暈船。沒錯，台發集團有但書，如果一年內沒辦法讓營業額上升百分之五，也就是一百五十億元，那麼就得請古先生另謀高就。至於確切負責部門，等您答應後，集團會做內部評估，一定會把您放在最能發揮長才的位置，請放心。」

天霖撇嘴一笑：「看樣子，這筆交易真正划算的人是台發，不是我。」

「古先生，別這麼說，如果您可以跟台發合作，一起開創新局，您的身價勢必也可以跟著水漲船高，變成 AI 界的第一把交椅，有了這塊墊腳石，接下來古先生不管想做什麼，還怕找不到人投資？」

「怎麼我還沒進去，您就已經幫我想未來的出路了，是想一石二鳥，留個伏筆以後好辦事？」

Sandy 被看穿心思，有些尷尬，趕緊打圓場：「古先生，您愛說笑，我也只是在商言商。幹我們這行，總不能只幫委託公司說話，而不考量 Candidate 的福祉，這樣就太不道德了，您說是吧！」最後乾笑兩聲，希望天霖會順勢接話。

「出來混總要還的，自求多福，比較實際。」

「也是，也是。」Sandy 端起眼前的咖啡，喝了一口，假裝沒事。

「台發的意思我收到了，我會考慮考慮。有消息會再跟您聯絡。」天霖彈了一下 Sandy 的名片，暗示這場會面即將結束。Sandy 識相，收拾好資料，說完場面話，就起身離開。

待 Sandy 一踏出門，忍了許久的佳萱噗哧笑出，天霖端著自己的咖啡，坐到佳萱對面：「怎麼？好玩嗎？我這個男主角帥不帥？應該可以角逐金馬獎了。」佳萱白了他一眼：「這麼愛演，那你接下來有想要去台發唱戲嗎？」

「不好說，要看我的經紀人覺不覺得這齣戲有機會叫好又叫座。」

佳萱頓了頓，思考了一會兒：「這幾年台發的電腦部門年年虧損，因為大家都不買電腦，跑去買手機了，所以如果你去，不能負責手機部門，那麼你手藝再巧，也變不出米來。」

「但即使我真的被空降到手機部，要在一年內多賺一百五十億，以台發的定價策略，等於要多賣一百多萬隻，這數字看似不難，不過以去年台發在全球銷售的情況，這兩年恐怕持平就已經很困難，不太可能再往上成長。」

「那他們為何要高薪挖角你，卻只想希望你待一年就離開？」

天霖表情變得嚴肅，右手食指在桌上敲點，像是節拍器般穩定自己的思考節奏。突然他瞄到佳萱手上八卦雜誌的封面，果斷指著雜誌：「為了這個。」

佳萱一看標題「科技新貴被設局，洩漏前東家機密判賠千萬」立刻明白：「你的意思是，他們找你過去是煙霧彈，目的是想從你身上得到 LTC 的關鍵技術。」

「沒錯，他們只想利用我省下大筆的研發費用，不是真心想挖我去創新。之所以給我一年的期限，是因為獵人頭公司必須等我任職半年後，沒有異動，才能拿到佣金。如果我簽了這個約，就不能一看苗頭不對馬上閃人。」

天霖搖著頭，語帶不屑：「哼！真是設想周全，只要我這個替死鬼願意上鉤就成了。」

佳萱快速瀏覽封面報導，倒抽一口涼氣：「一旦你跳槽到競爭對手公司，LTC 就有理由告你，最麻煩的是官司不管輸贏都對你不利，輸了，台發給的年薪恐怕還不夠賠。贏了，你的名譽還是會受影響，以後沒人敢用你。這招借刀殺人，實在太卑鄙。」闔上雜誌，佳萱看著天霖的臉，不禁有些擔心：「看樣子，如果你離開 LTC，就很難在手機業待下去。」

天霖從容一笑：「這倒也未必。談判有個鐵律，就是不上不拿手的擂台，要想辦法把對手帶到自已熟悉的場子中。」

「什麼意思？」

「之後，不管哪一家獵人頭找我，除了他們已經開出的Package，我會加碼提出對我有利的條件。」

「對你有利？像是……」

「我一直想將 AI 智慧運用到更大的系統，不只是行動裝置，還有數位廠房、無人車，但我現在的能力還不夠成熟。」

「我懂了，你會直接把需求說出來，看哪一家公司願意有心送你出國進修，這才能證明他們是真的想栽培你，一起開創新局，而不是用完就丟。」

「果然聰明，不虧是我的最佳經紀人，考不考慮接拍續集啊？」

「那要看接下來對手的質量如何，不夠水準，再多錢也不拍。」

「沒錯，要朝國際化發展！」天霖說完，兩人不約而同笑出。天霖看著佳萱的笑顏，心裡說不出來的滿足，多希望這七天能無限延長下去。但很快心念一轉，知道這會讓佳萱為難，他只能盡可能享受當下：「走吧，諜報片演完了，回家做飯。」

「你等我一下，我想上廁所。」天霖點頭，佳萱拿起手機快步走進化妝室。

約莫過了十多分鐘，仍不見人影，天霖有些遲疑，不知該不該起身找人，但想想也許女廁人多，便又不以為意。

等佳萱回座後，天霖已經結好帳，替她揹起皮包，牽手離開。

＊＊＊

文忠和娜娜出國的這段日子，佳萱依舊照常上班，不同的是，上下班有專屬的司機接送，每天回家就有飯吃，不用天天外食。此外，佳萱發現天霖很愛看書，晚間他們看到一則器官移植的新聞，佳萱好奇為何法令需要嚴格規定捐贈者的條件？天霖不假思索從書架上拿下一本小說《別讓我走》：「這本小說是石黑一雄的作品，裡頭把器捐的殘酷寫得很精彩，妳看完就會懂這事有多複雜。」

佳萱訝異，天霖不僅懂科技，對於人文社會同樣有涉獵。看著在沙發上，正徜徉在書海中的天霖，佳萱忽然懂了，為何兩人分開了近二十年，再度重逢卻沒有任何的隔閡，原來是因為擁有同樣的靈魂。

佳萱拿著小說，鑽進天霖胸膛，倚著他看書，以前晚餐都得陪著娜娜看動漫台，或是文忠的體育頻道，今晚少了電視的吵雜聲，這城市突然變得恬靜。不知不覺，兩人翻頁的速度越來越慢，一同沉沉睡去。

直到子夜，佳萱因為冷，動了動身體，才將天霖吵醒，兩人坐起伸懶腰。

「好久沒在沙發上坐到睡著了。」

「我倒挺有經驗的。」

「為何？有其他女人趕你出來睡啊！」佳萱故意說反話。

「是啊！那女人妳很熟，前陣子跟她吵架，她下了咒，不准我上床睡，只有在沙發上才睡得著，一碰到床，就立刻清醒。」

佳萱心疼，這才知道前陣子天霖也不好受：「真的啊！回房就睡不著……」噘起嘴，認真看向主臥室，「那我要找出你失眠的原因。」

天霖一把抱起佳萱：「不用，我把女巫關起來，她就不能亂施法了。今晚一定睡得好。」嬉鬧間，往主臥房一步步走去。

＊＊＊

週六午餐時間，飯桌上，佳萱無心享受天霖為她準備的料理，盯著手機頻頻關切颱風行經日本的消息。

天霖知道佳萱關心女兒，沒多說什麼，只是不斷地夾菜到佳萱碗裡，讓她多少吃點東西。佳萱感受到天霖善意，察覺自己冷落了眼前人，趁天霖收拾碗筷時，從背後摟住他：「抱歉，沒好好跟你說話。」

「沒關係，茶几上有幾本裝潢雜誌，幫我想想可以怎麼改裝主臥室。」

「好，沒問題。」佳萱走向客廳，開始研究起居家風水。天霖收拾好廚房，端來兩杯咖啡，坐到佳萱身邊，交流彼此的想法，彷彿在討論他們一同居住的家，這樣簡單的美好，一直是他心裡最期待的幸福畫面！

正當他們開心決定把主臥的顏色從冷調的灰，改成多些原木溫暖色調時，佳萱擱在茶几上的電話響起，看到螢幕顯示「文忠」後，佳萱像驚弓之鳥般彈離天霖身邊，慌張接起，電話那頭傳出娜娜稚嫩的聲音：「麻麻，我跟妳說喔！我比賽得第一名喔！好開心。」

「真的啊！我的娜娜最棒了。」一聽到是女兒，佳萱的心跳才又緩下來。

「麻麻，妳怎麼沒開視訊？我好想妳。」

「噢！麻麻不小心按錯了。」

「那我重打給妳。」

「不用了，麻麻這邊……訊號太弱。」佳萱回答的很心虛。隱約間，佳萱聽到文忠請娜娜把手機給他，佳萱的手心不由自主開始冒汗。

「老婆，我看颱風朝日本撲來，明天恐怕飛不走，所以我提早一天到機場候補，居然被我補到了，佩服我吧！」文忠那頭傳來一則則廣播聲，催促著旅客趕緊到登機門，準備登機。文忠不得不大聲說話：「等等我們就要入關，六點多會到台灣，妳來機場接我們。」即使隔著一人寬的沙發，天霖也都聽得很清楚。

佳萱沒意料到行程會更改，只能連忙答應：「好，我去接你們。」掛斷電話，佳萱懷抱著歉意看向天霖：「我得馬上離開，回家開車去機場。」

天霖的心情猶如洗三溫暖，上一刻還親暱地一起憧憬未來，下一秒，因為一通電話硬生生被拆散。他漠然地從皮夾中拿出兩張票券：「所以今晚舞台劇的票，沒用了。」

「真的很抱歉……」佳萱刷白的臉上充滿愧疚：「你還是可以去看，或是看看有沒有朋友能陪你。」

「妳難道不懂，我只想跟妳看嗎？期待這種事情，是可以說換人就換人嗎？」

「還是我們換其他場次，再一起去看？」佳萱試著想靠近天霖，天霖卻站起身，往後退了一步，看著門票，似笑非笑：「算了，誰叫我是無關緊要的配樂，不是主題曲。」

天霖失望到想撕毀門票，佳萱一個箭步衝上，搶下：「不是這樣的，你是我最在乎的人，我從沒漠視你的心情，再給我一點時間，我會處理。」

「時間？」天霖嗤之以鼻，看了看手上的錶：「再過三個小時，妳就可以恢復蕭太太、娜娜媽的身分，可我永遠只能是被妳藏起來的小王。妳想扮演誰就扮演誰，而我的時間卻被妳的角色割得亂七八糟，只能占有妳的縫隙時間。現在縫隙快闔上了，如果妳不想被發現，趕快走吧！我送妳一程。」說完，逕自走到玄關找車鑰匙。

佳萱可以理解這突如其來的意外，會帶給天霖多大的失落，讓他感覺不受尊重。可文忠和娜娜起飛在即，她的變裝時限正在倒數，實在沒有多餘的心力可以安撫天霖，更不想殘忍地讓天霖親自送她回另一個男人的家。

她搶下天霖的鑰匙，放回原位：「拜託，別送我了，我自己叫車。好好照顧自己，我答應你不會再假裝沒事，等我把自己說清楚，我會再來找你。」說完，開了門就離開，連行李都來不及收，留下一桌模擬幸福的雜誌圖片，天霖手一揮，將它們全掃落地。

＊＊＊

佳萓倉促回家，將窗戶一一打開，希望流動的風可以帶走連日的潮味，並將電器全插上，彷彿家裡一直都有人居住，沒人出走過。忙完一輪，只剩下半小時，飛機就要降落了。

佳萓急忙在車陣中穿梭，卻碰上假日出遊車潮，在交流道前回堵近一公里，緊迫的時間壓力加上對天霖情緒的掛心，讓她整個人非常焦躁，邊開車邊咒罵那些試圖想插隊下交流道的人。

好不容易停好車，奔向出境大廳，看著牆上的航班資訊，文忠和娜娜搭乘的飛機因天候延遲半小時，讓佳萓得以趕上，算算出關時間，父女倆應該五分鐘後，才會出現。

佳萓覓了張椅，坐下來緩口氣，趁空檔傳訊給天霖：「抱歉，讓你失望了。答應過你的事情，我會盡力面對。」

按下送出後，佳萓的心沒有跟著放下，不停檢查手機是否有回訊。直到娜娜拖著粉紅色小行李奔跑到她面前，喚了一聲：「麻麻，我回來了。」才將她從天霖的帳號中拉回，趕緊關上手機，堆起笑容將娜娜擁入懷中：「恭喜妳啊！美麗的小公主，得了第一名，喜歡什麼？麻麻送給妳。」

「我不要禮物，只要麻麻陪我聽表演。」佳萓正想點頭答應，文忠也已快步來到：「還聽表演啊！這幾天拔拔陪妳聽這麼多場，都快累死了。妳可不可以去玩點別的。」

「出國這些天，你辛苦了，我可以陪娜娜去。」

「隨妳，妳不用加班就好。」

「耶！麻麻要帶我出去，我跟妳說，我們老師說我彈得比六年級的大姊姊還好喔！我好開心。」

「娜娜真的好棒，那就繼續學琴。」娜娜用力點頭，佳萱微笑一手牽著娜娜，另一手替她拉行李，朝停車場方向走去，文忠拖著行李站在娜娜另一側。

「娜娜，拔拔在日本不是跟妳說過了，接下來妳要上高年級，功課會變多，鋼琴別學了。」聽到爸爸的話，娜娜的嘴角立刻下垂。

佳萱見狀：「既然她想學，而且也有天分，就支持她走這條路吧！將來升學，再找有音樂班的國中。」

「音樂班，那要花多少錢啊，而且在台灣學音樂沒出路，當興趣可以，但不能當飯吃。」

這番話讓佳萱停下腳步，她感覺自己的心被潑了一桶冷水。一直以來，文忠所做的一切決定都以務實為考量，剛開始，佳萱可以理解年輕經濟條件不豐，實際一點才能多累積未來的資本。但隨著兩個人資歷和生活條件越來越好，文忠的想法並沒有跟著調整，一成不變的生活，索然無味的交流，就像他的工作千篇一律，沒有動力添加任何的變化，甚至將創意視為一種威脅。

佳萱忽然明白，對文忠而言，穩定就是一種幸福，能給他最大的滿足。但她越來越清楚自己不可能一輩子做婚姻公務員，每晚回家打卡，把孩子養大，這樣的生活無法讓她快樂。

她想改變這個模式，不想再假裝自己可以忍受：「一個人有熱情，自然找得到出口，就算收入沒有比別人好，也好過那些為了賺錢，而強迫自己做不喜歡的事來得自由。」

「熱情，那是作家寫來騙錢的詞，我就不相信妳吃不飽、穿不暖，還會覺得有希望。才藝就是拿來打發時間的事情，不用太認真。」

「原來你這麼想的，難怪你只肯買電子琴，不肯買台真正的鋼琴給娜娜……」佳萱還想繼續說，卻感覺右手不停的被搖晃。

「麻麻，我房間小，放不下鋼琴，是我自己不要的。」

「客廳還有空間啊！」佳萱心疼回應。

「妳怎麼搞的？我們才剛下飛機，非要這時候討論嗎？先去吃飯，我和娜娜都很餓。」文忠強行打斷佳萱的談話，他不想在孩子面前爭吵。佳萱深呼吸一口氣，將怒氣收起，把娜娜的行李放到後車廂，牽著娜娜一起坐後座，一路上跟文忠沒有任何交談。

回到家，佳萱趁娜娜洗澡，走到客廳拿起搖控器，關掉文忠的體育新聞：「我剛才的話，還沒說完。」

「對，女兒遺傳到妳的藝術天分，想學就去學，我負責賺就是了。但我反問妳，娜娜如果真的學得好，以妳對台灣的瞭解，她在這裡會有出路嗎？」

「她如果真的有潛力，就送她出國，去挑戰更大的舞台，不會沒有機會的。」

「我不准！女兒以後要嫁人，讀那麼高，還出國學音樂會讓人覺得難搞，結不了婚，嫁給外國人怎麼辦。而且妳讓她跑那麼遠，是不想見到她嗎？」

「所以你不想女兒太優秀，是怕控制不了她，只想把女兒綁在身邊，將來大了，替她找個好老公，乖乖當個媽媽就好？」

「這樣有什麼不好，每天在家不用上班受氣，是天底下最爽的事情。只有妳愛逞強，明明可以不用出去拋頭露面，偏偏要把自己搞得這麼忙，天天加班，連我媽都說妳工作比老公重要，愛跟男人比，根本自討苦吃。」

佳萱此刻才知道，文忠從沒贊成過她重回職場，一直等著看笑話，不禁打個冷顫：「我沒有想過，到了這個年代，你居然還是這樣看女人，把女人當成傳宗接代的工具，而不是一個有血有肉、需要陪伴和關心的人。這些年，我努力證明自己，看在你眼裡不過就是自找麻煩？你從沒想瞭解我的困難與痛苦！」

「妳現在是在抱怨嗎？別得了便宜還賣乖，該覺得不爽的人應該是我吧！每天接孩子下課，比妳早回家，幫妳做一堆家事，還要被那些婆婆媽媽酸，賺得沒有比老婆多。我給妳這麼大的空間，妳居然怪我不瞭解妳？妳要不要乾脆去牛郎店，那邊多的是會聽妳說話的男人。」文忠從佳萱手中搶回遙控器，打開電視，不想再繼續討論。

佳萱再也不想壓抑，這一次，她決定把話說清楚，走到電視螢幕前關掉電源：「我的話還沒講完，我希望你能懂我要的是什麼！」

「妳現在是拐著彎罵人，嫌我賺得少，又什麼都給不起，是吧？真那麼不開心，就離婚啊！」

「不要曲解我的話，我從不覺得你的工作不好，我要說的是，我們已經很久沒有好好溝通了，我不想假裝我很好，我想告訴你我真實的感覺。但如果你不覺得這是問題，或許離婚，真的對大家都好。」

佳萱激動回應，沒注意到娜娜就站在餐桌旁，聽著爸媽爭執，她走過來抱著佳萱哭：「麻麻，我不彈鋼琴了，你們不要離婚，好不好？」小臉蛋滿是淚痕。

佳萱蹲下，拿起女兒披在肩上的大毛巾，替她擦去臉上的眼淚和長髮上的水滴：「娜娜，拔拔麻麻只是生氣，所以說話比較大聲，沒有要分開，妳剛洗完頭髮，我帶妳去吹頭髮，不然會著涼。」

娜娜聽完佳萱的話，還不肯動，哽咽啜泣：「拔拔，真的嗎？你們只是吵吵架。」

文忠冷著臉：「嗯！就像你跟小威也愛鬥嘴，拔麻只是鬥鬥嘴，等一下就會和好。」

娜娜聽了放心，願意跟著佳萱回房間吹乾頭髮。奔波了一天，娜娜頭髮還沒吹乾就開始打瞌睡。佳萱溫柔安頓好女兒，蓋好棉被，關上燈，退回客廳。發現文忠也已回房間休息。

佳萱完全沒有睡意，坐進沙發，想釐清自己混亂的心。她終於親口向文忠說出自己真實的感受，但如她所預期，文忠是無法接受的，只會感覺被指責。不管她怎麼小心用詞，文忠就是無法理解她的在乎。

正當她沉浸於自己的失落時，手機傳來一陣訊息聲，她拿起查看，是天霖來訊：「我沒有要妳承諾跟我走一輩子，我只要妳看清楚自己在婚姻裡的樣子，不要再自欺欺人。」

佳萱立刻回訊：「你的出現，讓我明白這些年忽略了什麼，再給我一點時間，我會處理好的。」傳出，天霖卻沒有及時已讀。

佳萱等了一會兒，仍沒回覆，她孤單的捧著手機，意識到自己此刻非常需要天霖的諒解，才能支撐她快要崩潰的意志。

但遲遲等不到回訊，她決定找事情讓自己平靜下來，起身走到後陽台，清洗文忠和娜娜多日的髒衣，並把地板全部擦過一遍，彷彿想拭去她心中所有的混亂與不堪。

直到伸不直腰，佳萱才蜷曲在沙發上睡去，恍惚間，她忽然明白有問題的不是天霖房間的顏色，而是睡在上頭的人，心中有太多牽掛。

＊＊＊

兩天後，天霖依然未讀未回，讓佳萱無法專心工作。午休時間一到，佳萱立刻請假離開，驅車趕往天霖家。

佳萱輸入自己的生日，但電子鎖卻不斷跳出錯誤訊號，站在門外，佳萱有預感這一次她將遺失通往天霖心中的密碼。但她仍舊選擇勇敢按下電鈴，不管結果如何，她得學會面對，不再逃避。

半分鐘後，天霖開門，看到佳萱沒有任何喜悅，逕自往屋裡走，直到發現佳萱沒進門，才又回到玄關。

兩人對看，眼神充滿哀傷：「你改了密碼，對嗎？」

「是我的錯，我不該讓妳以為可以隨時來去，而我不會有任何的感覺，我必須學會保護自己。」天霖從門後推出黑色登機箱：「行李我收拾好了，妳帶回去吧！」

「你又要把我推開了嗎？」

「我只是想找回平靜，別因為妳的來去，跟著起起伏伏。而妳也可以好好照顧妳所愛的人，不用再覺得掙扎，疲於奔命。」

「好，聽我把話說完，我會給你你想要的。」佳萱深吸一口氣，感覺寒冬已經到來：「前晚，我和文忠吵架了，我告訴他這些年在婚姻中，我有多寂寞、不被在乎。可他無法理解，覺得是我要得太多，我們還在冷戰……昨晚，我又失眠了，我忽然懂了這一切其實是我咎由自取，我一直容忍、配合他，從沒好好讓他知道我要的是什麼，因為我覺得虧欠，認為自己不該把工作看得比家庭還重。直到你出現，我才看見自己的生活是一攤死水，你像一面鏡子，讓我明白自己要的是什麼？什麼會讓我快樂？可我的出現，卻割得你滿身傷，這不是我的本意。」談到天霖在她心中的意義，佳萱不禁哽咽，努力忍住淚水，抿著唇，把話說完。

「你這麼做是對的，我是該回頭處理好自己的婚姻問題，而不是躲到另一段感情中取暖。我必須為我過去的決定負責，不然我也配不上你的感情……」說完，眼淚終於潰堤。

天霖聽完佳萱的告白，心裡跟著一陣酸楚，他猶豫著該不該將佳萱摟進懷中，給她安慰和支持，但他知道這麼做，只會讓痛苦無限循環，兩個人都無法去面對真正應該要解決的問題。天霖緊緊抓住大門手把，阻止自己想抹去佳萱淚痕的衝動。

「妳很勇敢，剩下的路，我暫時不能陪妳了。但我會在心裡關心妳，希望妳好，活得開心，像當年我所認識的妳。」天霖努力讓音調保持正常，深怕一個不小心就會心軟拉住佳萱，不讓她走。

壽司似乎感受到天霖的意圖，悄悄走到佳萱腳邊磨蹭。佳萱蹲下身，摸摸壽司的背：「代替我，守護你的主人，有你作伴，他才不孤單。」說完，提起行李，轉身離開，上車便一路駛出社區，沒有回頭。

天霖見佳萱消失於視線外，關上門，淚，終究還是溢出眼眶，落到壽司身上。

＊＊＊

離開天霖家，佳萱失神地開車在市區裡遊蕩，不知不覺又回到淡水母校。

適逢放學時間，學生們都已下課。她獨自一人走回自己的教室，趴在天霖幫她認出來的位子上哭泣，再度抬起頭桌面已滿是淚水，佳萱用手想抹乾桌子，卻感覺桌面中間有個不尋常的刻痕，仔細一看是一串符號「＋ｉ０？」，她跟著唸出聲：「佳愛霖嗎？」

突然，一陣電流通過她的身體，有個直覺告訴她，這是畢業當天，天霖特意到她位子上留下的，但她卻被曉琪拉走，沒機會發現。佳萱這才明白自己和天霖錯過得多徹底。

撫摸著二十年前的刻痕，佳萱心想，如果當年文忠向她求婚，她先回到這裡，而不是去天霖教室，坐在他位置上想找勇氣，會不會就能聽見自己的聲音，不為別人的期待走入婚姻？原來，這一切的答案，必須等她回到自己的位置，才會浮現。

思念如煙，雨水是看得見的想念，濛濛的淡江山腰，細雨紛飛，訴說著佳萱再也挽不回的遺憾與悵然。

二十七、真心話

四姊妹 Line 群組裡，靜盈留訊：「終於回台灣了，我要吃麻辣鍋，有誰要跟？」敏慧和佳萱都只傳了張愛心貼圖，沒再附和。只有曉琪積極回應：「帶小孩吃麻辣鍋是自找麻煩，體諒一下當媽的，去公園野餐讓小孩放電，晚上好睡。」

靜盈傳了張遵命的圖片，敏慧和佳萱也回了OK，四人約好週末聚會。一行人來到剛落成的河堤遊樂區，一看到超過七公尺長的溜滑梯，品辰便興奮大叫、往前直奔，曉琪急著指揮品芸看好弟弟，別讓他跌倒。

敏慧和佳萱幫忙將野餐墊鋪在樹蔭下，曉琪提來一堆零食和飲料，靜盈拿出要送給大家的禮物：「這是最新款的曼谷包，自己選喜歡的顏色，如果都不喜歡，跟我說，我再去買。」

「妳是去工作，又不是去玩，幹嘛花錢買伴手禮。」敏慧捨不得姊妹破費，佳萱在一旁也跟著點頭應和。

「她是要慶祝妳終於『做人成功』，先送給未來的乾兒子乾女兒當見面禮。」曉琪興高采烈的公布敏慧的喜訊。

「真的？妳試管成了？」佳萱露出驚訝的表情，很為閨蜜感到開心。但敏慧卻沒有同樣興奮，只是冷冷地回應曉琪：「這是我自己的事，妳要宣布前，應該要先問過我。」

「幹嘛這麼見外，這是好事，又不是壞事。妳那天傳訊息給我，問我懷孕初期不能吃什麼，我就猜到了。我忍了很久，今天才爆料，就是要讓大家當面恭喜妳啊！妳不是等很久了。」

佳萱和靜盈知道敏慧的個性，不喜張揚，卡在中間有些為難。敏慧心煩，儀禮的要求讓她十分糾結，不願多談此事：「好事壞事是由當事人決定的，不是旁人的感受，允許別人可以跟妳想得不一樣，這才是真正的尊重。」

「妳吃錯藥喔！懷孕成功跟尊不尊重有什麼關係，妳書讀太多，腦子念壞掉啦！以前妳在學校裙子太短，被教官記過，還會做小人，詛咒教官，說老師八卦，會哭會笑的，後來跑去念輔導，整個人防護罩開超強，這個不能說，那個不能碰，只有我掏心掏肺說自己的不堪，供你們笑話。」

「曉琪，敏慧不是這個意思，她可能還沒準備好當媽媽，不知道怎麼面對這個新生命。給她一點時間。」佳萱出來打圓場，不想氣氛變得太僵。

「是啦！她不知道怎麼面對新生命，那妳哩，別以為我看不出來，從上一次碰面就無精打采的，現在曉得怎麼處理新戀情了嗎？」曉琪滿腔好意沒人收，被忽視的感覺，引發她內心的憤怒，把眼前的人都當成釘子：「現在的舊東西，當初不都是新的嗎？妳是因為有古天霖才會不滿足，他沒出現之前，日子還不是照過？如果妳沒去同學會，我保證妳跟文忠可以這樣過一輩子！就是有你們這種人，社會才會這麼亂。」

佳萱臉色一沉，往後挪了幾下，退離野餐墊，靠在樹幹上，樹葉的陰影讓她整個人變得更陰鬱無光。靜盈看得出佳萱和敏慧心情都不好，跳出來打斷曉琪：「妳幹嘛這樣跟自己的姊妹說話，她們又不是妳老公，只會一天到晚惹妳生氣。」

「對！反正從以前就這樣，你們都只想當好人，沒人敢說實話，只有我肯當壞人。今天要不是佳萱是老同學，我才懶得提醒她。這種不道德的事情傳出去，會被說得有多難聽，我只是不想看她一時鬼迷心竅，賠上自己的幸福，一輩子後悔。」

「我告訴妳什麼是道德？道德就是明明自己做不到，卻還要拿來騙人的事。」

靜盈被曉琪的口無遮攔給刺激到，坐直身：「妳是真的很忠誠、很愛妳老公而留在婚姻，還是因為怕別人說話，所以不敢離開，然後再告訴別人：我這樣很道德，你那樣很下流。劉曉琪妳別被洗腦了，道德，只是大家磕瓜子用的話題，從來就跟真正的幸福無關！」靜盈這輩子最討厭有人高舉道德的旗幟，實際上卻是為了打壓異己，滿足自己的私慾，以突顯個人的價值。

「我也奉勸妳，妳單身條件好，這種話自己說說就好，別四處散播，妳想想如果別人知道佳萱的事，質問她為什麼，然後她說了這番話，只會被罵得更慘。女人走入婚姻，就沒有叛逆的權利了，只剩下犧牲一條路。」

「憑什麼男人想做什麼就可以做什麼，女人就要乖乖在家裡帶孩子，不能追求自己想要的幸福，得為了孩子忍耐，把感覺關掉，假裝一切正常，但事實上早就同床異夢了，這樣真的對孩子有比較好嗎？妳知道為何有些小孩愛說謊嗎？是因為他們的爸媽連自己都騙，他們為什麼要說實話。」靜盈靠向佳萱握住她的手，試圖給她一些支持。佳萱勉強擠出笑容，輕搖頭，不願靜盈和曉琪再爭論下去。

曉琪一時語塞，不知該如何回應，她將目光移向遠方，大聲喝止品辰別爬太高，藉此出氣。

敏慧想起自己對儀禮的要求，不也是在勉強他放棄自己真正的幸福，嘆了口氣：「也許不只是女人需要犧牲，任何走進婚姻裡的人，都得學會妥協。」

靜盈不解：「你們這些結婚的人真奇怪，為何一定要守著痛苦，不能快樂？快樂在你們眼中是種罪惡嗎？」

「妳以為我們愛這樣啊？是沒得選，這不是單方面可以控制的，也要看另一半配不配合，就像我家王青山……」

靜盈不等曉琪說完：「如果他不配合，妳還是有選擇的，妳可以選擇離開，不用被困在牢裡。這麼多年，我不結婚，就是因為我太明白，一旦兩個人選擇了婚姻，所有的夢想或浪漫都只能停在婚前，從此為了孩子和錢忙得昏天暗地，情感交流變得不重要，每天應付外在的壓力，根本沒人在乎彼此的心還有沒有在一起，心裡真的想要什麼。」

「妳沒結過婚，用想的都比較簡單，婚姻不是妳可以說來就來，說走就走，想要什麼，就有什麼的。」曉琪和靜盈各執己見，沒人肯退讓。

「我不需要想像，看妳就知道。這些年妳都自以為在付出，沒問過別人真的要的是什麼，妳有沒有想過妳的老公、小孩，其實也在忍妳。妳每次說話都愛放箭，亂傷人，很難相處。妳才是活在自己的世界裡，自欺欺人。」

曉琪從沒被如此毫不留情的揭穿自己的問題，一口氣嚥不下，站起身，大喊品芸和品辰，直接掉頭走人，連靜盈送的曼谷包都沒拿！

靜盈看著曉琪離去的背影，嘆了一口氣：「女人結了婚，就被騙進一個超大『我們』的關係裡，但裡面沒有『我』，只剩下一群等著被照顧的『們』，麻煩的是，老公一天到晚還不在家，人不在，只剩下一扇『門』。女人為什麼要等門呢？守著一扇門要幹什麼？」

佳萱聽出靜盈的言下之意，儘管曉琪不諒解她外遇，但她仍可諒解曉琪在婚姻裡有多辛苦：「其實曉琪看起來堅強，事實上內心是孤單的，沒人幫忙還是得撐起這麼大一家子的門，保護好裡頭所有的人。」

「所以她只好變成神，才管得動這麼多事，最後變成凶神惡煞的門神，沒人敢親近。」靜盈既生氣又心疼地點出矛盾的事實。

聽完靜盈的話，敏慧有感而發：「但就算人在，也不見得就有『們』。」接著，表情突然變得鬱悒，深呼吸一口氣，抖著身子，彷彿得耗盡所有力氣，才能出口：「我撞見儀禮跟別的男人上床了，那個人是他的指導學生，而且他要求如果不離婚，必須答應讓那個男學生進門……」

靜盈和佳萱睜大眼，錯愕地看著敏慧，一時間不知該如何安慰。事發至今，敏慧沒為儀禮掉過一滴眼淚，一直以來她這麼努力表現完美，理性回應每一個要求和互動，以為這樣幸福就會降臨，最後竟把婚姻經營的如此千瘡百孔。此刻在姊妹面前揭露真實的自己，她突然為自己的執著感到悲哀，卻怎麼也擠不出一滴眼淚，這些年的孤單已經風乾了她所有的情感。

佳萱看著敏慧泫然欲泣又強作鎮定的表情，十分不捨，坐近敏慧。靜盈更直接，伸手摟住敏慧的肩膀，給她溫暖。

敏慧吸了吸鼻子，換口氣：「我的婚姻一直循著固定軌道運轉，儀禮雖然話不多，但至少願意聽我說話，我以為他只是個性內斂，喜歡獨處和研究才會這樣，只要我把他照顧好，有了孩子，我們就會變得更快樂。但其實這一切都只是我的想像，我從沒真正認識他，生命走到這裡，老天在告訴我做『對』的事，不一定就能得到幸福……」

「那妳還要這個小孩嗎？」靜盈問。

「我不知道，我已經很久沒這麼迷惘了，不知道該怎麼做決定。我想要小孩，但不想要他一出生就沒爸爸，可是如果我要留下儀禮，就得接受小安進門。」

「小姐，妳在演八點檔嗎？劇情一定要這麼猛嗎？當然拒絕啊！離婚有什麼好怕的，妳有收入，可以自己養小孩，照顧不來，還有我們這些阿姨。」靜盈義憤填膺地說。

佳萱對著靜盈皺眉：「生孩子是大事，會改變媽媽一輩子工作和生活的，妳一天到晚不在台灣，真需要妳人在哪？」接著，轉過身溫柔對敏慧：「如果沒把握給小孩一個安定的未來，是不是別勉強，多留給自己一點自由，妳還有很多選擇可以讓自己快樂，別讓孩子和妳一起辛苦。」

「可是我辛苦了這麼久，這是個生命……」敏慧摸著自己的肚子，淚水就快溢出眼眶外。

看著敏慧憔悴的模樣，靜盈收起平日的幹練，垮著臉：「其實我也沒把自己的感情處理得多好，確實沒資格告訴妳該怎麼做。」

「妳是我們四個人中，活得最精彩，有人追，有人疼，想愛就愛，想走就走，有什麼不好。」佳萱語氣藏著欽羨，已婚的身分讓她和天霖想愛卻不能愛。

「我騙了你們，其實我跟張永信一直沒斷過。」

「妳一直是他的祕密情人？」佳萱想起那日去靜盈公司午餐，靜盈沒說完的話，原來是這個。

靜盈點頭，佳萱緊追著問：「當初不就已經知道他不可能離婚，為何還要跟他藕斷絲連？」

靜盈想起那日世榮在泰國海灘說的話：「也許，葉世榮沒說錯，我一直是一個靠特殊關係往上爬的女人。」

「我不准妳這樣說自己！」敏慧擦去眼淚，回復平時冷靜的口吻：「妳本來不是這樣的，妳記不記得高中三年，有好多男生追妳，每天送早餐給妳吃，妳吃不完，就分我們吃。但妳最後誰也沒選，偏偏喜歡惡名昭彰的葉世榮，不管我們怎麼勸妳，妳都不聽。」

「對，妳那時候像飛蛾撲火，一天到晚黏著葉世榮，越是阻止妳，妳越要跟他在一起，還翹課跟導師鬧翻，不惜辭去畢聯會會長。」佳萱一同回憶那段年少輕狂的歲月，靜盈覺得那似乎像是上輩子的事。

敏慧看著靜盈陷入沉思：「等到你們正式成為一對，葉世榮也在兄弟面前承認妳是他唯一的女朋友，妳就變得越來越卑躬屈膝，他說一，妳不敢說二，這麼全心全意的去愛，結果還是被甩。不管我們怎麼問妳，妳都不說葉世榮什麼原因跟妳分手。」佳萱用力點頭，她和敏慧有同樣的感受，對那段戀情有太多疑惑。

「從那之後，妳整個人就變了，後來談的戀愛，對象都不是真正適合妳的人，要不是太嫩，就是太老。姊妹這麼多年，我知道這些都不是真感情……」敏慧握住靜盈的手，認真凝視靜盈的眼睛，彷彿想看進她心底，幾秒鐘後，才緩緩地說：「吳靜盈，妳坦白告訴我，妳真正想證明的是什麼？」

敏慧的話像一道內力深厚的掌風，迴盪在靜盈胸口，引發不小的漣漪。她知道自己這些年，只是不斷享用愛情的鮮甜，過季絕不留戀。可是如果她真心甘願當張永信的左右手，不在乎名分，為何葉世榮戳破她後，她的心裡會這麼不痛快？

靜盈覺得心煩，將手收回，搖搖頭，不願多想：「證明女人也玩得起！憑什麼只准男人風流。我就是壞、沒良心，想看到有人為我傷心憔悴……」

「妳不是這樣的人，妳在我低潮時，給了我很多支持……」佳萱開口想安慰靜盈，沒想到說沒兩句，就崩潰大哭：「我才糟糕，是個大騙子，我答應大家不跟天霖往來，可是後來我又跑去找他了。

但我的身分讓他很痛苦，讓他只能不斷的等待，我還經常拋下他一個人，回家照顧娜娜和文忠……」

「妳沒強迫他愛你，他選擇了你，這是他要承受的。」靜盈說。

「可這樣卻傷了所有的人，妳、天霖、文忠和娜娜，對任何人都沒好處。」敏慧提醒。

「我知道，所以我跟文忠掀鍋了，我告訴他沒辦法繼續這樣一成不變下去，他很生氣，覺得是我要求太多，不懂得知足。」

敏慧心疼佳萱的煎熬，雖然她自己也被人介入家庭，可她明白感情的事，不是三言兩語可以釐清的：「那文忠知道天霖的事情了嗎？」

佳萱搖頭：「我還沒跟他說。不過，現在我和天霖說好了先不見面，我不想再傷害他，因為我而起起伏伏。」一提到天霖，佳萱哭得更傷心。

「妳還很愛天霖吧！後不後悔嫁給文忠？」靜盈問得直接。

佳萱抽噎得更厲害，敏慧忙掏出面紙給她，幾分鐘過去，佳萱擤了鼻涕：「那時候……我太年輕，這已經是當時能做的最好選擇。只是……只是時間改變了，我必須承認自己不一樣了，我不能……不能再逃避了。再拖下去……只會讓大家傷得更重……」

「妳很勇敢，妳知道問題的關鍵點不是那些讓妳痛苦的人，而是敢質疑自己過去做的選擇，重新再做一次決定。」敏慧用面紙輕輕擦去佳萱臉上的淚痕，這段話對著佳萱說，也像是對自己說。

佳萱用力地點頭，靜盈感動，環住她們兩人：「我們都要為自己做出最好的選擇，沒做到的人要把這些零食吃光光，變成大胖子。」

佳萱破涕而笑，三姊妹抱在一塊，緊握彼此的手，眼神有憐惜更有對彼此未來的盼望。

二十八、面對

靜盈從河堤搭乘計程車回家，臨下車從後背包裡拿出皮夾，準備付款時，發現兩隻手機各有一則訊息。在司機刷卡時，靜盈滑開螢幕，確認公務機是 Kevin 從歐洲傳回來的訊息，而私人機是世榮傳來的照片，她留下私人機，將公務機隨著皮夾放回包包。

下了車，等待電梯的同時，靜盈點開世榮帳號，看見照片裡的世榮變成氣質大叔，坐在咖啡廳裡練習鋼筆字，習字帖上滿滿靜盈的名字，靜盈白眼，心想：「還來？真有勇氣！」嘴角卻忍不住微微上揚。

回傳：「太用力了，輕點，紙都破了。」

下一秒又傳來訊息聲，卻不是世榮，而是 Forever：「一個人嗎？方不方便？」

看著永信的問題，靜盈再度想起世榮在芭達雅海灘上說的話：「成功的男人只想跟妳玩玩，替他辦事，用完就丟……」

靜盈緊握著手機，心生一念，只要證明葉世榮是錯的，這樣他就不能干擾自己了。給了 Forever 一個親吻貼圖，同意他過來。

半小時後，永信提著一只精緻的紙袋來到靜盈家。靜盈開門，很自然地先聊工作：「這兩個月，總共接待了八團台灣旅客，另外，我也開始在泰國當地打廣告，吸引他們到台灣旅行……」

「不用報告了，妳辦事，我放心。」隨手將提袋放在餐桌上，一把拉過靜盈從脖子開始親吻起，一路向下。靜盈巧妙躲開：「先喝點酒，放鬆一下。」走進廚房端了兩杯紅酒出來，坐到沙發上，一杯遞給永信。

永信接過，輕啜一口：「這是亨利．賈依釀的紅葡萄酒？」

靜盈微笑點頭：「你還記得第一次，帶我認識這位釀酒大師和乾紅葡萄酒，是什麼時候嗎？」

永信瞇眼輕笑，不知靜盈想玩什麼遊戲，再喝了一口，認真思索：「是妳二十九歲生日那天，我帶妳去一間私廚吃法國菜，教妳的。」

靜盈依靠在永信懷中，輕搖酒杯，杯中的紅酒因為晃動更顯豔紅：「好記性，那是我第一次喝到完全不加水、任何香料酒精釀出來的紅酒，濃郁的葡萄香在嘴裡久久不散，令人難忘。」

「搭配那天晚上米其林退休主廚做的燉牛肚，確實很對味。」

「不只這樣，吃飯時，我說背景音樂很好聽，隔天你就帶我飛到維也納，聽知名的指揮家弗朗茲．威爾瑟帶領整個樂團演奏，那是我第一次知道藝術是真的會讓人感動到落淚。」

但靜盈沒說的是，那也是她第一次感覺自己踏入一個全新的世界，視野更開闊，整個人的層次往上提升好幾階，才會不顧兩人近十歲的差異以及婚外情的問題，接受張永信的追求。

「妳的心很巧，才能感受到音樂裡細膩的情感，還有我的需要……」永信再度吻上靜盈，另一隻手也不安分的在靜盈胸口上游移。

「今晚留下來過夜。」靜盈要求，永信沒多想，嗯了一聲，表示同意。靜盈見永信答應得爽快，再要求：「不過在你解開下一個鈕扣前，得先打電話回家，告訴你老婆，今晚在這。」

永信的手停了下來：「我可以過夜，但沒必要打電話，把事情弄僵。」

「是因為不想公開我嗎？」

「我們現在這樣子很好，何必吹皺一池春水，難為所有的人。」

靜盈明白永信話中的意思，這些年他老婆早就學會睜一隻眼閉一隻眼，只要永信不改變她元配的地位，他想怎麼玩都行。也就是說，當永信回絕了這個會破壞他們夫妻默契的要求，也等於說明了靜盈在他心中真正的位置為何。

「既然如此，以後也不讓你再為難了。」靜盈坐起身，將衣服穿好。

「妳有別人了嗎？」永信有些訝異，不解靜盈前後轉變為何那麼大。

「應該說，他一直沒走。」靜盈苦笑，她忽然明白當自己想透過考驗永信證明世榮是錯的，正意味著她還沒把世榮放下。看著永信的眼眸，靜盈想知道下午敏慧到底看到了自己什麼變化？為何和世榮分手後，就一直無法好好談一段感情。

永信從沒聽靜盈主動提及別的男人，他知道今晚靜盈是有備而來的，只可惜自己沒通過考驗。他輕碰靜盈的酒杯，像是在慶賀也像是道別：「好，我的小女孩長大了，不再需要我了。哪一天累了、傷了，想再回來，我都在。」說完，將酒杯放在茶几上，起身準備離去。

趁永信還在玄關穿鞋，靜盈走到廚房拿起提袋：「給我時間，我想把自己搞清楚，如果等我找到答案，發現心仍在你身上，我會告訴你，但那一天如果來臨，我也不會允許你留在婚姻裡。」接著，將禮物遞還給永信：「這起司你帶回去吧，假使真有那麼一天，我們再一起加熱這塊起司，讓感情再度有牽連。」

永信摸摸靜盈的頭，沒接過提袋，直接開門離開。靜盈看著開啟又闔上的大門，明白這一次陪著她長大的長腿叔叔，是真的走出她的感情了。

＊＊＊

週三傍晚六點，無論儀禮回不回家吃飯，這時間敏慧通常都會在廚房忙，但今晚不一樣，她預感生活就要有翻天覆地的變化，她害怕自己沒力氣應付，於是坐在主臥室化妝台前，黯然看著窗外夕陽，不知這段關係還能有多少餘溫？

下一秒，敏慧聽見客廳大門輕闔上，耳朵卻怎麼也關不上，全副心神都放在門外動靜。她聽見儀禮低聲說：「你那邊退一點，好，可以了。」以及小安細心提醒：「卡住了，等等，小心你的手。」

「你先把書櫃搬出來，床才放得進去。」儀禮指揮著小安。

「好重，你的書房簡直是小圖書館。」

小安進來了，敏慧深吸一口氣，告訴自己：「這是最能兼顧所有人需要的決定，我得學會包容。」

看著鏡中蒼白的臉，敏慧忽然覺得倦，爬上床躺下。

迷迷糊糊間，敏慧感覺冰箱被打開，一陣流水聲後，緊接著咚咚切菜聲，最後點開爐上的火：

「儀禮會煮飯嗎？」心中疑問才升起，兩人的對話就解開謎團。

「油在你右手邊架子上。」儀禮說。

「你去看書吧！廚房可不是研究室，我怕油爆燙到你。」

「我有盾牌。」廚房傳來一陣爆笑聲，敏慧可以想像儀禮拿著鍋蓋跟小安開玩笑。

「噓，小聲點，別吵到敏慧姊。」

「原來儀禮有幽默感。」敏慧心想，如果沒有小安，她也無法發現儀禮的另一面，或許小安的存在，不全然是壞事，但她心裡為何還是那麼酸……

一陣敲門聲，儀禮開門進來：「敏慧，吃飯了。」

「我不餓，你們吃。」

「那怎麼行，妳肚子裡有寶寶……我端進來給妳吃吧！」

儀禮轉身準備出去盛菜，敏慧實在不習慣讓人伺候：「別忙了，我出去吃。」

敏慧拖著沉重的身軀走出房門，經過儀禮書房，瞥見原本就不大的空間，現又擺進一張單人床，敏慧心中有股說不出的狹隘感，彷彿那張單人床，是擠進了她的心裡。

小安站在桌邊盛飯，餐桌上擺著炒菠菜、水煮花椰菜、香煎鯖魚、海帶豆腐湯，菜色簡單卻不失心意。他怯怯的遞飯給敏慧：「菠菜營養，對媽媽和寶寶都好。」

敏慧面無表情地接過，儀禮想讓氣氛輕鬆點：「小安很用心，已經查好資料，知道孕婦懷孕中期、後期需要的營養都不一樣，他會幫你變換菜色。」

敏慧感覺得出來小安是很體貼的人，這麼多年她也細心照料儀禮，這一個相似點或許能證明儀禮仍是喜歡自己的，她不需要妄自菲薄。坐進自己的老位置，儘管儀禮仍在身邊，一切似乎沒什麼不一樣，只是多了雙碗筷，但看著儀禮和小安默契十足的張羅晚餐，敏慧眼裡像插了根針般刺痛。

小安低頭安靜吃飯，儀禮忙著照顧敏慧，又是夾菜，又是挑魚刺，並盛了一碗湯給她。敏慧伸手接過冒著熱氣的濃湯，就像是親手撕開儀禮包著保鮮膜的外衣，在一起這麼多年，這是她第一次感覺到儀禮的溫暖與柔情，她應該覺得甜蜜窩心，但為何她覺得吃進嘴裡的食物都好苦，不知這苦，是因為懷孕，還是心苦。

晚飯休息後，敏慧走進浴室，想洗去一身疲倦。面對霧氣氤氳的鏡面，敏慧看不清自己的模樣，她覺得前方的路，似乎也是白茫茫一片，該怎麼走？哪裡有危險，她分辨不出。吹乾頭髮，敏慧打開浴門，正好瞧見小安將頭靠在儀禮肩上寫報告，那是她不曾有過的親暱。

儀禮和小安發現敏慧走出浴室，趕緊坐直，恢復平時的距離，小安有些尷尬的問候：「敏慧姊，洗完澡啦……」

「衣服放著，晚點我一起洗。」儀禮一旁搭話。

看著兩人侷促的模樣，敏慧覺得自己更像他們之間的第三者，沒多回應，直接走回房間。躺在床上看書，卻一個字都沒讀進眼裡，所有心神全留在門外，她感覺自己就像一台監視器，想要無時無刻掌握儀禮和小安的反應，可這麼做只會顯得她更加緊繃。

敏慧意識到自己也想有人陪，卻開不了口，這麼多年養成獨立與堅強的習慣，讓她失去率真的可能。她多麼希望儀禮可以聽見她的渴望，回房間陪陪她，證明自己在先生心中仍是重要的。

關了燈，敏慧聽見小安和儀禮道了晚安，走進書房。儀禮接著打開主臥室的門，敏慧正覺得安慰，摸了一旁檯燈的開關，想起身跟儀禮說說話，沒想到儀禮卻拿了睡衣，又關上門，進了浴室。

敏慧心頭一涼：「儀禮都是起床才洗澡的，難道是為了等一下親熱？」下一秒，廁所傳來淋浴聲，證實了她心中的猜想。

幾分鐘後，儀禮出了廁所，卻沒了動靜。躺在偌大雙人床，敏慧彷彿睡在扎刺的礁岩上，受著海浪的拍打，一波嫉妒，一波羨慕，翻攪得無法入眠。

她起身到餐廳喝水，發現儀禮拿了嬰兒房的小毯，倚著抱枕睡在客廳。敏慧悄悄靠近儀禮，見他輕蹙眉頭，睡得縮手縮腳，輕嘆：「你寧可睡沙發，也不願把最香的味道留給我……」敏慧幫他攏攏毯子，撇了眼書房，無奈心想：「他們仍在乎我的感受，只是三個人，三個地方，今晚註定沒人能睡好。」

敏慧一整晚在床上翻來覆去，直到窗外透進微光，才恍惚入睡。不知情的儀禮，則一如往常的起床，幫忙小安做早餐並喚醒敏慧。

敏慧打起精神起床梳洗，她望著盤中的麵包、堅果、火腿、太陽蛋，頓覺一陣噁心，連忙衝進廁所嘔吐。

「敏慧姊，妳還好嗎？我倒杯水給妳。」

「我幫妳掛號，陪妳上婦產科。」儀禮緊張拿出手機，敏慧忙阻止：「沒事，可能是沒睡好，害喜比較嚴重，我今天會請假在家休息。」儀禮才鬆了一口氣，敏慧不願再接受兩人關心的眼神：「你今天早上不是有課，得帶學生參觀機構，吃完就快出門。」

「也是，還好妳有提醒我。」儀禮拿起一片吐司，啃了兩口，看向小安：「吃飽沒，不然帶到車上吃。」

小安急忙掃光盤中火腿：「晚上我會買菜回來。」

「那下課約在停車場，一起走。」

小安搖頭：「搭你的車上下課太敏感，我自己坐車，你先回來陪敏慧姊。」

「不然也可以直接約在超市……」

「那裡不好停車，我去就好。」兩人邊走邊討論，直到關上大門，儀禮仍沒放棄要載小安回家。

小安再度讓敏慧發現：「儀禮會黏人……」

終於，家裡只剩敏慧一個人，她摸著儀禮剛離開的座椅，餘溫漸退，是不是她在儀禮心中的熱度，終究會像這張座椅，變得冰涼冷清。她不解過去十五年來，自己一直以儀禮為中心，卻怎麼會從台上演到台下，成為過氣的女主角，再也無法引起儀禮的熱情，如今卻成為儀禮和小安甜蜜生活的唯一觀眾。

她感覺自己就快被孤單淹沒，卻不願扯開嗓子大聲呼救，難道這麼多年來，為了迎合儀禮喜歡的樣子，自己也成了封住煲湯的保鮮膜？一如曉琪說的「防護罩」，強大到阻絕了真實！想到這，敏慧不禁掉下眼淚……

直到一陣電話鈴響打斷思緒，敏慧忙拭淚接起。

二十九、配件

「敏慧，在忙嗎？方不方便聊一下？」佳萱在學校外的停車格，坐在駕駛座上和敏慧通話。

「什麼事，妳說。」敏慧拿起儀禮沒喝完的水，喝了一口，像是把感傷吞進肚，讓聲音一如往常的冷靜。

「娜娜的導師打電話跟文忠說，娜娜在學校午餐幾乎都沒吃，下課也不跟同學玩，一個人坐在位子上悶悶不樂，上課也不認真。老師希望可以跟家長談談，文忠覺得是我的問題，要我自己來。」

「妳跟文忠上回吵完，還有再吵嗎？」

「就是怕影響孩子，沒再吵了，但文忠心裡一直有氣，跟我冷戰。」

「孩子是很敏感的，她感覺得出來父母開不開心。如果她心裡有擔心，可是又不知道該怎麼做，就變得退縮。」

「那怎麼辦？我跟文忠假裝和好，盡量不影響娜娜。」

「假裝能撐多久？別忘了娜娜會長大，她不會永遠十歲的。妳先把狀況告訴導師，請導師轉介輔導中心，輔導老師可以透過一些技巧，引導娜娜把心裡的煩惱說出來。但根本的解決之道，還是要回到妳和文忠身上，大人的問題處理不好，小孩是不可能好起來的。」

佳萱嘆了一口氣：「我想處理，但文忠不肯跟我說話。」

「試試看婚姻諮商吧！文忠疼娜娜，跟他說為了孩子，你們必須一試。」

「好，我跟他談談看。妳呢？和儀禮還好嗎？懷孕有沒有不舒服？」

「我同意小安搬進來了。」敏慧聽到佳萱在電話那頭倒吸一口涼氣，「我想知道幸福的代價到底有多大？」

「值得嗎？如果他的心不在了……」

「這是我做的選擇，我會照顧好自己的，妳別擔心，好好關心娜娜吧！」

見敏慧不願多談，佳萱只好尊重，收了線，快步走向級任導師辦公室。經過娜娜教室時，她刻意放慢腳步，卻發現娜娜趴在桌上，側臉撇向操場，完全沒在聽老師上課。佳萱的心像被無形的手掐緊，擰得她難以喘息，只得加速步伐。

當天夜裡，佳萱撐著精神，將娜娜哄睡，回到房間，文忠盯著體育新聞，完全當她是隱形人。她站在螢幕前方：「我去找導師談過了，為了娜娜好，我們去婚姻諮商吧！」

「不滿意的人是妳，關我什麼事，要去妳自己去！」

「娜娜個性細膩，她看得出來我們是不是真的開心，就算我去了，你的情緒沒過，她一樣會感覺到的。你對我真有什麼不滿意，也可以跟諮商師說，不用悶在心裡。」

「去了，就能解決所有問題？」

「不知道，但沒去就只能僵在這。」

「我這星期忙，約下禮拜，時間確定，再跟我說。」文忠說完關掉電視，背對佳萱入睡。佳萱摸黑爬上床，蜷曲弓起身子，像是在給自己擁抱。

在黑暗中，佳萱睜著眼，揣想著該如何在不認識的人面前談自己的事，會不會很尷尬？同時她也感覺，跟一個陌生人說出心底的話，似乎比枕邊人容易多了。不知從何開始，她和文忠這短短不到一公尺的距離，變得如此遙遠，找不到通往對方心底的路。

＊＊＊

溫馨明亮的晤談室裏，牆邊擺了一張三人沙發，文忠和佳萱分坐兩端，諮商師坐在兩人對面的單人沙發上，形成一個正三角形。諮商師是一個年約五十歲，身形清瘦，留著一小撮山羊鬍的中年男子，嗓音十分低沉真誠：「你們好，我是負責這次婚姻晤談的諮商師，我叫曹洛。」

佳萱和文忠從沒諮商過，都有些緊張沒回應，諮商師試著打破冷場：「婚姻是一段長達三、四十年的合作關係，過程中難免會有歧異摩擦，很高興看到你們願意一起來，共同面對婚姻的問題。可否請你們花一點時間告訴我，我能為你們提供什麼協助？」

文忠斜眼瞄了一眼佳萱：「你問她，都是她惹出來的麻煩。」

諮商師看了一眼手中的資料，接著將目光移向佳萱：「莊小姐，我可以直接稱呼妳佳萱嗎？我想直接跟妳對話，而不是妳的角色，所以容我不叫妳蕭太太。」

佳萱有些訝異，諮商師比她想像得更為開放，她感覺自己被當成一個完整的人看待，她點點頭，卻聽見文忠輕哼了一聲。

得到佳萱的同意後，諮商師繼續問：「妳認同文忠的說法嗎？今天會來這裡，只是因為妳個人的關係。」

佳萱有些侷促不安，回答前看了一眼文忠：「前一陣子，我和文忠有些爭執，被我女兒娜娜撞見，她很擔心我們，變得悶悶不樂。」

「可以多說一點，你們爭執的點嗎？」

「我們對生活的期待不一樣……」

佳萱還沒說完，文忠急著把話搶走：「根本就是她在無理取鬧，當年因為她一句不習慣，我不顧爸媽的心情，搬離開家。後來，生了孩子，她想回去工作，我也沒攔著，還幫她接送小孩，讓她可以安心加班，我這麼盡心盡力，她居然說我不體諒她，不懂得她的痛苦，嫌東嫌西。你說這個女人是不是太貪得無厭？」

「愛是很精緻的東西，關係的好壞，比的不是誰付出得多。我們花一點時間，一起來聽聽佳萱想要什麼？說不定你不用做這些事情，也能讓她開心。」諮商師看向佳萱：「妳想要的互動是什麼？」

「我很感謝他這些年的付出，只是我經常會覺得虧欠，好像我太疏於照顧家庭，只要我沒做到，他做了，就是他的施捨和恩賜，我必須感激涕零，承受他所有的情緒與抱怨。但如果我在工作上遇到挫折，我不能跟他說，那都是我自找的……」

「妳說這什麼話，妳是媽媽本來就該做好家裡的事，我今天讓妳出去工作，還幫妳做家事，有多少男人做得到？妳不要太得寸進尺喔！要不然妳辭職回家，這些事情都妳做，我保證不會跟妳多嘮叨一句……」

「文忠，佳萱還沒有說她想要的生活，你讓她說完。」諮商師阻止文忠插話，回應佳萱剛剛沒說完的話，「妳感覺很孤單，希望文忠怎麼對妳？」

佳萱看了一眼文忠，發現他雙手抱胸、翹腳，腳尖一直朝向門口的方向，好像很想走，不願意正眼瞧自己，突然一股心酸湧上，覺得自己多說無益，文忠是不會懂的。

沉默了一小段時間，諮商師再度開口：「看樣子，停止對談，是妳在面對衝突時，經常會使用的方法。」佳萱點點頭。

「別人的對待是自己教出來的，如果妳無法說清楚自己要什麼，等於允許別人用他們覺得合理的方式對待妳，但那不一定會讓妳覺得舒服。」

佳萱明白諮商師話中的意思，這些年是她自己把控制權交出去，只為了避免爭執，粉飾太平，偽裝婚姻依然圓滿。關係會走到這個田地，確實不只是文忠的問題，自己有很大的責任。

見佳萱陷入沈思，諮商師看向文忠：「那你呢？佳萱知道你想要什麼樣的生活嗎？」

「我當然希望累了一天回家，可以有熱騰騰的飯菜吃，小孩成績好、才藝多、品學兼優，老婆天天待在家裡做家事，必要時打扮得漂漂亮亮陪我出席同事的婚禮，讓大家羨慕我五子登科。」

「也許是我有誤解，不過這一路聽下來，妻小對你來說，似乎不是獨立的人，而是用來突顯你的優秀與不凡，比如像是配件？」

諮商師緩緩說出他對文忠的發現，卻引發文忠的反彈：「說這什麼話，你也是男人，我就不相信你不想娶一個乖巧的女人回家，替自己打點家務事。」

「正因為你有這樣的期待，才會不明白佳萱在婚姻中的失落。你們都不是故意讓對方不開心，但彼此在關係裡想要的落差太大，才會造成今天的局面。」

文忠不耐煩吐了一口氣。諮商師看著眼前的夫妻，眼中充滿憐憫，再看一眼時鐘：「今天時間差不多了，我想接下來幾次，我們需要針對這一點好好討論，有哪些是你們可以願意為對方努力的。回家後，我希望你們……」

不待諮商師說完，文忠逕自起身走出晤談室。

佳萱有些愧疚：「曹老師，抱歉，文忠他沒有惡意，只是他比較習慣別人鼓勵他，多說一些好聽話，他會願意配合的。」

「所以妳在這段關係中，經常要像個媽媽哄文忠，對嗎？」

諮商師一語中的，讓佳萱為之一愣，原來長久以來自己在婚姻中莫名的疲憊感，就是這個原因，她得不停的附和文忠，滿足他想要的崇拜與虛榮。

「這讓妳感受不到先生的愛，覺得越來越精疲力竭。」諮商師溫暖的嗓音，觸動了佳萱的心弦，這世上除了天霖，沒人能讓她感覺如此被瞭解，眼眶不自主紅了起來。

＊＊＊

一段時間沒跟姊妹連絡，那日在河堤公園，靜盈最後的一席話，一直讓曉琪難以釋懷，她不斷告訴自己，口無遮攔的人明明是靜盈才對，靜盈根本不在她的生活裡，沒資格說她的家人都在忍受她……

突然，幾滴水噴到臉上，拉回曉琪的思緒。她看著品辰的笑臉，伸手往澡盆裡撈：「臭辰辰，讓你玩水，你還敢潑媽媽？該起來了！」

曉琪髮絲凌亂、上身濕漉漉的抱著品辰走到客廳，看到品蓁半躺在沙發上，品芸蹲在茶几旁寫字，不覺一股氣又上來：「王品蓁，你又抱著你爸的手機在幹嘛？都快十點了，王品芸的功課還沒寫完，是不會幫忙一下嗎？」

一旁，看著電視打盹的公公被曉琪驚醒，手機掉到地上，拾起，螢幕沒動靜。

品芸不敢抬頭看曉琪，認真的寫生字，只是天生動作慢，再怎麼加快速度，看在曉琪眼裡仍是慢吞吞。品蓁莫名被曉琪唸，忿忿起身，走到品芸身邊：「快點啦，都是妳，害我被罵了。」

曉琪一聽，更氣，把品辰用力放到地上，走到品蓁身邊拿走手機：「妳是怎樣！當我不存在是吧！什麼態度，也不想想妳是家裡大姊，應該當弟妹的榜樣！」

「為什麼老大就這麼倒霉，品芸功課寫不完關我屁事，我又不是她媽媽……」

「妳說這什麼話……」曉琪加大音量，品辰剛被媽媽弄痛，又看到姊姊跟媽媽吵架，開始哇哇大哭。婆婆心疼，上前安撫品辰：「明天重陽節妳還要忙，辰辰我來哄睡，妳先去洗澡。」

曉琪眉頭一皺，才準備抬腳，公公又拿著手機走來：「螢幕又不能動了，沒辦法聽相聲。」

「爸，我跟你說過，看電視時，別拿著手機，不然很容易掉到地上當機……」公公被媳婦唸，臉色一沉，曉琪心裡不爽，但仍收口：「不然，青山手機你先拿去聽，我明天幫你送修。」

公公接過手機，沒道謝，又走回老位子。曉琪更覺煩悶，拿著公公手機走回房間，看到青山正目不轉睛地盯著螢幕，將手機丟到青山桌前：「你爸手機又壞了，你明天拿去修。」

青山載著耳機根本沒聽見曉琪說話，曉琪氣得拉下耳機：「我說話，你到底有沒有聽見？」

青山看了眼桌上的手機：「嗯！」了一聲，正準備把耳機再戴上，曉琪搶下：「這次你爸又打瞌睡摔壞手機，怎麼講也講不聽。」

「他老人家精神不好，再買不就好了。」

「買買買，家裡手機這麼多台，你不要自己懶得陪小孩，就把手機丟給品蓁，她在網路上幹嘛都不知道！她剛剛跟我頂嘴，說什麼品芸跟她沒關係，姊姊是這樣當的嗎？」

「妳是沒青春期過呦？國中生本來就這樣。好啦，爸我會再跟他說。」想搶回耳機，曉琪死不放手：「你媽堅持九九重陽節，要拜祖先和地基主，每一層都要拜，你知不知道三份供品，要買、要擺、要收，很累。」

青山沒辦法放空打電動，口氣開始不耐煩：「不想拜就跟媽講，跟我說有什麼用。」

「你媽說三層樓都要拜，才能保佑三家店，我能說什麼？」

「那就照常拜啊！都拜十幾年了，不早就習慣了？」

「你到底有沒有懂我的意思，不是我愛拜，是沒拜會被唸。你爸媽年紀大，我又不能叫他們爬上爬下，還不都是我要做，做了也沒人感謝，反正我累死也是活該。」曉琪音量也越來越高。

「無聊，都自己人說什麼謝謝。那是對外人才會說的話，妳想當外人嗎？」

「你是外星人嗎？一直劃錯重點，要我做事沒問題，可是不能好像做這些事情是應該的。」

青山覺得囉唆，不想再吵，起身想搶回耳機，曉琪不肯放，拉扯間耳機線斷掉，青山拍桌：「我的隊友在等我，妳到底想怎樣！」

曉琪突然被吼，一氣之下拔掉電源，青山大叫：「我的角色死了！」

「你老婆也快死了，你知不知道！」曉琪也放聲吼回去。

青山忍無可忍，走出房間對著正在幫品辰吹頭髮的媽媽：「妳不要叫曉琪拜拜了，她不想拜！我的店我自己扛，沒拜也倒不了！」

曉琪跟在後頭，覺得尷尬：「媽，我不是這個意思。」

媽媽看到兒子不開心，對媳婦也沒好臉色：「曉琪，妳不要只想跟青山拿錢，不想做事，拜拜也是為了全家平安，多跑幾趟就喊累，也太不能吃苦了。」

曉琪一怔：「媽，妳說這話沒道理，當年青山的第一家店，也是我幫他找的店面，不停拜託房東降價。為了開幕，兩三天沒睡，幫忙把所有東西上架，這些我從來沒抱怨過。」

「老太婆，妳這麼說就不對了，好歹曉琪也幫王家生了三個小孩，雖然只有一個男的，但也盡心盡力，她的個性再不好，忍忍就過了。一家人和氣才能生財。」公公本來想當和事佬，卻不知自己是提油救火。

曉琪的壞脾氣再次被戳中，吞不下這口氣：「好，反正你們都覺得我是大小姐，明天拜拜我就不管了，我要回娘家。」

「劉曉琪，妳今晚吃錯藥了是不是？明天妳得把錢存進銀行，不然員工薪水怎麼發？還有小孩誰來接送？爸媽年紀這麼大，讓他們騎摩托車你放心嗎？」青山試圖阻止。

品蓁從廁所走出，漫不經心的晃回房間：「吵這麼兇，你們要離婚了嗎？」

曉琪瞪著品蓁：「妳就這麼希望爸媽離婚，好讓妳可以 PO 上網討拍？」

「小孩子不懂事，妳跟她認真什麼？該在意的不在意，不該在意的又太認真。」婆婆忍不住碎唸。

曉琪不好對婆婆發火，只好再將砲火轉回青山：「我就好心做到底，品辰我帶走，品芸和品蓁都大了，自己有腳可以走回家。錢，你沒空跑銀行，就發現金。」

聽到金孫要被帶走，婆婆怒不可遏，一把將品辰拉到身後：「不要怪我沒提醒妳，等青山退休，這三家店是要傳給三個小孩的，妳走了，就什麼都沒有了。」

原本隔岸觀火的公公也開始急了：「曉琪，妳面相好，帶財又旺夫，當初才會同意青山娶妳，妳是聰明人一定知道怎麼做，對妳比較好。」

「原來你們選我只是因為我能幹、會生，不是因為我真心愛你們兒子，才喜歡我。」

「不喜歡妳，爸媽怎麼會答應我追妳，還帶妳回家吃飯？妳別鬧了喔！」青山不耐，覺得曉琪沒完沒了。

看著眼前的人，曉琪心灰意冷，不想多說，伸手想抱品辰。品辰意識到媽媽只想帶他離開，反身抱緊奶奶大腿：「不要，外婆好吵，跟妳一樣，我不要去。」

品辰的話，像一輛卡車迎面撞上曉琪，讓她天旋地轉，這麼多年的婚姻到最後卻沒人想跟她在一起，她憤而拿起桌上的車鑰匙，甩門離開。

＊＊＊

回到娘家，曉琪抱著媽媽哭訴。媽媽拍拍曉琪的背：「哪對夫妻不吵架的，偶爾吵一下不打緊，他們才會知道妳重要。」

曉琪以為終於有人能體諒她，想再多吐一點苦水，沒想到媽媽卻接著說：「但女人是沒有根的浮萍，吵完了，還是必須以夫家為重。母憑子貴，聽過吧！所以妳公婆會這麼護著青山也很正常，他們王家還是需要有人捧牌位。妳就住幾天，等他們受不了，自然知道沒有妳不行，來求妳回家。」

原來自己的媽媽，還是覺得她應該回王家，難道嫁出去的女兒真的是潑出去的水嗎？女人只能一輩子做牛做馬，不能吭聲。曉琪覺得自己像是汪洋中的一艘孤帆，即使回到了家，也找不到港灣可以上岸。

三十、宣示主權

市區高架道路上，靜盈坐在豪華皮椅的副駕駛座，忍受車內刺鼻的新車味道，默默將車窗開了點縫，讓風吹進來，希望甲醛的味道盡快消散。

Kevin 平穩流暢地開著車，享受駕馭的快感，沒發現靜盈表情有異，興沖沖地問：「下班後，想去哪裡玩？現在我有車了，可以帶妳上山下海都沒問題。」

「車子是負債，不是資產。你才剛從歐洲線賺了一點錢，應該先存下來，對你未來比較好。」

「妳不喜歡這台車啊！」Kevin 有些沮喪，原本加足馬力踩的油門，也鬆了下來，「自從妳去泰國後，我們久久才見一次面，可不管我做什麼，妳好像都不太開心，妳能不能告訴我該怎麼做？我一定盡全力達成。」

看著 Kevin 受傷的側臉，靜盈有些不捨。一直以來她對愛情的態度是享受，但不讓人難受，她拍了拍 Kevin 放在排檔桿上的右手：「親愛的，我知道上個姊姊是怎麼對你的，我跟你保證，不管我有任何需要或決定，我會好好跟你說，不會突然發脾氣或人間蒸發。」

Kevin 安心的點點頭，將車停在公司大樓前，讓靜盈先下車。靜盈才剛關上車門，公務機便響起，看到一個意外的來電顯示，客氣接起：「董事長夫人早。」

＊＊＊

茂密的竹林營造出峇里島慵懶的氛圍，兩名女性按摩師正為靜盈和張董夫人全身油壓。靜盈閉著眼享受舒壓音樂和芳香精油，一旁保養得宜、風韻猶存的張董夫人，正半眼微張打量著與她袒裎相見的靜盈：「聽說妳外調東南亞協理，成績亮眼，辛苦了。」

靜盈知道當年若不是透過張夫人娘家的勢力，大力資助打開知名度，相信旅行社不可能在短短兩年內爬上旅遊界的第一龍頭。與張永信結婚這二十年來，夫人一直給人低調賢淑的印象，但實則對人事和財務處處掣肘，和永信的經營理念不同，夫妻倆早就貌合神離。但只要旅行社獲利穩定，她對永信的緋聞就睜一隻眼、閉一隻眼，以交換永信繼續留在這段婚姻中。

靜盈猜想今日夫人特地相約在按摩店，絕對是有備而來，她必須小心應對：「夫人太客氣，是我應該做的。」

「我聽 Lisa 說，妳幾個月前，曾經在會議上提議調整公司的投保政策？」

「是，夫人。為了公司更長遠的未來，這是必要的考量。」

「別以為永信重用妳，願意為妳改變公司政策，妳就已經掌控全局。這世上還有先來後到的道理，只要我不簽字，永遠都享有夫妻財產二分之一的權利，法律會保障的人是我，不是妳。如果妳想要錢，就老老實實做好業績，該給妳的，我會給，除此之外，妳別想多拿一毛錢。」

「永信真的動手處理了……」靜盈默默在心裡想著。

自從上回分手後，她一直外派在泰國，這兩日才回來進公司，不知道公司政策已經改變，看樣子永信確實把她的話聽進去，動到了夫人的銀根，才會讓夫人備感威脅。「永信這麼做想證明什麼嗎？難道他對自己是真心的……」靜盈閉眼思索著。

張夫人見靜盈不說話，以為自己的下馬威奏效，趁勝追擊：「別以為守在家裡的那個人就可憐，真正的高手是能夠玩弄法令，同時還可以活得瀟灑又出色。」

「如果夫人真是高手，又何必約我見面？」靜盈回得直接，不卑不亢。

張夫人不動聲色，冷眼瞅著靜盈：「我是想提點妳，既然都飛遠了，就該懂得放手，管好分內的事！妳年輕還有姿色，找一個可靠的人嫁了，就可以像我一樣活得精彩。」

「天天出門做 SPA、喝下午茶就叫活得精彩？妳以為男人想要的理想家庭，只需要一個女人？」

張夫人揮開按摩師，坐起身：「好啊！妳果然露出真面目了，我可以直接告訴妳，我不會讓妳進家門，永信也不可能為了妳跟我離婚，妳最好早點死心！」

靜盈意識張夫人誤解她的意思，不甘被認為另有所圖，也從床上爬起，無懼直視：「我說的不是自己，而是妳！妳以為我會羨慕妳嗎？說穿了，妳還不是用錢買了別的女人的時間，幫妳帶小孩、做家事，才能堆出妳貴婦的生活！那些女人的貢獻，妳有感謝過嗎？每天喝茶聊天，不事生產，妳真覺得滿足，活得很有價值，不枉此生，還是過一天算一天，等著外面的那個人回家。」

張夫人啞口無言，不自覺抓緊床緣。靜盈沒打算放過她：「妳要是真活得很開心，不寂寞，那吃飽撐著來找我撒什麼口水？大可瀟遙快活去，不是嗎？還是妳期待我會覺得被羞辱、感覺受傷，然後再去跟張董吵架，妳好在旁邊看笑話。」

張夫人聽得手發抖：「吳靜盈，我要是堅持開除妳，永信是保不了你的！妳最好知道自己在跟誰說話！」

靜盈知道自己戳中張夫人的軟肋，讓她痛得沒法反駁，看著張夫人外強中乾的模樣，不免對她蒼白無愛的人生開始有些同情，緩下口氣：「我無意冒犯妳，只是想提醒，妳我都從小被期許要當一個好女人，懂得照顧、順從別人，成為男人的育兒工具、生活零件，一輩子為人作嫁，又何苦相互為難？妳的敵人不是我，是這個世界對女人的偏見。」

靜盈的直言不諱讓張夫人為之氣結，穿上浴袍走人。

原本替張夫人服務的按摩師，站在靜盈床邊尷尬得不知所措，靜盈幽幽地開口：「既然夫人錢都付了，你們就來場四手聯彈吧！」兩名按摩師趕緊上前替靜盈服務，靜盈看似輕鬆愜意，心裡卻沒有勝利的喜悅。思索著自己剛剛說的話，如果一個成功的男人背後不只需要一個女人，那自己是不是也想透過不同的男人來成就自己？想著想著，頭越發脹痛，要按摩師多塗點精油推揉。

＊＊＊

寬敞明亮、音樂激昂的健身房裡，天霖、世榮分坐在划船機上，鍛鍊自己的手臂和大腿肌肉，不消十分鐘，兩人已大汗淋漓。自從和佳萱二度分手後，天霖盡可能讓作息維持正常，規律的運動、飲食、睡眠，不願因情傷讓自己深陷情緒泥沼。日子雖然平靜，卻有些索然無味。

雖然想知道佳萱和丈夫坦承真實的情緒後，互動有什麼變化？她會不會承受更多指責和委屈？可很快地他又告訴自己，這是別人的家務事，自己無權過問。就像如果有人知道他的感情，在一旁指指點點、評頭論足，他也會覺得莫名其妙、難以忍受，所以為了彼此好，他必須堅持不回頭，絕不能讓痛苦再度輪迴。

天霖很快從自己的思緒中拉回，才發覺平日總愛高談闊論的哥們，今日異常安靜，正想關心，世榮放在地上的手機便響了，世榮瞄了一眼，繼續划船。天霖好言相勸：「是你老婆？還是接吧！不然你也沒辦法安心運動。」

「接了，我更難專心，只要一跟她講話，她就找我吵架，是故意吵給兒子看，我才不要中她的圈套。要講，去找我的律師談。」

「你真的不要這段婚姻了嗎？你兩個兒子都還小，這對他們的成長會有很大影響。」

「奇怪，你又沒生過小孩，怎知離婚會對小孩有影響。」

「因為我是過來人！高三那年，我爸媽離婚了，我媽氣得跑回外婆家，我爸每天加班不回家。家裡只有我一個人，他們都覺得我大了，可以照顧自己，我也以為自己可以，每天正常上課，但其實老師教什麼根本沒聽進去，心情也很差。」

「媽的，這麼難過，怎麼沒聽你說過，虧我還把你當最好的同學。」

經世榮這麼一問，天霖眼前出現搖搖晃晃的數字，想起了一段回憶。

＊＊＊

「牛頓定理，若整係數 $X^4+ax^3+bx^2+cx+40=0$，有四個相異正整數根，求此四根？」

「這也太複雜了，我到底是學數學，還是在學英文啊？怎麼這麼多字母。」佳萱沮喪哀嚎，天霖看著佳萱的側臉，細緻的五官配上柔順的短髮，讓佳萱更顯甜美可人。

「來，我教你其實很簡單，妳只要把X當成……」天霖靠在欄杆上，一手捧著數學課本，一手撐在佳萱背後，一邊解題，一邊護著佳萱安全，怕司機緊急煞車，佳萱站不穩跌倒。

「為什麼數學題目到你手上，都變成樂高積木啊！輕輕鬆鬆就可以組合成另一個算式。連這麼難的題目都解開了，應該沒有什麼事情難得倒你吧？你爸媽一定很驕傲，你成績這麼好。」

佳萱的稱讚，滿足了天霖從爸媽身上得不到的肯定。那段在公車上教佳萱解數學習題的小時光，是他一天最開心的片刻。

＊＊＊

天霖微笑向世榮提起這段往事：「也許是每天進教室之前，壞心情都被佳萱趕走了……」

世榮突然想通什麼似的大喊：「靠！我知道了，難怪跟吳靜盈重逢後，一直想把她追回來，是因為初戀的招喚太強大，怪不得你非要莊佳萱不可。我們果然是兄弟，連這一點都這麼像。」

天霖心頭一動，這才發現原來是佳萱幫助他順利度過人生第一個低潮，難怪佳萱在自己心中有如此獨特的意義。但他不想自己的青春悸動，變成兄弟離婚的理由：「誰跟你一樣，我可沒要佳萱拋家棄子，不顧一切跟我走。你不是提醒過我，在台灣婚外情是犯法的，我現在已經奉公守法，別忘了，你還在婚姻裡，自己小心點。而且離婚是大事，想清楚，別後悔！」

「我那時怎麼知道舊愛回歸後座力會這麼大，現在想起來命中注定的人，其實早就在身邊，不能再錯放了。所以不管你怎麼想，本少爺這回說什麼都不會放手。」

天霖才想反駁，世榮手機又響，世榮瞄了一眼，立馬抓起。

「這次是律師？還是老婆？」天霖停下動作，喝水休息。

「都錯了！是吳靜盈打給我，看來我的欲擒故縱，果然奏效。這裡太吵，我出去接。」邊說邊起身離開划船機，臨走前還不忘拉了個弓箭步：「你等著，說不定下一次我就會帶她跟你一起吃飯。」雀躍跑出。

天霖看著世榮像一陣風離開，心裡不免有些失落，他能體會兄弟再度獲得愛情的欣喜，因為自己也曾經身在其中，可惜那份快樂禁不住現實的考驗，成了易碎物，只能默默地鎖在心裡，不能輕易示人……

天霖再拉起划船機，不斷告訴自己，只要專心為思念套上繩索，像手上的握柄，牢牢抓在手中，就不會脫韁亂竄，也是現階段對大家都好的局面。

三十一、罪惡感

第二次諮商，佳萱獨自一人坐在晤談室等候諮商師，因為感受過諮商師深刻的同理，心情比第一次放鬆許多，內心是有期待的，可同時也害怕被看得太透徹，失去掌控感。她坐在沙發上，不停摳著手，思考著這次該跟諮商師談什麼，但腦海中卻是一片空白。

諮商師敲了敲門，走進：「今天妳一個人？」

佳萱點點頭：「文忠他不肯來……」語氣中有些抱歉。

「上次回家後，你們還有吵架嗎？」

「沒有，除了交代娜娜的事，他沒再主動找我說過任何一句話，不是看電視就是滑手機。每天都是等我睡了，才肯進房。」

「妳還記得最後一次跟文忠好好說話是什麼時候？」

諮商師的話像一把鑰匙，打開佳萱回憶的大門，佳萱努力搜尋過去這段時間和文忠共同相處的畫面，但浮現出來的對話總是例行公事，晚上吃什麼？要不要加班？幾點回家？假日要帶娜娜去哪裡玩？話題永遠圍繞在生活瑣事或女兒身上，自從娜娜出生後，他們就從沒好好單獨相處談話。可再仔細一想，把責任全推給小孩也不對，因為即使戀愛時，他們也很少會針對一件事情有深入的交流，交換彼此的想法。

「我已經不記得了……」佳萱用著絕望冰冷的氣音回答。

「妳的生命中，有誰可以好好聽妳說話？」

佳萱腦中很快浮現天霖的臉龐，高中公車上的青澀對話、趙董生日宴上的重逢跨越、西班牙小酒館的浪漫晚餐……天霖總願意安靜的等她把話說完，才開口說出自己的想法。他們從不擔心沒話聊，時間永遠不夠用。想到這，佳萱眼角的淚不由自主地流了下來。

諮商師察覺到佳萱心情的波動，陪伴著她一起釋放情緒，等佳萱的視線從模糊的遠處聚焦回諮商師身上，曹洛緩緩地問：「如果妳的眼淚會說話，它會跟妳說什麼？」

「想念。」佳萱淡淡地回應。

「妳想念誰？」佳萱感覺到諮商師一步步靠近，讓她無處閃避，有些抗拒，搖頭：「我不能說……」

佳萱不敢和諮商師有任何的眼神接觸，她低下頭，看著自己的手，這才發現大拇指指甲兩側已被她摳到流血。

「妳心裡藏著祕密，對嗎？」諮商師感受到佳萱的不安。

佳萱抿著嘴，像是要吃掉自己的兩片唇，十分掙扎壓抑。

「祕密之所以是祕密，是因為怕說出來會被看輕。」諮商師放慢腳步，儘可能貼近佳萱內心的世界，並伸手握住佳萱的雙手，讓她無法再摳手：「別傷害自己了。在這裡妳很安全，沒有人會評價妳，我是來幫助妳的。」

佳萱感受到全然的接納，信任感加上長期的壓力，讓她脫口而出：「我愛上不是我丈夫的男人。」說完，整個人像洩了氣的皮球，倒進沙發。

聽到這個答案，諮商師臉上沒有任何驚訝，仍舊十分平穩：「因為另一個男人的出現，妳才感覺到自己在婚姻裡的孤單。」

佳萱點點頭：「對，確實是他讓我發現自己一直在假裝沒事。」

「那妳打算怎麼處理自己的感情？妳還想留在婚姻裡嗎？和文忠再試一試？」

佳萱將身體轉向另一側，掩著臉深吸了一口氣：「我不知道，我不曉得該怎麼做才好，我對兩邊都有愧疚。」

「願意多說一點嗎？」

「我答應那個人要向文忠坦承自己的痛苦，可是面對文忠，我就是很難把自己說清楚，文忠總讓我覺得自己的感覺是多餘的，是我自尋煩惱，我已經不再奢望他能瞭解我。可是真要離開這段婚姻，我還是會覺得有罪惡感，因為文忠並沒有做錯什麼，他是個好爸爸，我也不希望因為我，而讓孩子沒有一個完整的家……」

「妳在乎孩子有沒有爸爸，更勝於自己有沒有真的擁有一個老公。」

諮商師的分析，讓佳萱突然驚覺一直以來，她總是把別人的需要擺在自己之前。當年她不也是因為父親的期待，才會步入婚姻，完全不考量自己的意願。這麼多年後，在面對人生重要的選擇題，她依舊是用這個習慣在思考、做決定。

「妳願意聽聽我對罪惡感的看法嗎？」諮商師的話，將佳萱的思緒拉回，她點點頭，曹洛繼續說：「罪惡感的存在，經常只是為了癱瘓我們的行動和思考能力。當妳因為愧疚而感到痛苦時，妳自然不會再做出任何的反應和改變，這樣問題或關係就會維持現況，妳也就不會有更多的拉扯或衝擊，某種程度是一種自我保護的機制。」

「你的意思是說，我用罪惡感來逃避自己該負的責任嗎？」佳萱從沒想過這種可能性。

「我這麼說，不是指責妳，而是大部分的人感受得到罪惡感，卻感受不到它對我們的影響。妳因為歉疚，選擇留在婚姻中，但這不等於妳真的給了女兒一個完整的家，如果妳和文忠的溝通問題不解決，你們的互動的模式會繼續複製到女兒將來的感情裡。妳的隱忍和退縮，也等於在告訴女兒面對衝突，唯一的辦法就是不斷的逃避，那麼未來女兒感情出了問題，妳一樣要覺得抱歉嗎？」

佳萱一怔，她沒有想過這事牽涉的範圍會這麼廣，她坐直身，聽諮商師繼續說：「父母經常用自己的以為，判斷怎麼做才是對孩子好。但如果爸媽自己不活好，孩子也不可能有足夠的能力和榜樣活出不一樣的人生。重點不是消除罪惡感，而是你為罪惡感做了什麼事，怎麼樣才能夠重新找回妳和文忠之間的親密與連結？」

「我必須告訴他另一個男人的存在，不然我心中會一直有個祕密，沒辦法做自己，也會看不起自己。」諮商師的一番話讓佳萓知道自己不能再當鴕鳥，但一想到文忠的反應，她肩膀一垂：「可是如果我告訴文忠，他會願意聽我好好說嗎？知道後，他還能夠接受我嗎？」

「我也不知道你們的關係有沒有機會修復，但如果妳不說出來，妳的心裡會一直住著別人，不斷揣測那條沒有走的路，會是什麼結果？妳和文忠也沒辦法真正的靠近……」

諮商師的話迴盪在佳萓耳邊，她知道打開眼睛看清楚的時刻到了，這一次不能再裝睡。

＊＊＊

高級日本料理包廂內，敏慧和佳萓正查閱部落客文章，看看這家無菜單懷石料理什麼菜色最特別，佳萓提醒敏慧等等要多吃點魚對寶寶大腦發育好，突然靜盈手機響起，接聽：「你再往前走兩家店，門口進來左邊第一個包廂。」

掛斷電話，佳萓問：「妳還約了曉琪？」

「她不可能來吧！」敏慧很快回應。

下一秒，拉門刷的一聲被打開，世榮就站在門外。

「怎麼是你？」敏慧像是看到仇家。

「葉、葉同學好……」佳萱連忙打招呼。

世榮見另有人在場，也嚇了一跳，揮手向佳萱問候：「嗨！佳萱好……」接著看向敏慧：「妳是李、李……」

「李敏慧！」敏慧幽幽接口。

世榮尷尬一笑，走到靜盈身邊，用氣音耳語：「我以為只有我跟妳！」

「你一天到晚被拍，我又不是傻了，當然要找姊妹護航。」靜盈向內挪動，空了個位子給世榮：「坐下吃飯。」

世榮坐在敏慧和佳萱對面，和佳萱眼神對上。佳萱表情彆扭，欲言又止，最後仍舊忍不住開口：「那個……你最近好嗎？有跟老同學連絡嗎？」

世榮一頓：「老同學？」皺眉，很快恍然：「噢！你是想問天霖吧！」

世榮直接點破，佳萱尷尬看向敏慧，敏慧低頭喝茶，不表意見。靜盈在桌下踩了世榮一腳。

世榮唉叫：「怎樣？不能說天霖嗎？我知道他們又分手了，天霖裝得一副不在乎，以為我看不出來，其實他在意得很，既然碰到佳萱，替兄弟關心一下前任，才夠意思啊！」這番話讓佳萱的臉突然漲紅，又憂又喜。

「私人感情的事，外人不好插手，更何況還沒請教你，現在是以什麼身分在跟我們說話？」從世榮坐下的那一刻，敏慧就死盯著他，以前在學校，敏慧對花名在外的世榮從沒好感，和他說話的態

度，當然不會太客氣

世榮脫口而出：「我是靜盈的男朋友。」

靜盈清了清喉嚨：「是追求者。」

世榮立刻改口：「好，追求者，我正努力重新追回靜盈。」

「但你有老婆。」敏慧嗆。

「我在辦離婚了！」

「你只要還留在婚姻一天，都會害靜盈被當成小三罵。」敏慧沒打算輕易放過。

世榮感受到敏慧的敵意，不想自討苦吃：「我還是別打擾你們姊妹聚會好了。」站起身，從外套口袋掏出一個信封交給靜盈：「這張票我花了不少功夫才弄來，我對妳是有誠意的，不像一般女人只花錢討他們開心。我們當天在門口見。」並將帳單拿走，對著敏慧和佳萱說：「這頓我請，你們慢慢吃，多聊一點。」揮揮手，離去。

靜盈趁世榮和姊妹道別時，悄悄打開信封一瞥，發現是張學友演唱會的票，暗訝。

等世榮一離開，敏慧馬上警告靜盈：「不管他約妳去哪？千萬不要去，他是檯面上人物，很危險。」

「妳為何還要給他機會？」佳萱疑惑。

「還不是因為敏慧的一句話。」靜盈的回答讓敏慧瞪大眼，不解葉世榮跟自己有何關係。菜一道道上桌，靜盈挾了一片生魚片到敏慧盤中：「妳不是提醒我要搞清楚自己到底想證明什麼？所以我回去後，就和張永信分手了。」

「做得好，我支持妳，但張永信跟葉世榮有什麼關係？」

「葉世榮讓我想起，當年張永信花了不少心思在我身上，我才會答應做他的情人，我想知道自己究竟只是喜歡被追求的感覺？還是企圖透過關係得到什麼？既然葉世榮打死不退，那我何不趁機做實驗，要他拿出看家本領，看看我會不會再一次感覺到怦然。」

「好，我希望妳這一次不只知道自己為何『不要』結婚，更要搞清楚在關係裡『要』什麼，否則一個不知道自己要什麼的人，給她再好的選擇，她都不會覺得是對的。」

「我答應妳會認真想想。」靜盈盛了一碗熱湯給敏慧：「偉大的媽媽，妳現在該留心的人不是我，是妳肚子裡的寶寶，多吃點。」

靜盈的提醒，讓敏慧暫且放下對世榮的憂心忡忡，微笑接過。在碰到碗的那一刻，她想起前幾日也從儀禮手上，接過一份溫暖與關心，嘆了一口氣：「也許有些事情是想破腦袋也想不出來的，身體反而會告訴你最直接的答案。」

「為何這麼感慨，妳最近和儀禮還好嗎？上回聽妳說小安搬進來，你們相處得……」佳萱想關心，又擔心讓敏慧覺得被窺探隱私。不知情的靜盈訝異看著敏慧。

「他們很尊重我，處處為我著想。」聽到這答案，佳萱鬆了一口氣，敏慧繼續說：「如果不是小安，我不會知道儀禮也是一個有溫度、幽默的人。小安真的讓他變得很快樂，回家不只待在書房，還自動自發做了不少家事，主動關心我身體好不好，不再是個冷冰冰的教授。」

「哎！這個小安不知道算小王還是小三，影響力這麼大……」靜盈和佳萱對看一眼，她們可以理解這個所謂婚姻裡的「第三者」，常常不是人們想得那樣壞心，故意破壞別人家庭。他們的出現只是把本來隱藏在角落的需要掀開，讓那些早已被理所當然的事，有了新的變化，促發外遇那個人更真實地認識自己。只是這樣的改變，看在原本的伴侶眼中大多是威脅，而不是機會。

「那妳打算怎麼做呢？妳喜歡哪一個儀禮？」佳萱溫柔問道。

敏慧看著碗中漸漸沉澱的味噌和豆腐，上頭的湯明顯清澈許多：「假如真相會使我和儀禮分開，或許我當初愛上的也只是自己對他的想像？」

「怎麼會，當年妳明明也跟儀禮愛情長跑這麼多年。」靜盈疑惑。

敏慧想起自己年輕時，不惜放棄出國留學的機會，堅持考進儀禮擔任助理的學校唸研究所，只為了更靠近儀禮一點：「別忘了，是我倒追他，那時我一頭熱，只要他願意跟我說話，我就很開心，從沒好好認識過他。後來，結了婚，日子過得越來越平淡，我們的生活就只剩下一個個『公式』，起床上班、下課回家、吃飯看書……那份對感情的悸動和渴望早就消失，只剩下責任和習慣。」

佳萱也想起自己和文忠的婚姻生活，點點頭：「只剩下本分，找不到快樂。」

「我想儀禮也是這樣感覺的吧！他雖然嘴上還喊我老婆，但對他來說，那只是他還沒卸下丈夫這個『角色』，真正能親近他、懂他的人是小安，不是我。」

敏慧苦笑，像是在笑自己太傻：「我以為的穩定，其實是僵化，我以為的平凡，其實是無聊。我們被困在一個叫『婚姻』的牢籠裡，卻頑強地堅信這個制度會帶我們實現人生所有的夢想，再遠的地方都抵達得了。」

「我也是最近才知道，文忠從沒贊成我回去工作，他只希望我乖乖待在家裡，哪裡都別去。」佳萱感嘆，懊悔自己如此後知後覺。

「年輕時，誰不是又傻又天真？因為年紀、家人的催促、想要有個孩子，而選擇走入婚姻，以為這麼做，那些煩人的嘮叨會停止，沒想到如果不搞定自己，進去後問題不但沒有消失，還製造了更多的麻煩。」這些日子聽世榮訴了不少苦，靜盈發現無論男人、女人都很難因為結婚而變得更幸福，那為何所有人都前仆後繼地要進去，甚至拉更多人墊背。

「儘管麻煩，但如果沒有這些痛苦，我們也很難覺察到自己要什麼，想過什麼人生！透過這些歷程，我們也更認識了自己，不是嗎？」佳萱和靜盈認同的點點頭，聽到敏慧這麼詮釋自己的挫折，他們也安心許多。

放下筷子，敏慧替佳萱斟了一杯茶，自己也捧起杯子面向佳萱：「抱歉，先前聽到妳婚外情，我太自以為是了……婚姻問題不見得努力，就一定能挽回，有些差異不是拿來填補，而是更加認識我們自己。如果妳真想離婚，我會支持妳。」輕碰佳萱的杯子，讓那些不愉快的疙瘩一起敲落。

「謝謝妳，我還在努力，如果真回不去了，我會好好跟文忠說再見。」佳萱收下敏慧的善意，也更加堅定自己的腳步。

「你們都能這麼想就太好了，快吃，難得有人請客，吃飽了，才有力氣回去努力。婚姻這座高山，既然上路了，起碼好好看看沿路風景！」靜盈說完，三人同時舉杯，為彼此的勇敢慶賀。

三十二、第三者

週五晚間，佳萱下班回到家，發現家裡異常安靜，沒有動漫台聲優誇張配音，也沒有體育台球評激動解析。娜娜趴在餐桌上寫功課，文忠在一旁滑手機，氣氛有些凝重。

佳萱刻意放慢動作，盡量不製造太大聲響，走到娜娜身邊：「你們吃飽了嗎？」

娜娜抬起頭，怯怯看著媽媽，微微點頭，臉上帶著一絲委屈。佳萱注意到娜娜正在抄寫數學考卷的試題：「是老師要求妳每一題要抄三遍嗎？」娜娜沒回答，搖搖頭，看向文忠。

文忠沒和佳萱有眼神接觸，刻意看向娜娜：「妳說，這次月考的數學題目，拔拔考試前不是都幫妳複習過了嗎？怎麼還會考不及格。班排名也掉到五名之外，妳不是最討厭輸給小威，這次你們怎麼不吵誰比較聰明了？」娜娜沒有反駁，噘著嘴，委屈到快掉下淚。

佳萱猜測娜娜這陣子因為擔心爸媽離婚，心思已不在課業上，再加上數學是她和女兒共同的弱點，考不好是預期之內的事。過去文忠大多只是口頭訓誡，要女兒答題再仔細一點，別粗心大意。這次會如此嚴厲，很可能是衝著她來的，不自覺把對妻子的不滿發洩到女兒身上。佳萱有些心疼，順了順女兒的頭髮，溫柔地說：「娜娜乖，把這次不會的題目學起來，明天麻麻帶妳去國家音樂廳聽鋼琴演奏會，放鬆一下，好不好？」

「好！」娜娜終於露出笑容：「我馬上抄完。」眼神藏不住的興奮，可隨即看向文忠，語氣又變得怯弱：「拔拔，也會一起去嗎？」

佳萱不願女兒在中間當夾心餅乾，很快接話：「當然沒問題，只要拔拔想去，麻麻等一下就上網訂三張票。」

「我才不要去，那些表演 YouTube 上都有，幹嘛浪費錢買貴得半死的票。」文忠毫不留情地拒絕。娜娜的表情瞬間又變得陰鬱。

佳萱不忍女兒失望：「有很多細膩的情感是網路感受不到的，演奏家在現場的每個呼吸、每次律動都會影響曲子的呈現。我相信這對娜娜來說，會是很重要的。」

「都一樣的音符能有什麼差別，妳根本只是在找理由教女兒亂花錢。」

「三張門票花不了多少錢，可是帶給娜娜的成長是無價的，看著那些成功的音樂家，娜娜會知道自己將來的路該怎麼走才會……」

文忠猛然起身，用力拍了下桌子：「我說過別把才藝當飯吃！」大手一揮想把佳萱趕走，卻不小心把放在桌上的水杯翻倒，濺了滿桌的水，娜娜努力抄的習題都濕透了。

一旁的娜娜被父親猛然的大動作嚇到，抱著佳萱：「麻麻，我不要去了。我上網看就好……」接著放聲大哭，這一哭比過往都還要激動，抽噎到換不了氣，嘴唇發紫，身體僵硬，嚇得佳萱和文忠趕緊停止爭執，抱著女兒不停安撫，娜娜才緩緩恢復正常呼吸，在佳萱懷中累到睡著。

佳萱看著女兒熟睡的臉龐，盡可能讓自己保持平靜，對文忠說：「拜託，為了娜娜好，我們再去找曹老師，好嗎？」

文忠不作聲，沉著臉從佳萱懷中接過女兒，將她抱回房中休息。

＊＊＊

週一早晨，佳萱和文忠一前一後，走進晤談室。曹洛已經在裡頭等待他們。坐定後，佳萱先欠身：「曹老師，很抱歉這麼緊急約時間，謝謝你願意撥出空檔見我們。」

諮商師微笑，舉起右手在空中拍了兩下，彷彿是隔著空氣在安撫佳萱：「我很高興看到文忠。」接著，轉向文忠：「你的出現，讓我感受到你對這段婚姻的重視，你們還想再努力看看。」

「我不是為她來的，要不是我女兒最近太反常，我才不會來。有什麼話趕快說一說，我還要趕回去開會。」文忠一如往常沒給諮商師好臉色。

諮商師維持一慣的冷靜口吻：「我有一個感覺，如果有錯，請你告訴我。好像你認為參加諮商是在走過場，做完這件事情，你們婚姻就會變好，女兒也會恢復正常？」

「不是嗎？不然你一個小時幹嘛收這麼多錢。」

面對文忠的挑戰，諮商師輕笑：「這確實是很多人心裡的疑惑，謝謝你這麼坦白說出來。不過，諮商要有成效，是我們三個人一起努力合作的結果，如果你希望趕快獲得成效、縮短晤談次數，替自己多省一點錢。麻煩你盡可能和我分享你的想法，好嗎？」文忠沒法反駁諮商師的論點，不情願地點點頭。

「上回你沒來，佳萱告訴我很多她在婚姻裡的感受。這一次我想聽聽你的聲音，從你的角度看出去的真實，是什麼模樣？你滿意這段婚姻嗎？除了孩子，還有什麼理由讓你願意繼續經營這段關係？」

一直以來都以問題解決為思考核心的文忠，年紀到了，就娶一個女人回家，然後生個孩子，完成人生任務，他從沒有想過經營婚姻是需要理由的，一時間，不知道該怎麼回答。

望著坐在一旁的佳萱，這個本以為娶進來會事事順從他的女人，一天天越來越忙碌，好像有沒有他都無所謂，確實讓他覺得自己是可有可無、不被重視的。可是真要挑剔似乎也沒什麼話好說，佳萱雖然忙，但還是會努力撥出時間陪陪孩子、做做家事，至少當年他之所以可以被拔擢到科長，正是因為佳萱體面又懂得交際，讓長官覺得他應該有兩把刷子，才能追到如此優秀的妻子，加上早成家也讓人感覺心性比較穩定。婚姻對文忠來說，實質的功效大過於主觀的感受。

但他不想承認自己這麼現實：「結婚不就是柴米油鹽，忙著過日子都來不及，誰還管滿不滿意。」

佳萱對文忠的回應不意外，漠然地看著曹洛，等著諮商師對他們婚姻的判決。

「在你的世界裡，婚姻就是過日子，平平淡淡也可以走一輩子，對嗎？」諮商師試著貼近文忠內心的想法。

「你要這麼說，也可以。燭光晚餐、浪漫鮮花，那是年輕人才會幹的事，都老夫老妻了，不需要變什麼花招，就算想這麼做，一下子也就被看穿，倒不如把力氣省下來工作、休息，比較實際。」

「對你來說，平淡是一種穩定，能讓你感覺安心。可對你太太來說，是這段婚姻之所以觸礁的重要因素之一，你願意多瞭解一下她現在的想法嗎？」文忠睞著眼睛，視線在諮商師和佳萱中移動，不置可否。

見文忠態度有些鬆動，諮商師看向佳萱：「妳上回告訴我的事，和先生提過了嗎？」佳萱搖頭。曹洛柔聲問道：「妳願意趁這個機會，把問題攤開來談嗎？」佳萱遲疑一會兒，最後還是點頭。

文忠雙手抱著胸，有些防備地看向佳萱，不解佳萱有什麼事情沒告訴他。

佳萱深吸一口氣，雙手緊握到指節都發泛白了，望著文忠許久發不出一個音，她腦中一片空白，覺得度秒如年，如果不是還醒著，她不確定自己還有沒有在呼吸。最後吞了口口水，顫抖著雙唇：「我、有、了、別、的、男、人。」一字一句慢慢地吐出。

文忠聽聞，眼神從疑惑瞬間充滿怒氣，瞪著佳萱破口大罵：「妳就是因為外面有男人，才會處處找我麻煩。把我拖來諮商，根本就是要離婚，對吧！」文忠激動抓住佳萱的手腕：「我現在就可以告訴妳，不可能，我會要妳付出代價。妳給我老實說，那個人是誰？你們一定上床了！」

諮商師用力隔開兩人，阻止文忠再往前靠近：「我可以理解你現在一定很生氣，覺得被背叛，但當你忙著指責對方的時候，其實是躲在受害者的面具之後，把問題都推給對方。」

「我本來就是受害者，你應該要罵她不檢點，還給我一個公道，怎麼還在幫她說話？她一定付了更多錢給你，還是你們也有一腿？」對現在的文忠來說，一起攻擊外遇的人才是盟友，不然就都是敵人。

「相信我，婚姻的破裂往往不是因為第三者，而是在那之前就有了裂縫，你們一直沒有去討論、修補，直到這個人出現，讓差異越來越大罷了。婚姻走到這個地步，你們各自都有責任。」諮商師試著把文忠拉回正題，不被他的情緒影響。

「我負的責任還不夠多嗎？我每天乖乖回家帶小孩，有個收入穩定的工作、將來還會有退休金，不煙不酒，沒有任何壞習慣，已經無可挑剔了，有多少女人想嫁我這種男人，她居然讓我戴綠帽？」文忠打從心底為自己抱不平。

他揮開諮商師，伸出右手食指，用力指著佳萱，彷彿要將她牢牢釘在自己的視線裡，不准她脫逃：「那個男人是誰？你們上了幾次床？在哪裡？快說！」

佳萱心慌退到沙發角落，她可以理解文忠得知後會有多生氣，但無論如何，她是不會說出天霖的名字，因為她不想再傷害天霖。同時，也不想文忠陷入無止境的比較。這是她留給文忠最後一絲溫柔，無論他是否能理解。

「他是誰不重要，重要的是，這些年來，我們真的有因為彼此，成為更快樂的人嗎？」佳萱扯開嗓子，勇敢面對文忠。

從沒聽過佳萱大聲講話的文忠，倏地愣住。

諮商師抓住這個空檔：「我知道你現在會開始變得很沒有安全感，不知道什麼是謊言，什麼是實話，拚了命的想知道更多真相。但追尋這些細節，真的無助於你們修復關係。何不把這個危機，當成是一個機會，好好瞭解彼此需要的是什麼？或許當你們對彼此瞭解更多後，就可以找到更省力的方法相愛。」

「是她先出軌的，我幹嘛還要瞭解她？」

「如果少了瞭解，你們就不會有真正的交集，就算住在同一個屋簷下，也像是兩條平行線，心只會越走越遠。」諮商師語重心長地說，見文忠一時間還在情緒裡，轉向佳萱：「妳可以告訴文忠，是什麼讓妳選擇透過別人來讓自己感覺到快樂？妳在婚姻中，想要的是什麼？」

在諮商師的鼓勵下，佳萱坐直了身，緩了緩情緒：「我知道你為這個家庭付出很多，我很感謝你。但你常常讓我感覺做這些事情，是你在幫我，而不是我們共同分擔。有時，我也想找你說說話，分享我工作上的喜怒哀樂，但你都沒興趣，常常我還沒講完，就急著打斷我。其實，我要的很簡單，就是即使結了婚，還是有人願意懂我、好好看著我、欣賞我、聽我說話、低潮時給我支持，而不是像一起照顧小孩的同事，各管各的。」

「結婚本來就是這樣！妳現在會覺得外面的人比較好，那是因為妳沒有跟那個人住一起，等你們每天朝夕相處，很快就沒話講了。」文忠不以為然地回應佳萱。

「文忠，在你的想像裡，愛情是不存在於婚姻裡的，只剩下生活和責任，所以彼此精神上都餓著肚子，只要對方沒愛上別人，就是可以忍受的？」

「哪一對夫妻不是這樣，她既然有力氣談戀愛，為何沒心思多照顧我和女兒？我每天這麼辛苦下班趕回家接小孩，就只是為了讓她有更多時間和小王偷情？然後再回家嫌棄我，你不覺得她很沒良心嗎？」

文忠對婚姻的認為，讓佳萱更加清楚，為何這些年來兩人只能合作，不能交流。

「你這麼說只會把佳萱推得更遠，關係裡有沒有愛，不需要透過第三者才能確定，你們每天生活在一起，一定會有感覺的。你冷靜想一想，究竟是因為妻子愛上別人所以不愛你，還是無論有沒有其他人，她都已經失去對你的愛意，哪一種會讓你更傷心？」

諮商師的一席話，點醒了佳萱，她和文忠對感情的差異實在太大，即使天霖沒有出現，終有一天，她還是會走的。佳萱紅著眼，對著文忠哽咽：「是……你說的沒錯，我是自私，但至少不用再騙自己，每天重複做一樣的事情等於幸福。我們要的真的不一樣，何不離婚，放過彼此。你想要什麼我都給你，只要能讓我見得到娜娜，陪她成長就好。」

「誰說妳可以想來就來，想走就走。妳有想過別人會怎麼看我嗎？如果被人知道我是因為太太外遇離婚，長官還會信任我嗎？他們會質疑我的管理能力，部屬也不會再聽從我的命令，年底的升遷也別指望了，這對我的影響有多大，妳要怎麼補償？」文忠很快想到離婚對他的損失。

「所以為了你的事業，我得一輩子假裝……」佳萱聽完，更加心寒，過往文忠不願承認工作對她的重要性及成就，如今卻想用自己的工作前景把她留下，並企圖增加她的罪惡感。

「完整家庭似乎是你工作擂台上很重要的配件，證明你是一個正常、有能力的人？」諮商師再度提及文忠把自己放得太大，而忽略了妻小的感受。

「配件又如何？她還不是找其他男人來突顯自己的重要，至少我沒在外面亂搞。」

「無人怪罪是更痛苦的……」諮商師深切地望著文忠有感而發，「其實我和佳萱談過，她並沒有一定要去另一個男人身邊，而且他們暫時也沒聯絡了，但你卻緊緊抓著一個你沒見過的影子不放，不願意好好理解你眼前的人，看起來你比她更需要這個第三者。」

「你說什麼鬼話！誰需要那個男人，我不會再浪費時間踏進這裡一步！」文忠提著自己的公事包，甩門離開。

文忠的離去，讓佳萱鬆了一口氣，不用再面對文忠連番拷問，可也感覺前方的路更加灰濛濛，她望向諮商師：「我這麼努力爭取被懂，是不是真的太自私了？」

「需求是不分好壞、對錯的，就像肚子餓是正常的生理需要，滿足的方法有很多，妳可以自己煮、買來吃、請別人做給妳吃，但也可以去偷去搶。如果有人因為偷東西被逮捕，妳會指責他肚子餓是錯的嗎？」諮商師問。

佳萱搖搖頭：「每一個人都會肚子餓。」

「所以問題本身不是問題，是我們應對的方法才是問題。妳想被懂是很正常的，但透過外遇來滿足這個需要，就值得討論了。」佳萱點點頭，她知道自己得為自己的行為負起責任。

最後，諮商師拍拍佳萱的肩，陪她走出晤談室：「別急著做出任何決定，想想什麼對妳來說才是重要的。」佳萱點點頭，這一次她不能再心軟，誤了自己，也會傷了更多人。

＊＊＊

當晚，文忠和佳萱一如往常地陪娜娜看電視，彼此沒有任何眼神交流和對話。佳萱安頓好女兒，回房間後，文忠仍試圖從她口中得知更多外遇的細節，佳萱態度堅定：「這些問題的答案，只會讓刀子插得更深，何苦非要我說，讓你更痛呢？」

文忠無法逼佳萱就範，冷下臉：「既然妳和別人睡過，就別來汙染這張床。」接著將她的枕頭和棉被丟到地上。

佳萱知道文忠必須靠羞辱自己，才能維持男性的尊嚴。她深吸一口氣，撿起地上的被褥，想起諮商師說過的「罪惡感會癱瘓自己的反應能力」，勇敢反擊：「別想用這種方式讓我難過，你口口聲聲說是為了娜娜，為什麼不願意面對我們婚姻早已破裂的事實？你到底在怕什麼？」

「總之不是怕妳！我是為了娜娜才不簽字的，別以為我多需要妳，妳如果還想在女兒面前維持母親形象，最好安分點，別再惹我！」文忠說完，就把燈關掉，不願再看到佳萱。

佳萱摸黑走出房間，心情十分沉重，她坐在客廳拿著手機，想點開天霖 Line 帳號，但理智卻要她住手，心想：「通上話又如何?沒有人能代替我解決婚姻問題，又何必打亂他的生活。」

躺在沙發上，佳萱怎麼也睡不著，於是點開 YouTube，抱著手機聽《樂來越愛你》的電影配樂，試圖從中得到一些撫慰。

三十三、復仇之火

難得的冬陽照進房內，卻照不進文忠的心裡。

他站在衣櫃前更衣，看著鏡中的自己，眼袋浮腫、布滿血絲，法令紋一路刻進嘴角，更顯衰老。他失眠了，因為一閉上眼睛，腦中全是自己的老婆與其他男人做愛的畫面，嫉妒和憤怒交織的火焰，燒得他瀕臨崩潰邊緣，他忍下極大的痛楚才不至於出手傷人。

沒人知道他有多掙扎，此刻，他最愛和最恨的人，全在門外，若無其事地對話著：「牛奶倒好了，我去叫拔拔起床。」接著一連串杯盤輕碰聲。

「等一下，拔拔昨天睡得晚，讓拔拔多睡一會兒，娜娜趕快吃早餐，今天麻麻送妳上學。」

「麻麻……我可不可以問，妳為什麼要睡客廳啊？」

「……我跟拔拔有些想法不一樣……對不起，讓娜娜擔心了，麻麻答應妳，會盡快跟拔拔和好……」

文忠對佳萱的回覆，十分不以為然，明明是她外遇，卻把問題轉移到「意見不合」這種無關痛癢的理由上，還擺出一副體貼丈夫、照顧子女的賢妻良母樣，讓人覺得噁心，忍不住撇了撇嘴。正準備離開房間時，瞥見佳萱的梳妝台，突然想到什麼似的，拉開抽屜翻找。

＊＊＊

文忠打開房門，不發一語，無視佳萱母女，緊抓著備份鑰匙，快步走到停車場，迅速開啟佳萱的車門，半個身子鑽進駕駛座，拔走行車紀錄器裡的記憶卡，再跑回自己車上，插回機器內，才想回放查看時，手機乍然響起，在安靜的地下室裡不停迴盪著，非常刺耳，逼得文忠不得不放下手中的記錄器，接聽。

「文忠，國慶集團的六十四件採購案清查，少了一份帳目，怎麼回事？」

文忠大訝，忙坐直身：「國慶集團？這個糾正案我還沒送出去，還在我手上啊！」

手機那頭傳回罵聲：「那我桌上這一堆是什麼？你最近怎麼搞的？陪女兒去日本回來之後，老是丟三落四，你自己不升等就算了，可別給我捅婁子！」

「對不起，處長，我馬上到……」

文忠雖然一心想找出天殺的小王，但極度重視長官評價的他，在這個節骨眼上，也不得不先以工作為重，急忙驅車離開。

一到市政府，文忠先到處長辦公室致歉，接著趕回部門會議室，幾名科員已埋首於眾多文書資料中，神情焦躁地翻找。文忠仍惱著佳萱出軌的事，無處發洩也無法發洩，再加上一早挨了主管一頓罵，讓他的面子掛不住。此刻的情緒，已如爐上燒乾的悶鍋，燙得讓人無法靠近。

「是誰把國慶案送出去的？」文忠劈頭指著部屬們質問。

一名女科員懦懦地抬起頭：「科長休假的時候，代理科長看過，就送出去了……」

「怎麼沒人告訴我？」

「我們以為代理科長會告訴你……」

「以為個屁啦！你們一個個全不把我放在眼裡是吧！」文忠盛怒斥吼聲，傳遍整個會議室，科員們全停下手，怔怔看著文忠，沒人敢回應。

「為什麼你們都要騙我？全都瞞著我？我明明是最有資格知道這一切的人！你們是存心想整我，看我笑話對吧！我告訴你們，就算你們不說，我還是有本事知道，不會讓你們好過！」文忠猛然站起身，甩門離開，留下滿頭霧水的同仁們。

文忠坐在自己的車內，按下播放鍵，開始察看佳萱兩個月來的行車紀錄。除了每天上下班的固定路線之外，文忠仔細比對並寫下小抄，發現佳萱經常在午休時間，拜訪同一個日式社區，而且停留時間必定超過一個小時以上，直覺告訴他，那個該死的小王，一定就住在那裡！

＊＊＊

文忠的車在擁擠的台北街頭，一路蛇行、闖紅燈，他像引線般點燃沿途駕駛心中的火氣，朝著他猛按喇叭。車內，他雙手緊握方向盤，雙眼直瞪前方，腦中不斷預演。

「到了社區怎麼找那個男人？」

「那個渣男，上了別人老婆還不動聲色，真是個他媽的混蛋！不打死他，我不姓蕭……」

「不對！能住在那樣的社區，白天還在家，肯定是個老頭，該不會是死老婆的……」

「媽的！莊佳萱，妳這麼不挑，分明存心讓我難堪……」

文忠毫無根據的想像，讓自己幾近發狂的心更加滾燙。更糟的是，廣播裡流瀉出來的聲音，都自動轉化成為佳萱和小王嘲笑的話語。

「在愛情裡，不被愛的那個人才是第三者！」

「你拿什麼跟我比，小小公務員說錢沒錢、說前途沒前途，女人要的，你給得出來嗎？」

讓他千瘡百孔的尊嚴，更加破碎。他快要分不清現實和幻想的區別。

突然之間，一股恨意衝腦，他不顧高速行駛，往右一側身，單手拉開副駕使座前方置物盒，翻找出多功能瑞士刀，並拉出最大片的鋼刀。

文忠專注看著眼前白亮的鋼刀，沒注意下個十字路口已亮起紅燈。直到尖叫聲四起，文忠再度將視線移回車道，才發現前方斑馬線上有眾多行人，就快撞上，猛然緊急煞車，同時拉上手煞車，才在最後一刻將失速的車給停了下來。

「你搞什麼！怎麼開車的？」

「不管別人死活啊！」

「不長眼的混蛋！」路人們指著文忠罵。

文忠愣然地望著一對母女瑟縮在地，彷彿像是看見佳萱和娜娜。陌生母女恐懼的眼神，像刺骨的冰雨，澆熄文忠腦中的沸騰。路人們發現文忠手上握著刀，紛紛噤聲走避，驚慌的母親更從地上彈起，直接擒抱女兒就跑。

「媽的，蕭文忠，你到底在幹嘛……」

恢復理智的文忠，突然感覺一陣刺痛，看著握刀的手滿是鮮血，鋒利的刀片在虎口上畫出一道深深地傷口，文忠被自己嚇到，趕緊將手上的瑞士刀丟開，卻不小心轉到另一個電台，女主持人說的第一句話，電得他動彈不得：「你知道嗎？愛過了頭，是會毀滅一個人，讓他做出可怕又遺憾的事……」

被迫停下來等紅燈的文忠，像是被安全帶綑綁在病床上的神經病，女主持人說的話是鎮定劑，一字一句打進文忠的血液中，逼得他安靜下來。

你們知道為什麼現在的幼稚園小孩，已經聽不到灰姑娘的故事了嗎？

很多人知道女生聽太多童話故事，會對愛情有不切實際的想像。但其實男生的影響是更大的，很多男生會把自己想成是故事裡的王子，覺得女生是脆弱、需要被拯救的，自己有責任帶她離開痛苦的地方，給她滿滿的幸福。

所以男孩長大後，帶著這個想法，就像王子帶著鞋子，去尋找需要自己照顧的女人，把她帶回家後，只希望她美美的擺在家裡就好。

他們只會用英雄的姿態愛人，卻沒想到現在的女人不想再當灰姑娘，能力越來越好，根本不用人救，於是男人慌了，覺得自己不被需要，只好把鞋子藏起來，不讓老婆外出工作，或拿不適合走路的玻璃鞋給她，限制老婆的發展，不讓她跑得比自己快。

像我有一任男朋友，要我不能把工作擺在第一位，下班馬上回家，不可以跟朋友太好，否則就是不愛他，我覺得他有王子情結，根本不懂我的痛苦和需要，當然就掰掰囉。

好啦～無論童話故事有沒有對你造成影響，先休息一下，聽段廣告，馬上回來……

整段話像子彈，直接貫穿文忠的大腦，轟得他天翻地覆，還來不及細想，到底自己被打中什麼？後頭的車子已猛按喇叭，逼得他前進。文忠用手抹了抹臉，坐直了身，緊急迴轉，將車子調頭，遠離瘋狂的方向。

三十四、新出路

天霖才剛走出電梯，迎面而來的便是部屬們熱烈的招呼聲：

「總監早！」、「總監，好久不見！」、「總監，終於等到你回來了。」女職員還特別獻上一束花，含情脈脈地看著天霖，彷彿最珍藏的寶貝失而復得。副總監 Peter 帶領所有研發部的同仁，列隊站在門口，歡迎天霖回歸。

「謝謝大家的熱情，這段時間辛苦大家了，我會盡快跟上大家的腳步。」天霖捧著花向部屬們輕輕鞠了個躬，以表謝意，在眾人的拍手聲中，緩緩走向自己的辦公室。大大的落地窗，灑進難得的陽光，天霖環顧四周，所有的擺設一切如昔，只差桌上不再有堆積如山的文件和資料。

天霖打開電腦登入自己的密碼，不論怎麼嘗試，都只能看見例行的會議紀錄和未來的發展規劃，其他所有正在進行的項目，一個也無法開啟。天霖撥了通電話給秘書：「Fiona，可否請資訊部的人過來一趟，我的帳號沒辦法看到專案進度？」

「總監……那個……上面交代關掉您……的部分權限。」秘書唯唯諾諾地回答。

天霖冷著臉：「好，我知道了。」

天霖又打了通內線：「Louis，你來一下。」

「報告總監，Louis 被調到客戶公司做技術支援，我是 John。」天霖心一驚，過去他最信任的部屬已經被調離，難怪早上沒見到人。

「好，那你來找我。」天霖回。

一分鐘後，一個圓圓胖胖、掛著粗框大眼鏡、身穿格子襯衫的年輕工程師敲門進，走到天霖桌前：「總監，你找我有事？」

「在我休假前，準備用在 AI 智能手機的情緒感知和運算系統，目前進度如何？」

「報告總監，這個專案現在的負責人是 Peter，他規定所有的數據結果只能跟他呈報，其他不相干的人問到一概都說『還在努力』。特別是古總監問起，就說公司怕總監剛回來不習慣，會太辛苦，要你先看看資料就好。」工程師的思維讓 John 只懂得有話直說，完全不懂得修飾。

天霖越聽眉頭越緊，揮揮手：「明白了，你回去忙吧！」

John 離開後，天霖待在辦公室沒事做，起身走向電梯想拜訪一下先前很挺他的副總，重新熱絡感情。孰料，電梯門一打開，副總已經在裡面，見到天霖不僅沒有喜悅，還有些吃驚，但很快又堆起笑容：「哎！古總監你總算回來啦，你再不回來我們秘書處的小姐，就要追著我要人了。」

「副總，您太愛說笑，我總是待在研發處大門不出、二門不邁，秘書小姐認得沒幾人。」天霖見副總還想繼續跟他哈拉打屁，很快將話題接到自己想問的問題：「副總，公司接下來想發展更高階的

AI運用，這部分我趁休假期間，做了許多進修，有什麼地方是我可以貢獻的？」

副總收起笑容，有些嚴肅：「天霖啊！你才剛回來，別那麼心急，你不在的這幾個月，公司有很多新的變動和政策，你先好好適應一下。至於未來，公司有想再設立一個新品牌主打平價款手機，這部分還是會需要你專業協助的。」副總皮笑肉不笑的表情，讓天霖覺得虛假，不想再多聊，隨便搪塞了個理由離開。

天霖買了杯咖啡，走到公司外頭的小花園，邊喝邊思考自己目前的處境，透過多方瞭解後，他心裡已經有底。其實在被迫放長假前，就知道公司政治鬥爭的十分嚴重，許多人因為他被烏龍緋聞拉下馬而暗自竊喜。如今能重回原職，表面上是因為新聞風頭已過，但事實上高層的人事結構仍動盪，所以即使回來了，許多重要的權力也都會被架空，只能當個空殼總監，誰叫他偏偏在這個節骨眼上出事，成為各方角力的犧牲品！

喝完最後一口，天霖抬頭仰望公司大樓外牆被洗得晶亮的玻璃帷幕，那耀眼的光芒，讓他覺得有些刺眼，這樣的勾心鬥角，還會是他要的嗎？

＊＊＊

三日後，天霖坐在辦公桌前意興闌珊的翻著雜誌，秘書敲了敲門走進，後頭跟著一個身穿咖啡色制服的快遞人員，秘書微微欠身：「總監，有一個指定包裹，一定要由您本人簽收。」天霖不解，疑惑地看著快遞員。

快遞員有禮上前：「請問是研發部總監古天霖先生嗎？」天霖納悶點頭。

快遞員確認後，恭敬地將包裹放到天霖桌上，上頭貼著「最高機密件」貼紙。而簽收單上，也特別註明：「限定本人簽收，否則退回發件地。」

簽妥後，秘書帶著快遞員離開，天霖用小刀一層層割開密封牢固的包裹。在撕開最後一層牛皮紙袋後，露出一份燙金的絨布證書夾，上頭寫著「聘任合約」四個大字。證書底下壓著一封信箋。

古總監天霖 鈞鑒

本公司董事長趙祥瑞先生，向來欣賞古總監在研發上的專業，特擬定此合約，盼能獲古總監首肯，加入我們的團隊。

藍天精密工業 人力資源部

天霖大略瀏覽了一下合約內容，上頭載明了年薪、獎金、福利等數字，到職日期押在一年後。天霖越看越疑惑，自從上回生日宴後，他們就沒聯繫了，為何趙董會捎來合約？

繼續翻著合約內容，最後一頁有一條款用粗體字寫著：「第二十條第一項：到職前培訓──提供**全額薪水赴美國麻省理工學院計算機科學與人工智慧實驗室（MIT CSAIL），接受 AI 人工智慧專業**

訓練，為期一年。」

天霖剎時全身一震，像有道電流通過：「我想要的，只有她知道……」拿起手機撥號，幾聲嘟嘟音後，一個厚實低沉的男音接聽：「喂，您好。」

「趙董您好，我是古天霖。」

電話那頭，傳來趙董豪邁的笑聲：「天霖啊！合約收到了吧！滿意嗎？」

「是，謝謝趙董的厚愛。只是趙董您怎麼知道我想要的特殊條件？」

趙董又大笑兩聲：「看來有人至今還被蒙在鼓裡，你該不會哪天被我賣掉，還幫我數錢。」

「趙董，您別開我玩笑了，這件事情對我很重要，攸關我的去留。」

「好，我就不賣關子了。你高中同學對你很好，希望你能夠真正發揮所長。」

原來那日佳萱去洗手間那麼久的時間，是為了這件事……他的眼睛忽然變得模糊起來。掛斷電話，天霖很想親自感謝佳萱，點開佳萱帳號，但思念的韁繩卻讓他停住手。

他不確定佳萱現在方不方便接他電話？他的關心會不會造成佳萱的困擾？他不願意破壞別人的家庭，可也無法否認自己內心的需要，默默在心裡說了聲：「莊佳萱，謝謝妳，我想妳。」

看著佳萱帳號上燦爛的笑容，天霖想起那日她隨著街頭藝人翩翩起舞的模樣，從口袋裡掏出耳機戴上，點開 YouTube APP 上的「精選最愛」，盡是《樂來越愛你》的配樂，按下播放鍵，沉浸在兩人的回憶中。

＊＊＊

幾日後的午休時間，佳萓在辦公桌上邊滑手機邊吃午餐，突然 LINE 傳來動態消息通知，點開一看，是天霖剛發的文。他換了一張封面照片，照片上有一架巨型客機在藍天裡翱翔，動態寫著：「下一站，美國。」

佳萓猜測天霖已得知是她在中間牽的線，刻意用這個方法，在不連絡的情形下讓自己知道他接下來的動向。這確實是天霖獨有的體貼，一想到這佳萓眼眶一濕，又點了螢幕幾下。

「趙董您好，我是冠宏的莊佳萓，是是，公司業務承蒙您的照顧，這個月的訂單我們都出貨了，所以打電話向您回報和請安……」透過向趙董道謝，佳萓終於稍稍放下對天霖的掛念。

＊＊＊

音樂教室琴房外，娜娜紅著眼，抽抽噎噎的趴在茶几上，替破掉的樂譜夾和琴譜黏上膠帶。文忠手上虎口上還貼著 OK 繃，坐在一旁的沙發上忙用手機傳送訊息，處理公事，看到女兒一直哭個不停，既心疼又心煩：「好了，別哭了，剛才小威不是有跟妳道歉，他是不小心才撕破妳的樂譜，不是故意的。」

「我知道他不小心的，但我還是很難過……」邊說邊用手揉眼睛，文忠擔心女兒手不乾淨，急忙制止：「別再揉了，妳眼睛都紅了。」

娜娜仍舊沒有停下手，拿著已經斷裂成兩半的樂譜夾，越哭越大聲：「小皮……小皮破成這樣，救不回來了……」

文忠掛心公事加上連日沒法熟睡，情緒低落，不耐喝止：「小皮只是一個樂譜夾，用來放琴譜而已，壞了拔拔再買一個給妳就好，又不是買不到了，有什麼好哭的？拔拔現在有重要的事要處理，妳能不能先讓拔拔靜一靜啊？」

文忠起身想拿張衛生紙幫女兒擤鼻涕，膝蓋卻不小心撞到桌角，痛得叫出聲：「哎呦！」一屁股又跌坐回沙發。

娜娜見狀，連忙放下手中的東西，蹲在文忠身旁替爸爸揉膝蓋，對膝蓋吹氣：「拔拔一定很痛，娜娜替拔拔吹吹，痛痛就會飛走了。」

文忠被女兒的貼心給感動，雖然被撞到的人是自己，但娜娜卻很能感同身受，理解他的不舒服，原來被人懂的感覺這麼好。再看向娜娜的琴譜，意識到自己剛剛太武斷，沒能體貼到女兒東西壞掉的心情，一陣愧疚浮上心頭，捉住女兒正替他按摩的手：「拔拔沒事了，小皮壞了，妳一定很傷心，才會哭個不停……拔拔可以幫妳什麼忙嗎？」

娜娜感覺到拔拔不再生氣，同時因為拔拔的理解而露出笑顏：「拔拔，你幫我按著這一邊，我用膠帶把兩邊貼起來，這樣小皮就可以復活了。」

看著娜娜對樂譜夾呵護備至，寧願用破的，也不肯買新的，文忠這才感受到情分的重量。「小皮」是娜娜的第一本樂譜夾，是他陪著女兒逛了無數家音樂行才找到的花色，回家後，娜娜很小心地從塑膠袋中將它取出，還很認真的替它取了名字，每回練琴不順，娜娜就會對著樂譜夾說話，彷彿小皮是真的人，可以感受到她的挫折，沒有因為使用很久，變得隨便、任意糟蹋。

突然，諮商師低沉的嗓音，在文忠耳邊響起：「完整家庭似乎是你工作擂台上很重要的配件，證明你是一個正常、有能力的人？」

文忠回憶起當初追佳萱時，一開始也是如此的用心對待，可是日子久了，似乎就越來越理所當然，好像真的把妻子當成是完成自己生命目標的一個配件，從沒好好在意過她的感受。

看著娜娜手中被搶救回來的樂譜夾，文忠想起幾天前，他正打算去堵小王的路上，電台女主持人說過的話。

灰姑娘的故事聽多了，不知不覺就把自己想像成王子，覺得自己有責任……給女人滿滿的幸福……他們只會用英雄的姿態愛人，卻沒想到現在的女人不想再當灰姑娘……男人慌了，覺得自己不被需要，只好把鞋子藏起來，不讓她跑得比自己快。

文忠心裡震了一下，難道自己真是主持人口中的男人，害怕老婆比自己優秀，才會處處限制她，其實骨子裡真正擔心的是自己不夠好、不被需要，才會習慣打擊對方。

文忠這才驚覺這個看似無傷大雅的小信念，竟如此根深蒂固影響自己的反應，並讓佳萱那麼痛苦，這段婚姻還可能像娜娜手中斷裂的樂譜夾被救回來嗎？

娜娜看文忠很久沒說話，表情變得有些生怯：「拔拔，你是不是為了娜娜學琴的事情不開心？」

「剛剛拔拔不是已經答應老師，下學期會讓妳繼續學嗎？」

娜娜抿了抿嘴唇，不自覺摳起手指：「拔拔，真的沒關係，娜娜可以不要鋼琴，我會認真念書，考回第一名，數學也不會粗心大意了。拜託你不要再生麻麻的氣，讓麻麻可以回房間睡覺，好不好？」

文忠瞥見娜娜將手指摳出血，急忙阻止：「別摳了！妳什麼時候有這個壞習慣……」

娜娜把手藏在背後：「沒關係，我不痛……我答應你認真讀書，以後只做拔拔喜歡的事，你原諒麻麻，好不好？」

女兒的話，讓文忠一時頓住，難以接話。「原來，跟我生活是這樣的感覺，好像自己必須完美、乖巧才對得起我……」文忠在心裡默默想著。看著女兒熱切的眼眸，他似乎懂了那天子彈打中的是什麼：「我老婆、女兒的幸福，必須是我給的，她們的快樂，不能與我無關……」

文忠心頭一涼，分不清這樣的想法是自大還是自卑，他撈起娜娜的手，怔怔的看著女兒受傷的手指，以及自己貼著 OK 繃的虎口，不明白為何他如此用心對待家人，但這樣的愛卻只換來傷害？

三十五、家庭輪迴

吵雜的傳統菜市場，曉琪陪著媽媽穿梭在攤販間，媽媽翻開一條鱸魚的魚鰓，發現顏色不夠鮮紅，皺鼻碎唸：「都擺到不新鮮了。」拿起一旁的花枝給魚販，嘴裡仍沒停：「王家人真無情，都回來住快半個月了，只打電話，人都沒出現，對妳根本不上心！」再拾起一尾虱目魚交給魚販後，將剛剛碰過魚的手指放到水槽清洗，嘴角一嘛，搖著頭說：「還是妳不懂做人，人家正好趁這個機會退貨？」

曉琪心裡其實很想念孩子，也擔心青山一個人忙不過來，更怕公婆管不了活潑好動的品辰，但聽到自己的母親嫌棄自己，怎樣也不能認輸：「不來剛好，這樣我可以繼續過爽日子，不用回去當傭人。」

母女拎著魚還沒走到下一攤，路中的菜販便大聲招呼：「劉媽媽好福氣，女兒天天回娘家陪妳買菜哦！」

媽媽尷尬的看了曉琪一眼：「她其實忙得很，我要她別回來，她偏偏要回來陪我，怕我一個人沒好好吃飯。水蓮看起來很嫩，來兩把。」

菜販拿起一個塑膠袋，準備將水蓮放進去，劉媽媽等不及把零錢丟在攤位上，一把抓過青菜，就向菜販道別，急忙將曉琪拖走，刻意放低聲量：「別拗了，青山這麼會賺錢，妳還有什麼好嫌的。快回去，免得哪一天妳想回還回不了。」

曉琪從母親手中接過水蓮，放進袋中：「有人陪妳上市場，幫妳提菜，有什麼不好？」

「連賣菜的都注意到妳天天來，鄰居們一定也知道妳回家住了半個多月，這件事萬一傳到妳弟耳裡可就不好了。」

曉琪一臉懵：「阿明都已經搬出去一年了，有什麼不好讓他知道的？」

「妳腦筋怎麼那麼死，如果妳再繼續住下去，小君就有理由不用常帶孩子回來看我，這樣妳弟就會被那女人帶壞，永遠不搬回來了。」

「他們夫妻有他們夫妻的生活，幹嘛一定要把所有人綁在一起。」

「妳傻啦！女人生了兒子，老了當然要跟兒子住，就像妳將來也要跟品辰一起住，家族的香火才會興旺。跟女兒住，氣運會被帶衰的，小心將來沒人幫妳捧牌位。」

曉琪沒想到自己從小比弟弟關心母親的健康、母親交代的事情沒有一項不盡力完成，最後還是不受重視，只因為自己不是男生。突然一股氣上來，提著菜籃逕自往前走，不理母親在後頭呼喊。

走回摩托車旁，曉琪將菜放到前方機車籃，將鑰匙丟進龍頭下的置物格裡，轉身準備離去。此時，劉媽媽終於追上，扶著機車，氣喘吁吁質問曉琪：「妳現在是什麼情況，才勸妳兩句，就對我要脾氣，難怪王家人不想來找妳。」

曉琪藏在心中的憋屈感，忍不住終於爆發：「阿明和小君都搬出去都久了？他們上一次是什麼時候回家？一個月？兩個月？妳叫他幫你修洗衣機，修到哪去了？結果我一回家，就忙著幫妳修手機、換燈泡、買熱水器，哪一條我跟妳要過錢了？我就這麼不配住在家裡嗎？留一個房間給我是會死嗎？」

劉媽媽不好意思自己的重男輕女被看穿，趕緊轉移話題：「妳年紀也不小了，難道真要離婚再出去找工作，誰會用妳啊！現在有錢花，就想辦法多存一點，別讓青山身上留太多錢，省得哪天他外遇，妳就什麼都沒有。我是為妳好！」

「好個屁！我當初根本不想那麼早嫁給他，是妳一直替他說話，說什麼女人事業再好，都比不上有人要，還說早點嫁、早點生小孩，有一天我會感激妳。我現在就能告訴妳，我後悔死了，再來一次，妳打斷我的腿，我都不要嫁。」

「妳現在只是在說氣話。等過兩年，品辰長大，妳就能出頭天，每天做臉、喝下午茶。」

「妳別再跟我畫大餅了，我的人生就是因為結婚才變得一團亂。我現在就快過不下去了，還提什麼將來。」

「哎！當媳婦的時候總是比較辛苦，等過幾年，妳公公婆婆走了，家裡就妳最大。我也是這樣熬過來的，妳一定要忍下去，不要放棄。」

「妳會這樣想，難道小君不會這樣想嗎？」媽媽被曉琪的話給堵住，一時語塞。

「對啦，這個家就妳最大，但守著一個空蕩蕩的家，一個人住，每天眼巴巴望著兒子回家，又不敢明講，怕輸給媳婦，這就是妳的出頭天？」

母女倆在車水馬龍的市集中，怒看無語，吵鬧的喧譁聲就像他們在心裡吶喊，儘管大聲卻什麼都聽不清楚……

＊＊＊

曉琪載著母親騎摩托車回家，兩人一路都沒說話，機車才拐進巷子，曉琪就見到敏慧、佳萱和靜盈三人等在家門口，一臉驚訝。原本臭臉的劉媽媽，看到女兒同學來到，喜出望外，趕緊吆喝眾人進屋喝茶，要大家勸曉琪別再意氣用事，趕快回家。話落，就提著菜籃走進廚房。

曉琪見到姊妹心裡雖然開心，但仍拉不下臉，表情有些尷尬：「妳們怎麼知道我在這？」

「是品蓁拜託導師，請我去跟她晤談，我才知道妳回娘家。」敏慧回。

「那死小孩沒事找妳幹嘛，一定捅了什麼簍子，要妳收拾。」

「妳誤會品蓁了，她是因為妳不在家，下課必須馬上回家幫奶奶做家事，不能練田徑，才知道媽媽很厲害，平常做了這麼多事情，來拜託我請妳回家。」

「我們也好一陣子沒妳的消息，很想妳，約好了一起來看你。」佳萱知道曉琪喜歡聽好話，在一旁敲邊鼓。

靜盈拿著那日沒送出去的曼谷包，塞進曉琪手裡：「姊妹這麼多年了，吵吵鬧鬧總是有的，妳就大人不記小人過，別再生我的氣，不然我們以後老了，三缺一沒辦法打牌。」

曉琪被靜盈逗笑，見閨蜜們願意千里迢迢來找她，終於有個台階下：「其實你們說的沒錯，王家的人忍我很久了……」

「我聽品蓁說妳是跟青山吵架，才跑回家的，但你們溝通不良也不是一兩天的事了，怎麼這一次特別嚴重？」敏慧關切。

曉琪嘆了一口氣：「就是因為跑回家，才知道問題大。」

「該不會你們夫妻之間也有了其他人……」靜盈賊賊地問。

曉琪瞪了一眼靜盈：「對啦！有個陰魂不散的背後靈。」

靜盈往曉琪身後望去，只見曉琪父親的遺照，一臉不解，低聲輕問：「妳爸過世好多年了，最近回來托夢給妳嗎？」認真的模樣，惹了其他三人大笑。

「她說的是劉媽媽啦！」敏慧代替曉琪回答。

曉琪素來最愛跟敏慧比較，常常一言不合鬥嘴，可事到臨頭還是這個朋友最懂她，給了敏慧一個感激的眼神。但很快又面露無奈：「這段時間跟我媽朝夕相處，終於懂妳們的感受了，其實我跟我媽一樣，說話總喜歡帶刺，讓人難受，難怪品辰不肯跟我回娘家，嚷嚷著說外婆跟媽媽一樣吵……」

「其實這也不是妳的錯，妳在這樣環境長大，不管妳願不願意，妳都會下意識地模仿爸媽的行為和習慣，這是絕對避不了的。」

曉琪聽完敏慧的話，無力到肩膀都垮了下來：「所以我沒救了嗎？」

「別這麼沮喪，至少妳和媽媽不一樣的地方是妳願意承認，一個人是不可能解決她不知道的問題。」敏慧安慰。

敏慧的話讓有女兒的佳萱，開始反思娜娜的體貼和退縮，是不是也複製到自己的行為：「家庭的力量真的很大，我以前總覺得再怎麼不開心，忍一忍也就過了。可沒想到這個習慣，卻讓娜娜只懂得把委屈吞進心裡，不敢把自己的需要說出來。如果不是諮商師提醒，我也不會發現……」

「難怪品蓁的脾氣越來越像我，原來是我不知不覺把女兒變成第二個自己……」

「哇！生個小孩壓力好大喔！賺錢都來不及了，還要想這麼多，累死了，還好我沒生。」靜盈拍拍自己的胸膛，慶幸自己沒輕易蹚這場渾水。

曉琪看著靜盈有羨慕，也有遺憾，深吸了一口氣，面對敏慧：「我知道問題了，然後呢？現在怎麼辦，妳趕快告訴我該怎麼做？」

三人同時看向敏慧，被關注的敏慧反而收起以往的堅定，輕皺眉：「諮商師不是神，我說的不一定都是對的，我自己和儀禮的問題也很大，沒資格……」

「都什麼節骨眼了，妳在客氣什麼，醫生沒辦法幫自己開刀，但可以幫病人開啊！」靜盈催促著。

「敏慧，曉琪都開口問了，證明她真的準備好了，妳就給點建議，算是幫姊妹的忙。」佳萱幫忙搭腔，曉琪聽完用力的點頭。

敏慧顧忌地往廚房一探，坐到曉琪身邊，刻意壓低音量：「別再想說服劉媽媽，變成妳理想中的樣子。有些事情不是妳努力就可以解決的，如果她不想把手伸出來，妳越想救她，你們只會一起沉得更快。」

佳萱想到曹洛說過的一句話：「你無法叫醒一個裝睡的人，除非他自己願意醒……」敏慧認同地點頭。

曉琪聽了卻眼眶泛紅：「可是如果不管她，不就等於拋棄她，那很不孝、自私……」

「離開，是為了留下自己。當務之急，不是改變妳媽媽，而是為了妳那兩個寶貝女兒做出調整，她們的未來還有無限可能，難道妳願意讓她們走妳走過的路嗎？」

「她們如果敢太早談戀愛，我就打斷她們的腿，讓她們不能出門亂跑。」曉琪直覺反應。

敏慧白眼曉琪，曉琪意識自己話又講得太快太直，忙改口：「好啦！妳說得對，我從小就討厭我媽的說話方式，發誓將來長大一定不要跟她一樣，結果還是變成自己最討厭的人。」嘆了口氣，倒進沙發裡：「我表面上很好強、固執，但其實硬過了頭，反而是脆弱……」

「很多人覺得自己的家庭不溫暖，匆匆瞄了一眼外面的世界，就十萬火急的抓住另一個人，想要逃進婚姻，解決原生家庭的痛。結果只是從一個坑換到另一個坑，以前沒處理好的問題，會通通搬到新家，變得更難解。然後一代傳一代……」敏慧看了太多孩子的父母，本質上仍是沒長大的小孩，感觸特別深。

「其實，也不能通通怪父母，他們有他們的命運，我們只能尊重。」靜盈難得談到自己的家庭，嘆了一口氣：「我媽也一天到晚要我結婚，說女人沒結婚會孤老一輩子，以後生病沒人照顧。可是後來，我才發現其實是她不知道怎麼獨處，太害怕孤單，才會寧願忍受我爸的壞脾氣，也不肯一個人自由自在。她把自己的害怕放到我身上，覺得我要跟她做一樣的事情，才是好的……」靜盈感慨。

「天啊！好難喔！小孩、爸媽、老公、自己，太多太多責任了，想到頭就痛……」曉琪哀嚎，一臉糾結。

敏慧拿起桌上的水杯，遞給曉琪：「妳也可以不用想太多，只要跟其他人一樣，告訴自己『婚姻就是這樣啊！』然後日子還是可以過，等小孩大了，你們退休了，就在家裡乾瞪眼、繼續鬥嘴，只要妳不後悔就好。」敏慧嘴上雖然這麼回，同時也在想自己和儀禮的老後會是什麼模樣，她真能甘願這樣過一生嗎？

曉琪一想到要繼續忍受每天打電玩的青山，就覺得一陣反感：「好啦！我知道了，婚姻是兩個人的事情，我會先調整看看，如果那根木頭願意改，我就再努力看看。如果他不動，那我也不用太堅持了。」說完，喝了一大口水，放下水杯，站起身走到佳萱面前。

「對不起，先前那樣批評妳外遇。其實，是因為我太害怕，覺得把責任都推給小王小三，自己就不用負責。然後，就可以光明正大閉上眼睛，假裝一切沒事，要對方扛起自己一輩子的幸福，不可以落跑。」說完，給了佳萱一個大大的擁抱：「不管妳怎麼選，我都挺妳。」

佳萱被諒解，眼眶微濕：「都當姊妹這麼多年了……知道妳有口無心，沒事，我沒放在心上。」

靜盈見氣氛有些沉重，故意逗曉琪：「佳萱的意思是我們都知道妳像一座活火山，想當妳的好姊妹，就要習慣妳不定期噴發的熱情岩漿，最好自己得認命一點，練好沖脫泡蓋送，否則燙死活該！」

曉琪睨了一眼靜盈：「妳一天不虧我，是會少一塊肉啊！這樣好了，妳以後再燙到，我叫青山宅配一箱冰塊到妳家。」

敏慧笑：「不用這麼麻煩，只要隔水加熱，岩漿也能變溫泉。讓自己成為溫泉，就會變成景點，別人自然會想靠近。」

「這提議好，我喜歡泡溫泉，麻煩妳水多放一點。」靜盈馬上附和。

曉琪不甘一直被取笑，馬上回嘴：「妳現在忙著被葉世榮泡，還有空泡溫泉嗎？」

「呦！會跟我鬥嘴啦！代表妳恢復正常，我正式宣布三年愛班的劉曉琪重出江湖囉！」四姊妹笑開。劉媽媽從廚房走出，吆喝大家一起留下來吃中飯……

三十六、他來聽我的演唱會

週五午茶時間，世榮在飯店健身房跑步，消磨時間。正在辦離婚手續的他，不願每天回家被老婆精神折磨，乾脆搬出來飯店住。站在跑步機上，即使速度已經調得很慢，世榮仍跟不上機器皮帶的轉速，因為他幾分鐘前傳了訊息給靜盈：「今天會提早下班嗎？」一直沒收到回覆，忙著查看手機，差點被跑步機拋飛出去。

＊＊＊

剛寫完上個月東南亞區的業務評估，準備關機前，靜盈瞄了一眼放在螢幕下方張學友演唱會門票，「時間：七點三十分」字樣。此時，Kevin 走來：「等一下，要不要一起吃飯？」

靜盈盯著門票，沒聽清楚：「蛤！你說什麼？」

「我說今晚一起過吧！」

靜盈這才把視線拉回 Kevin 身上，連忙回答：「今晚我有事，你先找朋友玩。」見靜盈俐落回絕，Kevin 有些失望離開。

靜盈看了一下時間，已經六點半，咬了咬自己的下唇，伸手準備拿起門票，私人手機忽然響了，螢幕顯示 Forever 來電，靜盈有些意外接聽：「喂？」沉默三、四秒後，露出驚訝的表情：「這麼大的事，你確定嗎？好，我們老地方見。」

＊＊＊

黑夜降臨，霓紅燈漸漸亮起，取代天光，閃爍的光束誘惑著人們盡情狂歡。小巨蛋外，人潮漸趨洶湧，將所有的入口擠得水泄不通，所有的人都摩肩擦踵地想要快點入場，深怕錯過歌手任何一秒鐘的表演。

過了開唱時間，入口人潮已褪，小巨蛋內也傳來些許音樂聲，世榮四處張望找不到靜盈，神情焦躁地盯著手機，只見靜盈帳號上寫滿了自己的留言：「給妳的票記得帶！」、「妳沒忘今天有約吧？」全都已讀不回。

世榮按耐不住，撥了幾十通電話，仍未接通。看了一下時間，已七點五十，最後留下一句：「妳在哪？不管來不來，給我訊息，讓我放心！」便落寞地握著手機，走進會場。

小巨蛋內，張學友站在四面舞台的中央，又唱又跳。他和靜盈最愛的偶像就近在眼前，但世榮卻只能獨自一個人聽歌，看著身邊空盪盪的位子，搭著張學友多首經典抒情歌〈慢慢〉、〈心如刀割〉、〈離人〉，讓他不禁一陣心酸，忍不住墜入回憶。

＊＊＊

高中時期，世榮是一個翹課大王，學業成績平平、體育也不好，但因為出手闊綽，男同學跟在他身邊一定吃香喝辣，女同學只要寫情書給他，不管他喜不喜歡，一定回送禮物，漸漸成為學校風雲人物。但即使愛慕者多，卻未見他公開承認過任何一個女朋友。

同校三年，世榮早耳聞校花吳靜盈非常難追，這讓愛冒險的他躍躍欲試。但因靜盈人美功課又好，和成天滋事的世榮完全沒有交集，讓世榮遲遲無法接近美人。直到學校請每班指定一位代表，籌辦畢業典禮活動，點子最多的他被派出去開會，才有機會跟擔任會長的靜盈接觸。

開會時，世榮常常耍寶搞笑，不計形象的演出逗得靜盈心花怒放，讓靜盈覺得跟世榮在一起特別開心。但敏慧、曉琪卻告誡靜盈，世榮很花，將來八成是敗家子，最好離他遠一點，靜盈不聽勸，認為世榮本性不壞，只是比較重朋友、愛照顧人，富二代不是他可以選的。這段話被同班曾喜歡過世榮的女同學聽見，偷偷告訴世榮，讓他十分開心。

出身豪門的他，從沒得到任何具體的成就感，事情做好了，旁人會說是靠爸靠媽，但只要一點點沒做好，就會被批評是敗家子，遲早連累家族，常搞得他裡外不是人，乾脆放棄努力。但靜盈的一句話，讓他覺得被瞭解並受到肯定，決定好好振奮精神念書，和靜盈打賭只要自己功課考進前十名，靜盈就要同意讓他追。靜盈為了激勵世榮答應了這個賭注。

愛情的力量果然是強大的，那一次模擬考，世榮成績突飛猛進，跌破所有師長眼鏡，還懷疑世榮作弊，靜盈則是少數挺他的人。從那之後，世榮以為自己找到一個真心喜歡又合適的人，並公開靜盈是唯一女友，還帶回家介紹給父母。

但爸媽卻覺得靜盈家世不夠好，用初戀只是年輕人談談小戀愛為由，別把女生肚子搞大就好，要兒子別想太多、太早。這讓世榮從沒想過跟靜盈談未來，後來出國念書父母更管不到，他就一直當愛情獵人至今，從沒發覺靜盈走進他心底這麼深的角落。

在聽到張學友唱〈離人〉：「你說情到深處，人怎能不孤獨。」世榮竟不知不覺流下淚……

＊＊＊

突然，一個冰冷的手背拂過世榮眼角：「你該不會在哭吧？」

世榮抬起頭，竟見靜盈來到，一瞬間所有思念全被嚇跑：「妳、妳怎麼現在才來？」

「我被事情耽擱了。」靜盈不願多解釋，張永信的提議不是她一、兩天可以答應的，「別扯開話題，你在哭什麼？」

靜盈的來到讓世榮十分開心，但被抓到自己流淚的樣子實在太糗：「那不是哭，是應景，我在替學友下一首要唱的歌做準備。」

靜盈白眼：「你最好知道他下一首要唱〈時間有淚〉，還是你老了，流眼油。」

世榮很開心靜盈願意跟他鬥嘴，那代表他們還彼此在乎。看著靜盈越加成熟撫媚的臉龐，世榮突然一陣感慨：「妳聽這首歌的歌詞，是不是寫得超好：『愛是一場誤會，痛是一種修為』，當年是我太年輕不懂得珍惜，過了二十年，在婚姻裡受了罪，才知道自己要的是什麼。」

世榮深情款款地牽起靜盈的手：「妳的手好冷，給我機會，讓我再度溫暖妳的心，好嗎？」

靜盈感覺世榮這次是認真的，有些動心，但還不確定自己是否已經做好受傷的準備，急忙把手甩開：「你也太大膽了，這場子肯定有人認識你，低調一點。」

此時，〈他來聽我的演唱會〉前奏響起，世榮靈機一動：「不然我們再來賭一下，等等如果被導播選中當眾接吻，就代表我們之間還有緣分，老天爺希望我們復合！」

靜盈不想表現太小氣，看向現場大螢幕，已有許多對情人或夫妻被鏡頭捕捉到公開熱吻，猜測遊戲就快結束：「好啊！我就不相信老天爺真有這麼多時間，管這芝麻綠豆大的事。」

世榮見靜盈答應，激動地牽住她的手：「說好了，要是能吻到妳，就得同意跟我交往，我不會再讓妳跑掉了！」

才剛聽完世榮的宣示，靜盈就見自己和世榮的臉大大投影在現場螢幕上。世榮得償所願，不待靜盈反應，伸手環住她的腰，摟來就吻，果決而投入的神情，引發全場喝采。

四片熟悉的嘴唇碰觸，瞬間帶著靜盈穿越二十年的時空。一九九九年底，靜盈生平的第一場演唱會，就是跟葉世榮一起看，當時張學友還沒跟觀眾玩親嘴互動的遊戲，世榮卻在張學友唱〈他來聽我的演唱會〉這首歌時，主動吻上靜盈。剎那間，靜盈對世榮的義無反顧是感動的，或許他們真的是「天生一對」。

＊＊＊

聽完演唱會最後一首歌〈如果愛〉，靜盈被張學友的一句：「就算受傷，就算流淚，都是生命裡溫柔灌溉。」深深打動，決定和世榮再冒險一次，隨世榮回到飯店房間。

一關上房門，兩人便相擁在一起，一路吻上床，靜盈將自己全然的交出去，沒有任何的顧忌，但世榮卻在最後一刻，趴在地上做伏地起身，然後才站起來脫掉上衣，愛耍帥的姿態讓靜盈想起他高中的矬樣。

「裝模作樣，你在證明什麼？」靜盈白眼。

「我要讓妳知道，我不會輸給小鮮肉！」

突然，靜盈腦子一聲轟聲巨響，僵在原地不動，似乎領悟到什麼。

世榮秀完肌肉撲上靜盈，準備雲雨，靜盈卻伸手一擋，架開世榮：「記得當年最後一次見面，你說過什麼嗎？」

世榮一臉疑惑：「不記得，不管什麼鬼話，都不重要了！」

靜盈用力坐起身，將世榮推到一旁：「那很重要！」

「那很重要！」

靜盈用力坐起身，將世榮踢下床。隨著世榮的滾落，靜盈腦海裡重現當年烙下傷痕的一刻——

一九九九年最後一天，在世榮氣派且貼滿重型機車海報的房間裡，剛做完愛的兩人，躺在床上溫存，世榮輕撫靜盈的頭髮，柔聲地說喜歡她額頭上的小汗毛，靜盈見氣氛好：「我們交往快兩年了，你也準備出國讀書，有想過我們的未來嗎？」

世榮翻過身，拿起床頭櫃上的香菸，點燃：「我媽說，初戀不可能結婚。」

「為什麼不可能，我們可以一起努力、證明……」

「那不是妳努力可以解決的，我媽說妳什麼都好，但除了臉，其他都不夠稱頭……」

＊＊＊

「幾天後，你就飛出國念書了……」靜盈瞪著坐在一旁的世榮。

世榮聽完靜盈的回述，心頭一震，連忙抱住她：「我真的不記得自己說過那樣的話，如果我說過，只怪我當時年紀小，膚淺又媽寶，我跟妳道歉，對不……」

「這不是道歉可以解決的事…你整整影響了我二十年……」

世榮看著靜盈嚴肅的神情，不由得鬆開手：「這麼嚴重？」

靜盈肯定點頭：「二十年來，我始終在證明自己是配得上你的女人，除了臉蛋，更有實力和內涵。所以接受張永信的追求，因為他帶我看見更大的世界，給我更高的視野，讓我覺得自己很特別，是他教會我生活要有格調，填補我的沒自信。」

世榮沒想到那個旅行業老油條，這麼懂如何討女人歡心，一臉不屑，不服氣自己會輸張永信。靜盈不管世榮的質疑：「我會一再跟小鮮肉交往，也是在證明自己有魅力，只要是我要的人，沒有人能拒絕。」

靜盈說完，啞然失笑，原來敏慧問題的答案是這個，難怪自己老是找不適合自己的人交往……

世榮尷尬安撫：「妳證明了，妳現在完全配得上我！那就沒事了。」才想吻上，靜盈一溜煙已滑下床，開始整理衣服。世榮急忙彈起身，下床拉住她，裝萌耍賴：「不要鬧啦！我從台灣追妳到泰國，又從泰國追到演唱會，妳已經吊我胃口很久，現在很少有男人有這種耐心，別再考驗我了。」

一撲身想抱著靜盈，靜盈果決推開：「你現在會想要我，是因為我還不是你的，你在床上會特別賣力，是因為這是偷來的。所有得不到的東西，才是最好的，讓人更想表現。」

「不會的，我們復合後，我一定會好好疼妳……」

「你拿什麼證明？這麼多年過去，你一直沒長大。」世榮聽完，看向胯下，以為是尺寸問題。

當年的耍寶可愛，如今看在靜盈眼裡，卻成了幼稚可笑：「我沒跟你開玩笑，你這輩子因為怕被罵，從沒好好做完任何一件事情，你以為只要不認真，就不用面對挫折，因為沒有開始，就沒有失敗。但你這麼做只會讓所有愛你的人，更加傷心。」

世榮這才意識自己的玩世不恭、不給承諾，竟然帶給身邊的人這麼大的傷害。他望著靜盈由衷地感到愧疚。

「葉世榮，你回家好好面對自己的婚姻吧！我不希望你對我的傷害，又發生在別的女人身上。」靜盈拿起包包，準備離開。

世榮手一舉，擋住靜盈去路：「我可以面對我的婚姻，我會跟我老婆說清楚，但我要的人就是妳，我到今天才明白自己一直愛妳！」

「你愛上的不是我，而是你無能為力的生活裡，唯一的征服。我愛上的也不是你，而是枯燥青春裡唯一的叛逆。我們都愛上彼此代表的意義，而不是真正的對方。」靜盈脫口而出一段讓自己吃驚的話，原來她愛的是當年那個不乖的自己，而不是葉世榮。

靜盈溫和握住世榮的手：「我不想再玩愛情遊戲了，我知道自己夠好，不用再證明。你也該往前走了，彼得潘，長大吧！」

靜盈說完，將世榮的手覆蓋在他自己臉上，接著便掠過他，走出房間。世榮跌坐在房間沙發上，一臉失落。

＊＊＊

沉澱幾日後，靜盈仔細回想世榮當年的不告而別對自己的影響，決定把 Kevin 約出來，兩人好好說清楚。

傍晚六點，捷運紅線盡頭——象山，Kevin 很早就到了，還買了一罐可口可樂，遞給靜盈：「我幫妳買了一罐，怕妳等一下爬山會渴。我很貼心吧！」

靜盈微笑接過，沒說話。兩人迎著晚風，爬著階梯，一路向上，直到一處無人涼亭，坐下來鳥瞰台北夜景。

「還記得我問過你，喜歡我什麼嗎？」靜盈問。

「記得啊！我說妳成熟、獨立、有魅力，但妳不喜歡我當時的答案。」

「那是大家認識的我，但私底下，其實我也需要一個成熟、有能耐的男人，懂得照顧我，可又不能對我太多限制，懂得獨處，也能好好跟人相處。」

「好難喔！」

「能給也能收，真的不容易，這需要對自己有很多的自信，而不是一直做很多事情來證明自己值得被愛！」

Kevin 聽出靜盈的言下之意，以為她還在為上次買車生氣：「我是不是又做錯事，惹妳生氣了？」

靜盈將沒開過的汽水，還給 Kevin：「你本來就夠好、值得被愛，不需要一直討好別人，等著被肯定！」Kevin 安心，鬆了一口氣。

「但你有沒有想過一直交往年紀比你大的姊姊，到底是為什麼？你是真的愛上這樣年紀的女人，還是渴望被照顧，不需要太認真想未來，因為另一半會提點？」靜盈隨即又問。

Kevin 被問傻了，急著握住靜盈的手：「我們在一起開心就好，為什麼要想這麼複雜的問題？」

「還是你要傻不愣登的走進婚姻裡，才發現這不是你要的人生，等著中年危機再一次爆發？如果你不想清楚自己在關係裡想要的是什麼，你就會一直玩愛情遊戲，而不是真的懂得愛一個人。」

Kevin 鬆開靜盈的手，安靜下來，好好思索靜盈的話。見 Kevin 願意聆聽，靜盈語重心長地鼓勵他：「沒有限制的給，其實心裡想要得更多！然後，受傷了，再把自己藏起來，直到某天又為了被看見，開始掏心掏肺地給。這樣的付出，只是另一種控制的手段，用犧牲把人軟禁在自己身邊而已。」

「怎麼這麼可怕……聽起來好像我媽喔！」Kevin 驚呼。

「所以別老在愛情裡做一個乞討者，等著被愛、被肯定，日子久了，再甜的感情都會變苦。」

Kevin 點點頭，靜盈繼續說：「離開我，找一個適合你的人，學著怎麼去愛好嗎？即使跌跌撞撞，也好過隨便找一個不對的人結婚。」

Kevin 深吸一口氣：「謝謝妳，沒有不告而別。我會記住妳今天說的話，有一天我結婚了，妳一定要來幫我驗收，看我有沒有真的學會？如果沒有，妳一定要把我打醒，別讓我掉進地獄。」說完，兩人同時笑出，映著美麗的夜景獻給彼此最深的祝福。

三十七、重新來過

曉琪接受敏慧的建議，上網報了一門心理課程，想投資一點時間和心力在自己身上，再回王家。依著手機上的地址，曉琪來到一處商用大樓電梯，按下九樓數字鍵後，曉琪的心跳隨著樓層上升的高度，越跳越快，她對自己心戰喊話：「劉曉琪，以前當房仲什麼奧客沒遇過，妳要交手的不是別人，而是妳自己。」深吸一口氣，走出電梯。

一踏進教室，木質地板搭配柔和的黃光，教室中間排列著數個素樸的坐墊，空氣中瀰漫著精油香味，整間空間給人一種溫暖療癒的味道，一點也不像傳統學校教室，讓曉琪瞬間放鬆不少。

坐在中間的女老師，身穿一襲白色棉質罩衫，滾著特色民族風圖騰，搭配黑色寬褲，對著曉琪頷首微笑，曉琪心裡閃過一絲念頭：「敏慧也愛穿這種衣服，難道這是諮商師的制服？」

工作人員帶領曉琪簽到入座，等所有學員到齊，圍成一個圈後，女老師緩緩開口：「很開心看到大家精神奕奕來參加『人際互動與自我照顧工作坊』，我是帶領這個團體的老師，你們可以叫我……」聲音溫柔但有力量。

女老師簡單開場，並預告課程會進行的活動：「接下來，我想請大家簡單分享自己來上課的理由和目標。」

老師將麥克風往下傳，曉琪腦子突然一片空白，緊張到手心冒汗，不知道自己該說什麼，會不會一個字也講不出來，讓人尷尬。聽著其他同學參加的理由：希望學會傾聽、喜歡解決別人的煩惱、渴望更有影響力……曉琪發現現場有很多專業人士，大家都落落大方且侃侃而談，自己卻有種格格不入的感覺，讓她很想奪門而出。

豈料下一秒，麥克風就在她眼前，她抖著手接過，清了清喉嚨：「我沒有什麼遠大的夢想要去幫助別人，我只想成為一個更好、更快樂的媽媽。」全場爆出如雷的掌聲，讓曉琪眼泛淚光。

＊＊＊

回到王家樓下，曉琪坐在車子內，不安地回想課堂上老師說過的：「妳喜歡的生活，藏在妳不喜歡的改變裡。」她不知道待會回進門後，自己的新決定會遭遇什麼困難和挑戰！

曉琪走下車，拿出鑰匙正準備開門，就聽見品辰嚎啕大哭。推開門，看到青山一臉鬍渣，眼睛下方掛著兩個大大的黑眼圈，正站在浴室門口和兒子奮戰，抓著品辰要去洗澡。

品蓁戴著口罩拿著拖把，心不在焉地拖地，看到曉琪回來，隨手把拖把扔在地上，上前接過媽媽手上的東西，對著曉琪傻笑，什麼話也說不出來。原本伏在茶几上寫功課的品芸，也連忙丟下筆，來到曉琪跟前：「麻，妳終於回來了，姊姊拖地不乾淨，害我一直打噴嚏。」品蓁瞪了一眼品芸，兩姊妹都搶著跟母親討愛。

還沒進浴室洗澡的品辰也衝了過來，一把抱住曉琪的腿：「麻，爸爸洗澡不好玩，妳幫我洗。」曉琪苦笑，摸摸兒子的頭。

青山緩緩走向曉琪，一臉靦腆尷尬地笑：「老婆，妳回來啦。」

公公穿著圍裙、拿著鍋鏟，從廚房走出，像看到許久不見的朋友，熱情招呼：「曉琪，妳坐一下，等一下吃飯。」

曉琪張口結舌：「……爸？怎麼是你在做飯？」

此刻，婆婆才從後方撐著腰走出：「還不是有人，說走就走，一點責任心都沒有。要一個老人家爬上爬下的，否則我也不會閃到腰，如果不是你公公還會一點廚房的事，我看妳的小孩都會被妳餓死。」

「媽，妳這樣說不公平，孩子又不是我一個人的，他們也需要爸爸的關心和照顧。」曉琪忍不住回嘴。

「妳這個媽媽是怎麼當的，想當年，我還年輕時……」

「媽，我不是跟妳說過，曉琪回來後，不要再唸妳那一套了！」

曉琪詫異看著青山，青山仍一臉嚴肅看著自己母親：「小孩子都長大了，要幫忙做家事才是對的，不應該全放給媽媽做。以後拜拜的事，我會叫工讀生幫忙，家裡就省了這條。」三個小孩沒見過父親如此有魄力，驚訝地看著爸爸替自己的老婆說話。

婆婆被青山一兇，整個家頓時靜默。曉琪見婆婆緊閉著嘴、揉著腰，往自己的方向走來，嚴陣以待，準備跟婆婆開戰，沒想到，婆婆是走到沙發坐下，才抬頭對著曉琪說：「……要這樣也不是不行啦！過年的時候，要先上香稟告祖先和地基主，有三個聖杯，就可以改規矩了。只是小孩要念書……」

婆婆還想嘮叨，曉琪聞到一陣怪味：「什麼東西燒焦啦？」

「哎呦！我的魚。」婆婆扶著腰，才想起身，曉琪已經一個箭步跑進廚房。

半小時後，一家人終於圍著餐桌吃飯。青山替坐在身旁的曉琪盛飯：「其實妳離開後第二天，我就想去找妳了。只是店頭和家裡沒有人手，亂成一團，我實在走不開……」一臉愧疚的表情，讓曉琪哭笑不得，原來她不是被遺忘了，而是透過離開，他們才能感受到自己的重要。

見曉琪沒接話，青山以為老婆還在生氣，轉向三個小蘿蔔頭：「我們不是約好了，媽媽回來要說什麼？」試圖用親情攻勢，平息曉琪的怒氣。

「麻麻，對不取，辰辰好愛尼。」曉琪看著兒子稚嫩臉龐和含糊的發音，不禁微笑。品蓁和品芸兩姊妹，互看了一眼，同時放下碗筷：「麻，辛苦妳了。」曉琪心頭上的怨氣，已消了一大半。

見媳婦兩片嘴唇不再繃緊，公公夾菜到曉琪碗裡：「一家人，有什麼好過不去的，家和萬事興嘛！日子還是要過，各退一步吧！」

曉琪明白公公是好意打圓場，讓大家都有台階下，但這麼多年的隱忍和委屈，她知道自己並不快樂，繼續這個狀態下去，遲早有一天，她還是會爆發的。她放下碗筷，雙手摩擦著大腿，非常緊張，猶豫著是否要把真實的想法說出來，就怕被認定是自私、不孝的媳婦。

看著坐在自己身邊的兩個女兒，將來長大也要面對同樣的難題，她明白自己有責任為品蓁、品芸做最好的身教，深吸了一口氣：「其實，這趟回家，我不知道自己會不會留下來……」

所有人被曉琪的這番話給嚇了一跳，品辰跑到曉琪身邊，哭著要媽媽抱。曉琪將品辰抱起安撫：「雖然我嫁來王家這麼多年，爸媽你們對我不薄，青山也很努力賺錢……」婆婆盯著曉琪，像是她偷走了自己最心愛的東西。

「但也因為青山太忙，所以我常常覺得自己好像沒結婚，都一個人在處理小孩和家裡的事情，孩子們也常常看不到爸爸，要不就是在打電動、睡覺，我跟單親媽媽沒什麼兩樣……」青山被老婆的這番話，說得有些心虛，頭漸漸低下來。

看到老公又龜縮的反應，曉琪能感覺心中一把火上來，話才想衝出口，耳邊響起上課老師的提醒：「想要家人跟你一起改變，首先你要改變自己。」於是深呼吸，一改過去的指責和批評，拍了拍青山的手：「我不是怪你，我是真的看清楚自己的狀況，如果你真的覺得一個人比較自在，沒壓力，我可以還給你自由，心甘情願的當個單親媽媽，我會比較認命，不會常常生氣。但這也不是我一個人說了算，我想問你，你還想當我老公跟孩子的爸爸嗎？」

青山沒料到曉琪會問他這個問題，想也沒想就直接抓住曉琪的手：「要！我當然要你們。你們是我最愛的家人，特別是妳，妳不在的這幾天，我真的知道妳很重要，可是我、我不知道要怎麼做，妳才會開心？」

曉琪得到老公肯定的回應，心裡一陣感動，鼓起勇氣看著家人們：「我去上課的老師說，一段好的關係，兩邊的人都要懂得付出愛，也要學會收下別人的好意。以前的我只會拚命做，卻忘了教你們愛我，所以我才會越來越不平衡。」要開口說愛，對直腸子的曉琪來說，還是有些不習慣，說完，臉上就出現一抹紅暈。

青山看見，心跟著鬆了下來，知道曉琪對自己、對這個家仍有情分，不是非走不可。品蓁追著問：「什麼是付出愛？那要怎麼做？」

曉琪看了一眼婆婆：「家是所有人的，我願意做不是因為應該，而是愛你們。如果你們願意愛我，也可以想想，這個家有什麼簡單的、你們做得來的事？」

「辰辰會收玩具。」品辰坐在曉琪腿上仰望。

「真乖！」曉琪親了品辰一口。

「我會趕快把飯吃完，吃完幫忙洗碗。」品芸夾起菜，認真吃飯。

「我練完田徑會早點回家，幫忙盯品芸寫功課，七點半去倒垃圾。」說完，兩姊妹互做鬼臉。

「以後銀行的事情，我自己處理，妳不用再東奔西跑了。」青山握著老婆的手，這是他最深情的告白。

最後，曉琪看向公婆：「爸媽，明年等辰辰上小班，我會回去工作，不用擔心這個家只有青山一個人在扛。」

「妳找什麼工作？來得及下班煮飯嗎？」婆婆終於忍不住開口。

「我會回老本行，做房仲。關於吃飯的事，爸媽如果願意幫忙，我很感謝。但如果你們也忙，沒關係，不用一定要天天在一起吃飯。我會提前準備好一個禮拜的食材，教會三個小孩怎麼用，他們都慢慢長大了，也該學會獨立生活。」

公婆一臉鐵青，不接話，青山心裡有底：「如果品蓁他們忙不過來，就來店裡拿吃的，我是爸爸，會負責把他們餵飽的。」

婆婆這才垮下肩，拿起碗筷：「菜都涼了，快吃，一家人有什麼好計較的，誰有空，就誰煮。」

大家這才紛紛拿起碗筷，開始吃飯。品蓁偷覷著曉琪，眼神裡流露出崇拜，品辰黏在曉琪身上，東磨西蹭，堅持要媽媽餵飯，青山見曉琪沒有多餘的手，主動幫忙添菜，並夾了魚送進曉琪口中。看著一家和樂融融，曉琪開始期待不同的生活。

＊＊＊

一早，佳萱馬不停蹄地連開好幾場會議，擬定明年上半年的業務計畫，直到肚子傳來一陣咕嚕聲，才意識到自己錯過午餐，拿起手機準備下樓買飯，卻看見螢幕裡有一則難得的訊息，是文忠傳來：「我今天下午請假，中午有空吃飯嗎？約妳公司附近的餐廳。」佳萱看了一下時間，已是一個小時前，不知道文忠會不會以為自己是故意不回。

佳萱趕緊撥出電話聯繫：「……喂！你還在嗎？」

「我在妳公司後面巷子的咖啡廳，妳忙完來找我。」文忠語氣平淡冷靜，沒有任何酸語或怒氣，讓佳萱有些意外。

佳萱匆匆趕到咖啡廳，人潮已不像正午用餐時間熱絡，文忠坐在角落背對著她，她緩了緩自己的呼吸，慢慢走向前，拉開椅：「怎麼突然過來？」

文忠從雜誌中抬起頭：「吃飯了嗎？要不要先點東西吃。」

「不用了，我點一杯焦糖瑪奇朵就夠了。你呢？吃過了嗎？」文忠點點頭，佳萱招來服務員，為自己點了杯飲品。

待服務員離開，文忠定定看著佳萱：「我們上一次單獨坐下來、喝咖啡，是什麼時候？」佳萱苦笑，搖搖頭，這個答案她不想認真去想，太傷人也傷感，卻不自覺又摳起手來。

「我今天特地過來，是有些事情想跟妳問清楚……」

「你、你想知道什麼，我盡力回答。」佳萱仍有些侷促，她不太習慣和文忠這麼正式談話。

文忠嘆了一口氣，看著自己結髮多年的妻子，雙手放在桌面下，盡可能和自己拉開距離，他才意識到婚姻這條路，就算每天走同樣的方向，還是會變成兩條平行線：「我想問妳，如果沒有那個人，我們……還有沒有可能繼續下去？」

佳萱看著文忠，那熟悉的臉龐卻引不起她任何一絲悸動，陌生到她懷疑自己是否真的認識眼前的男子。佳萱忽然明白了，此刻她對文忠的疏離，也正是文忠對自己的感受，更重要的是，她可能連自己都未曾好好理解過自己。

她搖搖頭：「我也不知道，但我可以確定的是，繼續這樣一直假裝下去，你擁有的不是完整的我。」

「那誰才可以完整的擁有你，那個男人比我更瞭解妳嗎？」

佳萱能夠體諒文忠此刻的比較，是人競爭的本能，與他們之間的問題無關，她不想模糊焦點，啜了一口咖啡：「不，他也沒有。他只是來到我的生命裡，喚起我沉睡已久的記憶和需要。我這輩子都活在別人的期待中，小時候是爸爸的，結了婚之後是你的，有了娜娜後，就把孩子放在自己之前，從沒問過自己真正想要的是什麼。我覺得夠了，接下來，我不想再以『當個好女人』為目標，我想過不一樣的生活。」

佳萱一口氣說完心中真正的渴望，深怕說得太慢，就會反悔，躲回最習慣的面具之後。

「妳想怎麼過？」

「我也還不清楚，但我知道繼續待在原地是不可能找到答案的，我必須走出去才會有新發現。」

「這個過程難道不能在婚姻裡完成嗎？我就這麼讓你討厭。」

看著文忠有些受傷的表情，佳萱知道文忠正在努力，只是文忠維繫感情的方法，其實是他想要被對待的方式，也是他唯一會的途徑。文忠並非沒有意願懂她，只是她在精神上想要的共鳴，是文忠從沒去過的世界。佳萱想起靜盈曾說過：「因為人是很複雜又精緻的動物，你所有的欲望和需要，根本沒辦法只在『另一個人』身上得到滿足……」

佳萱再次搖搖頭：「這不是你的錯，有些問題是我自己必須去面對的，你已經做了你該做的事情。如果撇開夫妻關係不說，我們算是認識很久的朋友，我們都很清楚彼此喜歡什麼。」佳萱指了指文忠桌上的飲料：「你還是只喝不加糖、不加奶的黑咖啡吧！」

文忠點點頭，佳萱深吸了一口氣：「可惜的是，時間帶我們走上不一樣的路，我不希望你為了把我留在身邊，改變自己的個性，變成另一個人，那不是你。我們這樣繼續過下去，也不會快樂。」

「聽起來，妳早就都想好後路，只等我開口？」

佳萱揮揮手：「沒去見曹老師之後，我對未來也很茫然，有很多擔心和害怕，沒有你想像的輕鬆，我只知道婚姻這條路，不會去到我要去的地方，但這只是我單方面的想法……如果你還沒準備好，我們可以繼續諮商，直到你覺得可以放下為止。」

文忠一想起曹洛的臉，不自覺抱起胸，將自己防備起來：「跟他說話，我只會心情更差……我再問妳，如果我同意離婚，妳應該馬上就會到那個男人身邊，娜娜很快就會有繼父了！」

文忠的想法令佳萱有些難受，她不是因為在婚姻裡覺得孤單，才需要找另一個男人取暖，兩個人的寂寞不一定比一個人好受，她多麼希望文忠能懂：「我不確定這會不會發生，而且發生了就一定會更好？我沒辦法保證或承諾什麼……我真正在意的是，怎麼做對娜娜好？娜娜還小，我不希望我們的感情問題，讓她沒有安全感，將來長大無法信任人。」

提到娜娜，文忠心裡也是不好過的。這十幾年的婚姻儘管平淡，卻因為女兒的誕生，讓他感覺到自己是被重視和依賴的，他其實很感謝佳萱為自己生下一個乖巧的女兒，也很在意女兒的未來。文忠摸著虎口上粗糙的傷痕，突然明白再緊緊抓著不放，只會讓所有人傷得更重，因為真正的刀藏在他心中，名為妒忌。

文忠啞然失笑：「妳在乎娜娜，卻不想繼續跟我生活在一起，難道要把娜娜剖成兩半，一人一半嗎？我到今天才發現妳也挺矛盾的。」

看到文忠重新展露笑顏並願意跟自己開玩笑，佳萱明白文忠的心結漸漸地鬆開了。

佳萱跟著笑出，肩膀也不再緊繃：「是啊！說不定，你現在認識的我，才是真正的我，糾結又難搞，趕緊逃跑比較明智。」兩人同時笑出來，氣氛不再那麼嚴肅沉重。

佳萱認真看著文忠：「謝謝你這些年的付出，我沒有後悔嫁給你，只是生命帶我們走到這個岔路口，給了我們這個衝擊，讓我們有機會好好認識彼此。你其實沒有失去我，我們只是換了一種稱謂，繼續這段關係，也許這麼做，我們反而可以陪伴彼此更久。而不會到老，變成兩個孤單老人，每天鬥嘴，相互折磨對方……」

佳萱的這段話讓文忠想起自己的母親，每次見面總要跟他抱怨父親，兩個人吵吵鬧鬧了一輩子，死也不離婚，卻也沒因此讓自己好過一點。或許，分開，才能將美好的回憶保存下來，至少還能讓彼此感謝。

文忠沉吟在自己的領悟中，才想再開口，佳萱的手機就響了。佳萱說了聲抱歉，接起，話筒另一頭便傳來曉琪的呼喊聲：「怎麼辦？敏慧不見了。」

「先別急，妳慢慢講，發生什麼事？」佳萱急著安撫，文忠見佳萱神情緊張，示意先離開。佳萱感激地點點頭，用唇語告訴文忠，回家再聊。

「就我們約好了，今天她要來我家，跟我學燉補湯，結果我打了一個下午的電話找不到人，就打給儀禮，儀禮也很緊張，說敏慧沒跟他提過要去哪裡。妳想會不會是小安欺負敏慧，偷偷把她關起來了？」

佳萱苦惱地揉著太陽穴，曉琪很容易劃錯重點：「妳別亂說，她也可能只是學校臨時發生狀況，在忙。」

「不是我愛多想，前幾天，我打電話問她怎麼跟小孩溝通，聊著聊著她居然跟我說，其實有了孩子，真的會多出好多煩惱，是在當父母之前沒想過的，她這麼喜歡小孩的人，居然會說出這種話……啊！我知道了！她一定是想不開，跑去拿掉小孩了。」

「我們都別瞎猜，妳打電話問問靜盈有沒有消息，我去她辦公室走一趟。」

佳萱匆匆收線。離開前，再喝了一口已經涼掉的焦糖瑪奇朵，甜味已不再，但香氣卻依然存在，僅存的咖啡也並非難以入喉，除了苦，還多了幾分清醒和深刻。

三十八、徹底清醒

二〇一八年冬天，所有人都搶著在定義什麼才是一個完整的「家」，有人奉著上帝的旨意，有人強調多元的重要。奇怪的謠言瀰漫在大街小巷，就像蟑螂打死了一隻，還會有更多隻跑出來。

敏慧躺在房間裡，看著電視台馬拉松播放著毫無邏輯卻洗腦的愛家廣告，一句句看似捍衛幸福的宣言，卻是在撕裂人與人之間最珍貴的信任與尊重。紛亂的局勢，讓她不禁開始擔心，孩子生下來後，她該怎麼跟孩子解釋這個家為何多一個人？這個社會真的準備好去接納每一個人的獨特嗎？

敏慧越看心情越鬱悶，所幸關掉電視，熄了燈，在黑暗中默默做了一個決定。

＊＊＊

聽著火車車輪規律的磨軌聲，敏慧手裡捏著一張車票，看著窗外快速後退的街景，她不知道這趟旅程的目的地為何。敏慧心裡只有一個想法，那就是遠遠逃離寒冷陰雨的台北，去一個讓人感覺溫暖的地方。

打開行李袋，敏慧拿出一本關於家庭的書籍，希望能從中思索出家的意義。搖搖晃晃間，她彷彿看到儀禮走在前方，她用力呼喊，儀禮卻沒反應，她快步追趕卻總在最後一秒，失去儀禮的身影。她越跑越緊張，深怕再也找不到儀禮，突然她感覺身體一陣晃動，腳下的地面漸漸裂成兩半，她整個人站不穩，就快跌落深淵……

「小姐，小姐，妳醒醒。」

敏慧睜開眼，看到列車長彎下腰、推了推她的手肘，關切她的狀況：「小姐，台東站到了，這是最後一站，妳要去哪裡？」

敏慧回過神，趕緊起身：「不好意思，我這就下車。」拎起行李袋，快步踏進月台。

出了車站，敏慧租了一台小轎車，漫無目的地開在台九線，望著湛藍的太平洋，感受東海岸徐徐的微風與和煦的冬陽，就像住在這塊土地上生活的人們一樣，爽朗無羈，敏慧感覺自己的心，似乎有些暖意。

一路往南開去，沒多久，敏慧突然一陣暈眩，一手緊握方向盤，另一手抵著頭，發現額頭上已沁出不少冷汗，她感覺自己可能隨時就會暈倒，急著尋找醫院，可平時最靈通的 Google，卻怎麼也找不到相關資料，問了人才知道最近的一家診所還有十公里。敏慧撐著身體，驅車趕往。

好不容易來到村民口中最信賴的余醫師面前，敏慧看到的卻是一臉黝黑、滿頭亂髮，腳穿拖鞋的中年大叔，如果不是對方身穿白袍，她恐怕不會相信眼前的男子是一名醫師。她很想扭頭就走，可誰叫她現在人在偏鄉，只能先選擇相信。

醫生替敏慧量了血壓，花了一點時間仔細問診，檢查了下眼瞼和牙齦顏色後，一派輕鬆：「妳的頭暈、心悸和發冷，可能是因為低血壓再加上貧血，血紅素不足，引發的缺氧反應。這段時間多靜養，吃點營養、補血的東西就好。」

「真的只是貧血嗎？可是我經常感覺冷，就算夏天也一樣……」敏慧瞄了一眼診所的設備，器材相當簡陋，量體溫和脈搏還是用最老式的水銀式測量儀，連個叫號燈也沒有，急診台上的碘酒罐，瓶口的地方已多了一圈黑紫色的沉澱物……敏慧皺眉：「醫生，你確定只是單純的血紅素不足嗎？需不需要再做一個完整的檢查？這裡最近的教學醫院在哪……」

面對敏慧的質疑，醫師並沒有發怒，只是淡然而笑：「最近的大醫院在市區，開車要一個多鐘頭，如果妳很不放心，先打個點滴，等體力恢復後，我幫妳開轉診單，妳再離開，好嗎？」

敏慧點點頭，乖乖照著醫師的指示走到簾後，躺下。護士拿著一疊病歷進門後，熟練地替她上針，接著「唰」的一聲，把簾子拉起，隔出兩個空間，對著候診室，叫下一位病人進來。

一個混著原住民口音，聲音略顯蒼老的男子坐定後，開始抱怨身體上的疼痛。過程中，醫師並沒有打斷，也沒有多問什麼，只在重要的幾個段落點，發出「嗯哼！」的應和聲，直到病人敘述完病情，醫師才開口。

「蘇北北，我跟你說過了，你的肩膀和膝蓋X光都沒問題。」老伯伯似乎有重聽，很用力的「蛤！」了一聲。

醫生特別放大音量：「你、沒、有、病。」

「沒病，我怎麼會痛？你快開藥給我，我還有滿山的釋迦等著去收。」

「北北，你手腳舉不起來，腰也一天到晚痠，不是維骨力吃不夠多，是你這輩子扛了太多責任，身體累了，你若不想再這麼認真，讓兒子把祖產敗光光，聽我的，回去把地租給別人開民宿，讓他們做觀光果園，你的關節痛自然會好。」醫師緩慢卻大聲地，一個字一個字講給老病人聽。

「哪有醫生叫病人靠租地治病！」敏慧心裡越發不安想著，她決定待會一定要跟醫師要求轉診。

沒多久，另一位病人走進，聽聲音大約是四十多歲的婦人。醫師翻了翻病歷：「阿眉，妳這次的糖化血色素又超標了，飯後血糖也飆高到四百多，妳再這樣下去會失明的……」

「我也沒辦法啊！你叫我少吃飯，我也都沒吃了，血糖還是這麼高。」

「妳沒吃飯，但偷吃零食！」

「醫師，不要亂冤枉人，我很聽話，都有打胰島素。」

「好，那妳站起來，把外套脫掉。」醫師又給了一道奇怪的指令，敏慧眉頭皺得更緊。

一陣窸窣聲後，醫師像是抓到現行犯般激動：「妳看，這是什麼，上面還有巧克力醬，妳該不會吃完一大包了？」

女病人不好意思的訕笑：「哎啊！我也不知道，怎麼一下子就吃完了，我以為我只吃了兩顆……」

醫師的口氣突然變得嚴肅：「妳的生活就是不夠甜蜜，才會需要吃這麼多糖，讓自己覺得好一點。早跟妳說把那個爛醉如泥的老公給離了！不要再為他洗衣燒飯，妳就不會想再吃甜食。」

敏慧發現醫師對每一個病人的生活背景都瞭若指掌，不只處理表面的症狀，同時給予生活上的指導。她鬆開眉頭，開始對醫師產生好奇。約莫過了四十分鐘，敏慧覺得頭不暈了，坐起身，醫師察覺到敏慧動作，趁看病空檔，隔空問候：「李小姐，身體好一點嗎？」

「醫師，你的治療方法真特別，我第一次聽到有人是這樣開藥方的。」敏慧理了理自己的衣服。

醫師緩緩地拉開簾子，意味深長看著敏慧：「醫院治的不是病，是身體和心裡的傷，特別是心裡受傷了，就會反應在身體上。」敏慧覺得醫師的話極有道理，她在學校看到許多因為課業壓力，憂鬱暴食的孩子，把自己吃到像隻大熊，彷彿只有這樣才扛得住外界的期待。

她點點頭：「你說的對，情緒才是所有疾病的根源。」

醫師見敏慧較有氣色，輕輕幫她拔掉針頭：「李小姐，妳應該是來療傷的吧？因為心裡有個洞，所以快樂才留不住，整個人越活越虛弱，吃什麼都沒用。妳的冷，是因為心寒，不是病……」

敏慧一怔，她沒料到醫師能在這麼短的時間，就看到自己心底有傷。每天睡在一起的人，卻從沒發現。她突然一陣悲傷湧上，眼淚不停滑落，醫師拍了拍敏慧肩膀：「哭吧！哭完，妳的心會跟著熱起來，身體就不冷了。」

敏慧從沒想過自己的痛苦，居然被一個遠在國境之南的陌生人給予撫慰。她明白了自己為何選擇一個人旅行，唯有離開熟悉的環境、緊密的關係，來到一個全新的地方，她才能放下過去的包袱，不再勉強自己必須完美、堅強。

卸下所有理智和包裝後的她，像個孩子放聲大哭，每一道哭聲都像是把錘子，擊碎她冰凍許久的心，找回最純真的自己。醫師站在她身邊，不企圖安撫也不妄加議論，只是靜靜微笑陪伴著她走過情緒的風暴。

徹底宣洩後，敏慧擦乾眼淚，謝過醫師，慢慢走向門口，她看到診所大門旁，有一個斑駁的小黑板正在為偏鄉醫療募款，文案上寫著一句話：

愛不是要去的遠方，而是出發的地方。

敏慧讀完，心頭震了一下，伸出手輕輕撫過黑板上每一個粉筆字，忽然懂了，火車上的夢是什麼意思。

敏慧打開側肩包，想拿出手機拍照留念，突然一個孩子奔來，沒瞧見她，往她手肘撞了一下，包包裡的東西撒落一地，在火車上閱讀的書也跟著掉出來，露出一張泛黃的照片，她拾起照片，睜睜地看著影中人，表情從悲傷漸漸變成坦然，最後露出笑容。

敏慧拾回散落的物品，慢慢走向停車的地方，看著一望無際的大海，拍了一張照，臨上車前，點開 Facebook 帳號，寫下：

拚命追趕，就學不會欣賞，努力付出，就無法去感受。幸福不遠，只差一個轉身。

並附上一張藍到分不清海與天邊界的照片。

＊＊＊

幾日後，敏慧回到家，拿出收納盒與紙箱，將散落在家裡各處的私人物品，一件件放進去。跪在客廳地板上，敏慧正在整理書信和舊照，翻出當年和儀禮一起下訂的房屋契約，她抬起頭環顧四周，看著這個她用心打造的家，每一處都是她和設計師討論許久的成品，卻從沒問過儀禮什麼樣的家，才會讓他覺得放鬆，或許這些年，她有意無意帶給儀禮的壓力，才是他遲遲無法對自己坦白的原因。

她終於明白什麼叫「作繭自縛」。

儀禮收到敏慧的訊息，從學校趕回家，一開門就見滿屋子的衣物：「妳不是說去台東散心走走，要我別擔心，怎麼才一回家，就要搬出去？」

敏慧站起身，將房屋契約遞給儀禮：「你還記得當初我們買這個家，說好要住到第二個小孩上學嗎？」

儀禮接過，點點頭：「妳說到時候，我就會是教授，薪水變多，就能換大一點的房子。」

「我一直以為我們會相依相守到老，所以你一開始提離婚時，我有一種被你拋棄的感覺，我不想被扔下，於是死死地咬住你，不讓你走，哪怕這樣會讓我們彼此更痛、傷口更大，也不肯鬆口。」

儀禮心疼敏慧，牽起她的手，想給她一點支持，敏慧卻鬆開儀禮的手，往後退了一步：「這次旅行，我終於正視了自己心裡的痛，不管小安怎麼做，只要他在，我的心是不可能復原的。」

「對不起，是我沒處理好。」

「我不是要責怪你們，相反地，你們讓我看見關係更多的可能，我不應該為了自己理想中的家，堅持把你留在身邊，勉強來的愛，是不可能幸福的。你先前跟我提離婚，不就是希望我能重新學會飛翔，不要死死抱著當年的承諾，把自己困在籠子裡，不敢再做夢。現在我敢去飛了……」

儀禮將契約交還給敏慧：「這裡永遠都是妳的家，我說過會照顧妳和孩子，我會負責到底。」敏慧不肯收下。儀禮拉住敏慧的手：「認識妳這麼多年，妳不是輕易改變計畫的人，告訴我這趟旅行，發生什麼事？難道妳把孩子拿掉了……」

敏慧搖搖頭，苦笑：「我只是發現自己苦苦追趕的東西，其實早就擁有了。我一直跟你索討幸福，卻忘了為自己製造快樂，愛不存在於未來的某一個狀態，當我真心喜歡自己的模樣，我就能給出愛，這樣孩子來到世上，便能得到完整照顧，不一定需要有人當爸爸和媽媽……因為只要有愛的地方，就是家。」

「妳一直都是值得被愛的……」

「我相信！」敏慧從皮包中，拿出在台東找到的泛黃照片，上頭有兩個人親密的合影，年輕的他們笑得燦爛。她將照片亮在儀禮面前：「我願意相信你是真的努力愛過我，也許夫妻這個角色是假的，但愛是真的，你真心在意過我，把我當你的家人、你的朋友，我並沒有做錯什麼，你離開不等於我不夠好……」

儀禮用力地點頭，眼眶越來越紅。敏慧將照片交到儀禮手上：「我希望未來我們都活得更真實一點，我不會再勉強自己非得要完美無缺，而你也別再假裝，活出你本來的樣子，好好去愛，不用害怕……」此刻，儀禮已哭到無法自己。

敏慧從茶几上，拾起一份離婚協議書，遞給儀禮：「我簽好名了，記得你沒有欠我任何東西，婚姻這門課，我們算是順利畢業了，未來我們會是孩子的爸媽，而我們之間，就只是曾經愛過的朋友……」

儀禮將敏慧擁進懷裡：「謝謝……謝謝妳……」

＊＊＊

隔日，佳萱傳訊息給敏慧，表示想碰面關心她。但實則是佳萱好奇敏慧究竟有何新發現，兩人約好晚餐。

六點一到，佳萱準時出現在敏慧辦公室門口。敏慧一上車就先遞了袋手工餅乾給佳萱：「學生家長送的，妳帶回去給娜娜吃。」

佳萱收下，隨手放在後座，留心到敏慧短短幾天沒見，氣色卻變好，笑容變多，直問：「妳這次旅行發生了什麼事情？怎麼說走就走？還有妳說『幸福，只差一個轉身』，是什麼意思？」

敏慧見佳萱連珠砲的發問，決定先賣個關子：「意思就是轉過身，就遇上豔遇啦！」

佳萱瞪大眼，一臉狐疑，因為敏慧不像是會做出這種事情的人：「別逗我了，快告訴我實話，到底是什麼事情讓妳回來後，居然會拿自己開玩笑？」

敏慧莞爾一笑，這才從包包裡拿出一張合影舊照：「其實，沒發生什麼事情，只不過我終於把眼睛打開了。」

敏慧將照片遞給佳萱，佳萱趁等紅燈的空檔，瞄了一眼：「這照片有什麼問題嗎？妳和儀禮的模樣，看起來是結婚前拍的。」

「妳再認真看一下，我的手雖然勾著儀禮，可是儀禮的身體更靠近他身邊的男同事……」佳萱仔細端詳一番：「確實，儀禮好像跟同事比較熟。」

「以我當時受的訓練，應該看得出來儀禮對女生下意識的迴避，不是害羞，而是沒興趣。但那時我實在太喜歡他，太想跟他結婚，所以選擇看不見……我被自己所規劃的人生藍圖蒙蔽了雙眼，才會將他的行為不斷地合理化。」

佳萱點點頭，她也曾經為了滿足別人的期待，而不斷說服自己一切正常，自己是幸福的，沒有什麼好不滿足的，一直睜著眼裝睡，直到天霖的出現。

「這趟旅行，我想透了，我因為害怕人生不夠完美，所以處處控制，而儀禮則是因為有太多恐懼，所以他必須偽裝。說到底，我們都是因為不夠相信自己，才會一直把自己藏起來。」

「那妳想好接下來要怎麼做了嗎？」佳萱迫不及待想知道答案。

「我已經跟儀禮談好了，離婚後，他會把房子賣掉，扣掉還沒繳清的貸款，剩下的就是孩子的生活和教育基金，這陣子我會先借住曉琪家，直到找到新房子為止。」

佳萱羨慕地看著敏慧：「看來妳都想清楚了，妳好勇敢……」

「妳呢？妳跟文忠現在怎麼樣？」

「文忠願意還給我自由，我們協議分居，共同扶養娜娜，等娜娜適應後，再辦離婚……」

「聽起來很順利啊！妳怎麼好像還有心事……」

「我不知道該不該告訴天霖，他要去美國了，我擔心告訴他，他就會留下來，或者……我會忍不住跟他走……」佳萱越說越遲疑。

「先不管要不要去美國，妳對天霖還有感情嗎？」

「我覺得天霖像是我生命的鏡子，總能照見我心裡最真實的需要……我是想到他身邊的，只是我也明白，再好的感情，最後還是有可能會敗給時間，所以我不知道該怎麼做……」

敏慧嘆了一口氣：「妳要記得外遇是過程，而不是結果，既然天霖是讓妳看清楚自己的鏡子，那麼看完後，妳得回到生活裡去實踐，而不是再度著迷於鏡中的影像，否則只是另一個悲劇的開始。」

「妳的意思是，天霖幫我瞭解自己要什麼，但我不能因此而選擇留在他身邊？」

「人生是妳的，我無法幫妳做決定，這答案妳得自己找。我想說的是，『港灣是船最安全的所在，卻不是船建造的目的。』女人不是天生就被設定來照料家庭和關係的，家雖然會帶給我們極大的安全感，但同時也可能讓我們失去探索自己的機會。」

敏慧的提醒像當頭棒喝，打破佳萱對關係既有的想法，讓她看清楚太快找另一個人依靠，就容易又陷入一味付出的遊戲，犧牲自己真實的需要。

「妳的意思是，不懂得愛自己，跟誰在一起都是流浪……」

敏慧點點頭，佳萱望著前方的十字路口，突然不知道該往哪去，神情茫然。

敏慧提醒：「綠燈了。」佳萱才急忙駛離。

三十九、獨立

曉琪拿著兩、三串鑰匙，站在樓梯口準備開門，後頭跟著佳萱、靜盈，和穿著孕婦裝小腹微凸的敏慧。

曉琪試了好幾隻鑰匙，都不成功：「這門怎麼跟王青山的電玩一樣，麻煩死了！」

「妳確定是這間沒錯，等一下開錯門，人家以為我們是小偷，打電話報警。」靜盈忍不住調侃。

「妳別取笑曉琪了，她臨危授命幫我找房子，多給她一點時間，別催她。」敏慧摸了摸肚子，感覺孩子似乎也很期待。

佳萱拿著鑰匙幫忙：「要不再試試這一把？」

一陣手忙腳亂後，終於打開門，曉琪很興奮的介紹：「你們看，這採光多好，一定很通風，等我一下。」佳萱三人隨意在屋裡參觀。曉琪走向窗台，推開落地窗：「這區房子我找了好久，才找到滿意的。現在要找格局方正，採光通風都好，還鄰近學區的兩房，實在太少了。」

曉琪拉著敏慧走到主臥室，對著不同角落在空中比畫：「妳看這房間超大，不只擺得下雙人床、衣櫃，再放一張書桌和書櫃都綽綽有餘，妳接下來要讀博士班，不怕沒地方念書。」

「妳連這都考慮到了，真周到。」敏慧肯定曉琪的用心。

佳萱看得滿意：「我發現另一間房間也這麼大，那我和文忠分居後，娜娜來住也能舒服點，還能一起分攤房租。」敏慧很開心的點點頭。

曉琪見姊妹滿意，回頭覷了一眼靜盈：「以前人稱我房仲女王，可不是浪得虛名的。」一掃剛剛的憋氣。

靜盈搖搖頭：「太小了，再找一間大的。」

「小姐，這間實際使用坪數有二十八坪，在新房子裡已經非常大了，妳懂不懂啊？」曉琪不服輸地解釋。

「妳再找一間三房有車位的，而且每一個房間都要這麼大喔！我也要一起住。」靜盈認真提出要求，所有人臉上都掛著疑惑的表情。

「妳房子不是才剛買，裝潢也花了不少錢，現在賣掉太可惜了。」佳萱提醒。

「我沒跟你們說，我已經跳槽到新公司，接下來要長期駐點在東南亞，久久才回一次台灣，那房子空著也可惜，想說租出去，賺點房租。回來，就跟你們一起擠，人多熱鬧啊！」靜盈摸了摸敏慧的肚子，像是在跟孩子打招呼。

曉琪對著靜盈拍胸脯：「妳就放心去工作吧！這件事情交給我，我來幫妳找房客，順便替我回房仲業暖身一下。只是我有一個條件……」曉琪賊賊地看著靜盈。

「放心，佣金不會少給妳的！」靜盈大方回應。

「好朋友，不算妳佣金，只要妳出國時，房間歸我，但房租還是妳付。」所有人聽完笑出，靜盈捏了捏曉琪的臉：「這麼會算，好事都給妳占盡了，妳的復出之路，指日可待啊！」

曉琪一臉驕傲：「等著看！有空再多跟妳請教怎麼搞定貴婦。」提到靜盈的工作，佳萱和敏慧交換了一個眼神，小心探詢：「靜，妳最近還好嗎？」敏慧從包包裡拿出一本八卦雜誌，封面是靜盈和世榮在演唱會上的熱吻照。

靜盈瞄了一眼，輕笑：「好得不能再好。」

「在姊妹面前就別逞強了，妳現在成了全台最紅小三，被所有元配罵翻，有不少委屈吧！」佳萱眼裡有心疼。

靜盈揮揮手：「嘴巴長在別人身上，我管不著。而且托葉世榮的福，幫我做免費行銷，新公司的團上架沒三天，全都額滿，一半以上是男客人，如果有家庭的，老婆一定要跟，滿團超快。」

曉琪瞪大眼，從沒想過可以這樣招攬業務：「吳靜盈！難道一切是妳設的局？雜誌說妳進房間半小時就出來，其實房間裡，什麼都沒發生？還是……葉世榮是快槍俠？」

靜盈大笑才想回應，敏慧便正色，瞪了一眼曉琪，暗示她別亂說，憂心看著靜盈：「妳心結解開了嗎？」

靜盈收起笑容，認真點頭：「我看清楚自己一直在追的，其實是自己的影子，那個我不想承認、覺得自卑的自己。」

「怎麼說？妳不管在工作還是感情上，一直是很耀眼的。」佳萱不解。

「當年我那麼認真的愛，卻因為不是出身名門，被人看不起。這讓我以為愛情再怎麼珍貴，都比不上現實的條件和地位，所以我才會努力的往上爬，只想證明自己配得起……現在我懂了自己的價值，就不用靠另一個人來襯托。」

敏慧感慨：「愛不是證明題，是操作題。越想證明，就會為了做而做，只為了贏，少了真心，時間久了，一定會有副作用的。」

「是啊！葉世榮正是因為不想輸，才會努力追求我，而不是真正懂我，這樣就算復合，很快也會變得無話可說，還談什麼未來！」

聽完靜盈的話，佳萱突然有感：「會不會，我們愛一個人，常常只是愛上自己想像中的他，而不是真正的他？」

敏慧點點頭：「女人很容易因為太想得到一份歸屬，而不斷地退讓自己的底線。這樣即使擁有了，也不完整。」敏慧這段話是在回答佳萱，也像是對自己說，「我們得學會把力量收回來，把自己照顧好，關係才可能長久。」

「沒錯，我去上課老師也有說：『界限，是付出愛的前提。』沒有底線，很容易變成……變成那個什麼？」曉琪一時結舌。

「情緒勒索！」敏慧替曉琪接話。

「對啦！你們這些專家幹嘛發明這麼多名詞，腦袋很忙ㄟ！」曉琪一邊開玩笑，一邊扶著敏慧到客廳沙發坐下：「不過，還是要謝謝妳推薦我去上課，否則現在我還只會一直抱怨，人見人怕。」敏慧給了曉琪一個微笑，肯定她的努力。

靜盈跟著走來，癱坐在沙發另一端：「奇怪，長大後，大家都叫我們趕快進入婚姻，卻沒人先跟我們說，結了婚會發生什麼事？讓我們傻傻的帶著滿頭幻想進去，卻發現現實和想像背道而馳，覺得被騙，才來埋怨。」

曉琪點頭如搗蒜：「對！為何不說清楚，想進去的人，再進去，而不是把所有人都趕進去後，才叫人在裡頭自生自滅。」

佳萱參觀完廚房，慢步走來：「是啊！結婚後，日子越久，變化就越多，走著走著，想去的地方可能就不一樣，可是就算發現了，也不能說，因為說出來對方會難過生氣，只好往心裡吞。」

「這又是另一個奇怪的地方，如果有人長出不一樣的需要，試著提出要求，或是找到自己的興趣，想要多一點自己的時間，就會被懷疑不愛了，開始有吵不完的架。但想成長明明是好事啊？為什麼大家都只想維持原狀，要對方多忍耐犧牲，卻不願意改變呢？」靜盈提出疑問。

「因為改變是一件很難的事情，當對方有成長，自己卻沒有，人就會變得自卑，很少人有足夠的自信，懂得欣賞另一半，所以便不自覺扯起後腿，於是婚姻就變成兩人三腳的遊戲，越跑越吃力。」敏慧感慨地說。

「原來文忠是因為害怕，才會用那樣的態度對我說話，我的存在好像帶給他許多壓力和威脅……」佳萱發現拉開距離後，反而更懂文忠。

「對了，葉世榮昨天發訊息給我說，他的兄弟就要去美國，要我別封鎖他，否則他會變成孤單老人。妳知道古天霖什麼時候走嗎？」靜盈打斷佳萱的思緒。

「我猜是這幾天。」

「你們後來都沒聯絡了嗎？」敏慧好奇問。

佳萱點頭，心裡一陣思念湧起，表情有些失落。靜盈見狀，起身拉著她往門口移動：「反正房子還沒有簽約，想清楚自己要什麼，就勇敢選擇，我們都支持妳。」

「沒錯，妳慢慢想，時間還早，再去多看幾間。」曉琪秀了秀手上的鑰匙，吆喝著眾人往下一家前進。

四十、再。見

「媽，妳幾點要來接貓？」天霖邊講電話，邊趴在沙發下，尋找壽司的身影，打開好幾個櫥櫃、掀開家俱上的防塵套，卻遍尋不著。

「什麼？妳忘了……要等到後天才回台北。可是我明天的飛機……」天霖無奈掛斷電話，突然聽到一聲微弱的嗚噎聲。

循聲找去，發現是從玄關半掩的行李箱裡傳出，他疑惑打開，發現壽司躲在衣服堆中，露出圓溜大眼不肯出來，天霖苦笑：「我也想帶你去啊！可是你是貓……」

天霖移開壽司上方的衣物，想將牠抱起，卻發現牠緊緊抓住佳萱穿過的白襯衫，不肯放手。天霖拿起衣服，回憶起那日佳萱穿著襯衫朝他走來的慵懶模樣，對著壽司說：「你也想她啊……」聞了聞衣服，似乎還殘留著佳萱身上淡淡的花香。

天霖從口袋中掏出手機，點開佳萱帳號，才想找張問候貼圖，佳萱便傳來訊息：「有空見面嗎？」

天霖直接按下通話鍵——

＊＊＊

日落西沉，淡水的天空剩一抹淺淺的紅霞，映著河面上來往的渡船燈火，格外平靜詩意。

天霖將車停在校門旁的小巷，一路張望來到大門口，不見佳萱身影，天霖引頸往山下望去，卻迎不到任何車燈駛來。天霖有些著急，想打電話給佳萱，發現佳萱在十分鐘前，已留訊息：「我在我的座位上。」

天霖小跑步趕到佳萱教室，但空無一人，走近佳萱座位，卻有一封信，打開：「我知道你桌上的符號全是『＋』和『0』，就是我和你，我也知道你在我桌上刻的『＋i 0？』，是你當年最勇敢的告白。」

天霖臉上既意外又欣喜，環顧四周仍不見佳萱身影，急忙撥號，卻聽見教室外傳來清脆鈴聲，他從教室奔出，在走廊上看見佳萱正站在八角塔下，微笑對他揮手。

天霖沒再靠近，遠遠地望著佳萱，大喊：「我那時太膽小了，想了好久，還是沒勇氣當面跟妳說『我、喜、歡、妳』……」

佳萱拍手，為天霖鼓掌：「不，你是特別的，你用了自己的方法告訴我，只是我錯過了……」

「妳什麼時候發現的？」

「我們最後一次見面，我失去進入你心裡的密碼後，就來到了自己當年學校的座位。那一天淡水下雨，我的心也跟著下不停……」

天霖快步上前想擁佳萱入懷，卻在最後一刻收回臂膀，僅握住佳萱的手，低語：「我很想、很想妳……但我知道此刻就算我們在一起，也只是相互取暖，交換彼此的孤單和脆弱，是無法保證幸福的。」

佳萱點點頭，哽咽：「我得先好好面對過去，才能穩穩地站在你面前。」

「我們都有段路要走，穿越了，如果還有緣分，那才會是真正的愛……」天霖邊說邊抹去佳萱眼角的淚。

佳萱輕撫著天霖停在自己臉頰上的手：「為了保留美好的回憶和思念的空間，我們就別聯絡了，只有每年六月……」

「同學會重逢那天。」天霖和佳萱異口同聲。

佳萱笑出：「對，只有在初夏，我們互相問候一下。我會好好照顧自己，而你……」佳萱深吸一口氣，抖著嘴角，拿下天霖的手，「你是自由的，別為我盤旋。」

天霖緊握佳萱的手：「就像《樂來越愛你》的蜜亞和賽巴。」

「如果我們當年就在一起，結局會不會不一樣？」佳萱忽然一陣傷感。

天霖搖搖頭：「這個假設的條件是無法驗證的，我只知道，如果當年我們就在一起，今天就不會有這麼美麗的重逢。假使我們沒有分開，我就不會是現在的我，而妳也學不會再次為自己勇敢……」

「這樣說起來，或許錯過是一件好事。」佳萱鬆開天霖的手，努力堆出笑容。

「這一段時間，妳讓我懂了『擁有』和『占有』是不同的，我雖然占有不了妳的時間，但我知道自己擁有妳的信任和眷戀……」天霖的聲調越來越顫抖，抬著頭，努力不讓自己落淚。

「無論我們未來還有沒有機會相愛，我都很慶幸自己陪妳走過這段旅程，看著妳不再委屈地活著，找到生命的重心，即使我只能是妳生命的觸媒，形成不了最後的結晶，我都……心甘情願。」天霖堅定地說出最後一句話。

「你是我最好的朋友，也是我會惦記一生的戀人。對你的愛，都是真心真意的，即使玫瑰最後枯萎了，也不要忘記它曾經芬芳過，那些香味……是愛情如此獨特的祕密。」佳萱話落，天霖忍不住捧著她的臉，吻上。

兩人吻得纏綣難捨，映著月光彷彿時間都凝成了霜。直到彼此都嚐到對方淚水裡的鹹味，才停了下來。天霖再度擦去佳萱臉上的淚痕：「別哭了，我準備了一份禮物給妳，妳看了一定會開心。」天霖發了條短訊給佳萱。

佳萱從皮包裡拿出手機點開，映入眼簾的是舞蹈家許芳宜在雲門劇場跳舞的柔軟姿態：「你該不會幫我報名舞蹈課程？」

天霖微笑：「喜歡嗎？」佳萱用力點頭，天霖壓低音量略帶威脅地說：「既然收了大禮，就不能拒絕附加的小禮物……」

「你要我幫忙照顧壽司，對吧！」

「還是妳懂我。」兩人交換了一個默契眼神，沖淡了不少離愁。

「那你也要答應我一件事。」佳萱也賣起關子。

「什麼？」

佳萱舉起手機，將頭貼近天霖面頰，拍了一張照：「這是我和你的第一張合照。」將照片傳到天霖帳號，「這麼一來，我們擦身而過的畢業典禮就算圓滿，沒有遺憾了。」

天霖將照片存檔，並設為手機桌面：「妳連最後一刻還在為我著想，這樣妳的人生功課要重修喔！」

佳萱不解：「我、我沒有啊！」

天霖在佳萱耳邊輕輕說：「我在美國相思病發作的時候，有解藥了。」並留了個吻在她額頭上。

＊＊＊

天空傳來一陣轟隆聲，一架客機劃過天際，降落在蘇美島國際機場。

靜盈拉著手提行李，手裡捧著許多資料，上頭全是大數據整理出來的客人偏好和消費習慣，這次任務她得拿下希爾集團在島上新落成五星級飯店的代銷權，心裡格外忐忑。

匆匆出關，卻不見同事前來迎接，靜盈疑惑走出航站，一直聽到有人按喇叭，她腦子正在盤算數字，被這麼一中斷，有些惱火，回頭才想罵人，卻發現紅色轎車裡的駕駛，竟是曉琪，再看了一眼副駕駛座，佳萱正揮著手。

她意外笑出聲：「怎麼是你們？我以為來接我的是地陪，難道……我被騙了？」

佳萱下車，幫忙打開後車廂：「妳來談業務是真的，妳老闆招待我們也是真的。」

「張永信？」靜盈放好行李，打開後座車門，敏慧挺著肚子已經坐在裡頭。

「我們為了支持妳，替妳增加新公司的業績，買了一套四個人的豪華行程。」敏慧起了個頭。

「結果妳那風度翩翩的老闆，認出我們的名字，特別打電話叫秘書聯絡我們，說是要慰問妳的辛勞，一起招待好朋友陪妳度假，還不准我們洩漏祕密。」曉琪一口氣說完。

「算他有誠意。」靜盈的笑容中，藏有幾絲嬌羞。

「妳現在跟『新』老闆是什麼情況？還是左右手兼祕密情人嗎？」敏慧問得直接。

靜盈擺擺手：「他為了開這間公司，跟老婆鬧翻，就離婚啦！後來的故事你們就知道了，但我還沒同意做張永信的女朋友喔！所有的業績都是我自己掙來的，他想留下我，得證明自己配得～起！」

車上爆出一陣笑聲。

「哎！有人要離婚，就沒這麼順利了。」曉琪趁紅燈，轉過身對靜盈說，「妳在泰國看得到台灣的談話性節目嗎？前幾天，名嘴說葉世榮被爸媽斷了經濟來源，重新擬定遺囑，不准他離婚，那小子居然很有骨氣的跟他爸媽遞辭呈……」

靜盈撇撇嘴：「他現在只是面子掛不住，意氣之爭罷了，別提他了……」拍了拍佳萱的肩，「我為了行銷，辦了 IG 帳戶後，發現你們家娜娜追蹤人數好多，許多人每天等著看她 PO 的新照片，想知道爸爸替她準備什麼菜色。看樣子，他們父女倆過得挺開心的。」

「文忠真的很努力為娜娜改變，發自內心的付出。不再用條件交換，所以娜娜功課也進步很多，老師說娜娜變得更開朗，敢說出自己的想法了。我想這是我們能送給女兒最好的禮物……」

「一對更快樂的爸媽。」敏慧補上佳萱沒說出口的話，兩人相視而笑。

「對，要快樂~」曉琪輕按喇叭像是在伴奏，看著後照鏡裡的靜盈說：「妳要負責找幾個小鮮肉來，撫慰一下姊姊們乾枯的心靈，讓我們重返一下少女時代的光彩……」說完，拍了拍自己的面頰，彷彿荷爾蒙是最好的保養品。

「沒問題，要多少有多少。」靜盈比了個 OK 手勢。

「乀！玩歸玩，可別動心！妳是唯一還有家庭的人。」敏慧認真提醒。

「李老師妳的幽默感忘在台灣啦？還是妳挺著肚子沒機會，眼紅我們有豔遇？」曉琪故意調侃。

佳萱看著姊妹：「如果有豔遇，要跟我分享細節喔！我要把這種心情編成舞蹈，用肢體展現女人在愛情裡真實的樣貌，說不定能徵選上，代表舞團公演。」

所有人異口同聲：「沒問題！」

曉琪用力踩下油門：「小鮮肉，等著上烤盤吧！」四人開心大笑，駕車揚長而去。

文芸系 001

偽婚世代——

沒有不幸，只是不幸福的人們。
作者：楊嘉玲、陳怡璇
總編輯：陳秀娟
封面設計：兒日
內頁版型：中原造像印刷股份有限公司
印務：黃禮賢、李孟儒

社長：郭重興
發行人兼出版總監：曾大福
出版：銀河舍出版
地址：231 新北市新店區民權路 108-3 號 8 樓
銀河舍粉絲團 https://www.facebook.com/milkywaybookstw/
電話：（02）2218-1417　傳真：（02）2218-8057

發行：遠足文化事業股份有限公司
地址：231 新北市新店區民權路 108-2 號 9 樓
電話：（02）2218-1417　傳真：（02）2218-1142
電郵：service@bookrep.com.tw
郵撥帳號：19504465
客服電話：0800-221-029
網址：www.bookrep.com.tw

法律顧問：華洋法律事務所 蘇文生律師
印製　中原造像印刷股份有限公司　電話：02-2265-1491
初版一刷 西元 2019 年 06 月

Printed in Taiwan

銀河舍粉絲團

偽婚世代：沒有不幸，只是不幸福的人們。/ 楊嘉玲，陳怡璇合著 .-- 初版 .--
新北市：銀河舍出版：遠足文化發行，2019.06　352面；14.8×21公分. --（文芸系；1）
ISBN 978-986-96624-5-1（平裝）　857.61　108003487